MERCI, GRAZIE, THANK YOU

Julien Sandrel est né en 1980 dans le sud de la France et vit à Paris. Son premier roman, *La Chambre des merveilles*, a connu un succès fulgurant et a obtenu plusieurs prix littéraires, dont le prix Méditerranée des lycéens 2019. Traduit dans vingt-six pays et adapté au théâtre, il est également porté à l'écran par la réalisatrice Lisa Azuelos et l'actrice Alexandra Lamy. Ses romans suivants, *La vie qui m'attendait*, *Les Étincelles*, *Vers le soleil* et *Merci, Grazie, Thank you*, ont eux aussi rencontré un grand succès en librairie. Parallèlement à son activité de romancier, Julien Sandrel travaille en tant que scénariste, aussi bien sur des adaptations de ses romans que sur des projets originaux.

Paru au Livre de Poche :

LA CHAMBRE DES MERVEILLES

LES ÉTINCELLES

VERS LE SOLEIL

LA VIE QUI M'ATTENDAIT

JULIEN SANDREL

Merci, Grazie, Thank you

ROMAN

CALMANN-LÉVY

ISBN : 978-2-253-24453-0 – 1re publication LGF

À la mémoire de mes grands-parents,
Sandra Foglino, Janina Swiatek,
Aimé Michel et Pascal Nuzzo.

« Et puis, il y a ceux que l'on croise, que l'on connaît à peine, qui vous disent un mot, une phrase, vous accordent une minute, une demi-heure et changent le cours de votre vie. »

Victor HUGO

Prologue

1998

Mme Salomé observe sa boule de cristal, et son visage est parcouru de tics. L'espace d'un instant, je me demande même si elle n'est pas en train de faire une crise cardiaque… Grande, blonde, presque glamour dans son jean brut et son pull bleu ample dévoilant ses épaules, Mme Salomé ne correspond pas à l'idée que je me faisais d'une diseuse de bonne aventure. Pourtant, d'après le petit carré de papier déposé dans ma boîte aux lettres, elle n'en est pas moins une « célèbre voyante » qui « par ses résultats, a acquis une réputation mondiale (don de naissance – prédictions fiables 100 % garanties – paiement en espèces exclusivement) ». J'attends donc son verdict avec fébrilité.

Cela fait près de cinq minutes qu'elle ne dit plus rien. Elle fixe en silence la sphère translucide, une main en lévitation au-dessus de l'objet, l'autre caressant le vieux félin famélique allongé sur ses jambes. Je la relance gentiment :

— Alors ?

Elle me fait signe de me taire, je baisse les yeux comme une enfant prise en faute. Tout ça dure encore quelques instants, puis elle se redresse, plante son regard noir dans le mien et s'adresse à moi avec une grande solennité.

— Gina, il y a une bonne et une mauvaise nouvelle.

Je me doutais bien que tout ne serait pas rose. Je lui demande de commencer par la bonne.

— La chance va tourner, vous aurez une grosse rentrée d'argent lorsque vous serez vieille.

— D'accord… mais vieille comment ? J'ai déjà soixante-cinq ans…

— Je ne peux pas vous le dire, je ne vois pas de date. Mais cet argent, c'est une certitude absolue.

Je me méfie des certitudes absolues des voyantes, mais j'attends surtout la mauvaise nouvelle, maintenant. Elle hésite, se mord la lèvre. Puis elle me lance d'un ton grave :

— La mort viendra frapper à votre porte peu de temps après.

J'éclate de rire, mais elle ne cille pas.

— Vous plaisantez, n'est-ce pas ?

Visage fermé. Mouvements de tête. Elle ne plaisante pas.

— Peu de temps, mais… c'est-à-dire ?

— Je suis désolée, Gina, je n'ai pas accès à des informations plus précises.

Elle est un peu gonflée de me balancer ça comme ça, sans pouvoir en dire plus. Je sors de son cabinet à la fois sonnée et incrédule. J'ai toujours suivi les signes, j'ai un penchant pour le mystique, mais sans trop y croire non plus. Disons que je suis une croyante modérée. Alors là, tout de suite, je suis perdue. Une part de moi répète en boucle que Mme Salomé est un charlatan, quand une autre… pousse la porte d'un bureau de tabac et achète un jeu de grattage – ce que je n'avais jamais fait auparavant. Je ne gagne rien, évidemment. Peut-être suis-je encore trop jeune ?

Cette histoire me travaille toute la nuit, je ne parviens pas à trouver le sommeil, alors le lendemain, je décide de retourner chez la voyante, pour tenter d'obtenir ces précisions auxquelles elle n'avait pas accès la veille.

À mon arrivée, j'apprends que Mme Salomé est décédée.

Et que j'ai été sa dernière cliente.

1

Gina

Vingt ans plus tard
30 juin 2018

Tout va de travers, en ce moment.

Mon magazine télé m'avait pourtant annoncé « un contexte astral favorable » pour ce mois de juin. À la place, j'ai eu droit à une série noire, ces trois dernières semaines.

Il y a d'abord eu ces emballements dans ma poitrine, qui m'ont forcée à aller consulter mon cardiologue. Je l'apprécie ce toubib, c'est pas la question, il a ajusté mon traitement, et ça va mieux maintenant, mais je me serais bien passée d'aller jusqu'à Châtelet pour ça.

Une semaine plus tard, j'ai trouvé la porte de l'immeuble taguée par je ne sais quel idiot. Tout le monde avait l'air de s'en moquer, alors j'ai dû m'en occuper avec le syndic, sinon elle serait restée comme ça jusqu'à ma mort. Et comme un fait exprès, le même jour, voilà que ce maudit lave-linge rend l'âme, après seulement trois ans de service. Ils appellent ça l'obsolescence programmée, moi je dis que c'est de l'escroquerie.

Enfin, tout ça c'est de la santé de vieille dame ou des tracas matériels, alors ça n'est pas bien grave, et puis j'ai l'habitude.

Mon grand souci, celui qui me serre les entrailles et qui me ferait faire des cheveux blancs si j'en avais encore des bruns, c'est Chloé, ma petite-fille chérie, débarquée la semaine dernière avec son immense chagrin sous le bras.

Sa maman, Agnieszka, est morte il y a trois semaines dans un accident de la route. Chloé n'a pas voulu que je l'accompagne à l'enterrement, à Francfort. Elle a préféré affronter ça seule, comme toujours. Quelle tête de mule, celle-ci. Je me demande bien de qui elle tient.

Je n'aimais pas beaucoup Agnieszka, je l'ai toujours trouvée froide, distante. Peu maternelle, peu maternante. Je me suis bien gardée de la critiquer lorsque Chloé était enfant, consciente qu'en matière de maternité chaque femme fait comme elle peut. Mais enfin, je n'ai jamais compris ce que mon fils, Alain, lui trouvait – à part sa classe toute slave, dont ma Chloé a hérité. Alain est mort il y a quatre ans, emporté par un cancer. Tout le monde a été anéanti, moi la première. Ça n'est tellement pas normal de perdre son propre enfant… Chloé était en classe préparatoire aux grandes écoles, elle s'est noyée dans le travail et a réussi le concours d'entrée à HEC, comme une revanche sur ce foutu destin qui lui avait enlevé son père. Lorsque Chloé a posé ses valises sur le campus de son école, Agnieszka a accepté une mutation à Francfort. Elle s'est remariée deux ans plus tard avec un certain Friedrich – un Allemand que je n'ai jamais rencontré et que Chloé déteste.

À ce que j'ai compris, Chloé est passée en coup de vent à Francfort, simplement pour signer des papiers, sans rester pour l'enterrement – c'était au-dessus de ses forces.

La mort d'Agnieszka m'attriste, bien sûr. Mais nous n'avons jamais été proches, toutes les deux. Alors c'est surtout la souffrance de ma petite-fille qui me broie de l'intérieur.

Depuis que Chloé est ici, elle sort jusqu'à pas d'heure, jure par tous les saints qu'elle va parfaitement bien, alors qu'elle n'est qu'un puits de mélancolie. J'ai mal pour elle, mais je suis bien contente qu'elle ait eu envie, dans cette période difficile, de se réfugier chez moi. Elle vit à Singapour depuis deux ans – elle y a terminé ses études, et commencé une carrière dans la banque, comme ses parents. Je ne l'avais pas serrée dans mes bras depuis plus d'un an. Elle m'appelle parfois, avec cette machine du diable qui permet de se parler « en visio », mais ça ne remplacera jamais une étreinte. Même à vingt-quatre ans, elle reste ma toute petite. Alors je la câline, je la dorlote, lui prépare des bons petits plats. J'essaie de lui remettre le moral dans le bon sens, à grand renfort de pain frais, de beurre salé et de fromages qui sentent l'animal. Tout ce dont elle manquait, là-bas. Elle sourit, elle dit merci avec un enthousiasme trop marqué, elle donne le change ma gamine, mais je ne suis pas dupe. Parfois, lorsqu'elle sort de la salle de bains, elle peine à camoufler la rougeur de ses yeux et son teint blafard. La vérité, c'est qu'elle passe ses jours et ses nuits à occuper son esprit et son corps pour éviter de penser, de se retrouver face à elle-même.

Tout ça pour dire que pour le contexte astral favorable, on repassera !

À moins que je ne me *refasse* aujourd'hui.

C'est comme ça qu'on dit, quand on aime jouer. Et moi, le jeu, depuis l'annonce de Mme Salomé il y a vingt ans, je l'ai dans le sang. Plus je vieillis, plus ça empire, d'ailleurs. Est-ce en rapport avec la prédiction ? Peut-être, mais étant donné que je suis censée mourir peu de temps après avoir remporté le gros lot, je ne devrais pas être si pressée que ça.

Le jeu, c'est un de mes derniers plaisirs, alors faut pas me l'enlever, sinon je mords. J'exagère, quand je dis que c'est un de mes derniers plaisirs : des petits bonheurs, j'en ai plein. Les coups de fil de ma Chloé, la baguette de pain chaude et croustillante, fleurir les tombes de mes disparus tout en leur racontant mes journées, la liqueur du samedi soir, les levers de soleil sur les toits de Paris, *Les Feux de l'amour* (depuis que le personnage joué par l'autre actrice brune horripilante a fini par mourir). Si je prononce ces mots, « derniers plaisirs », c'est parce que j'adore le petit rictus exaspéré d'Olga quand je dis ça. Alors j'en rajoute un peu, et en général, elle me demande d'arrêter de nous faire passer pour des vioques à moitié mortes. Je lui réponds que je mourrai avant elle – ce qui est sûrement vrai puisque Olga est une jeunette de soixante-quinze ans –, ça la met en colère, elle grommelle entre ses dents que je les enterrerai *tous*, sans toutefois préciser qui sont ces fameux *tous* qui y passeront avant moi, vu qu'à part elle je ne vois pas grand monde… et puis elle finit par un dernier grognement, un « Si t'existais pas, faudrait t'inventer, ma pauvre Gina », immédiatement suivi d'un cul sec de Marie Brizard.

Mais je digresse. Revenons au jeu, et au « contexte astral favorable ». Aujourd'hui est le dernier jour du mois, alors ce matin, en préparant le petit déjeuner, je me suis dit qu'il ne me restait plus que quelques heures pour inverser la tendance et redonner des couleurs à ce mois de juin bien terne.

J'habite à Paris, à proximité de la gare du Nord. Et à moins de trente minutes de train, on trouve un petit paradis pour joueurs. Le plus grand, le plus important casino de France – c'est écrit partout là-bas, impossible de passer à côté de l'information. Roulette anglaise, black jack, poker, croupiers habillés comme des pingouins, jetons colorés valant chacun le prix de cette satanée machine à laver, tout y est. Bien sûr, je n'ai ni les moyens ni le goût de toutes ces disciplines dont je méconnais les règles. Ce qui m'intéresse, ce sont les machines à sous. Il y en a cinq cents, plus rutilantes les unes que les autres. Avec de la musique, des étoiles clignotantes, des ersatz de flammes en tissu criard, des colonnes d'eau peuplées de fausses méduses luminescentes… de quoi satisfaire tous les appétits, et toutes les bourses : la mise minimale est de l'ordre du centime, mais quiconque entre en ces lieux dépense toujours beaucoup plus.

Me voilà donc à Enghien-les-Bains, marchant d'un bon pas vers ce casino familier dans lequel je me rends une fois par mois, quand il me reste un peu d'argent sur ma retraite. Attention, je ne suis pas du genre à vider mon compte en banque et à me retrouver surendettée pour le restant de mes jours. Non, je suis ce qu'ils appellent là-bas une « joueuse plaisir ». Personne ne sait que je viens ici régulièrement. C'est mon petit secret. Enfin, *l'un* de mes secrets, dirons-nous. Je n'ai aucune envie que Chloé, Olga ou qui que ce soit me fasse la morale. J'ai passé l'âge des mises en garde, je me débrouille toute seule depuis toujours, alors je préfère qu'on me fiche la paix. Si, à mon retour, on me demande où j'étais, je réponds que ça ne regarde que moi, que je suis majeure et vaccinée.

Il est 9 h 20. Dans quarante minutes, les portes ouvriront et seules les machines à sous seront accessibles, à cette heure matinale. Il y a en général un monde fou, alors j'essaie d'être en avance afin de ne pas me faire piquer ma bécane favorite, une de ces aboyeuses à rouleaux mécaniques avec un bras à actionner, bien plus amusante que les machines modernes où il suffit d'appuyer sur un bouton.

Depuis ce matin, aucune catastrophe : l'électroménager fonctionne, le train est à l'heure, je me dis que la chance est peut-être avec moi. Jusqu'à ce qu'il commence à pleuvoir. Je suis à Enghien, pas à Singapour, et ce qui me tombe sur la tête est plus proche de la bruine que de l'orage tropical, mais pour ma mise en plis le résultat est le même. Je m'abrite sous l'auvent d'une boutique de vêtements et sors de mon sac à main la capuche transparente en plastique que je me suis offerte il y a quelques semaines. Ça me donne l'air d'une bonne sœur ou d'un caniche en goguette, ce bout de plastique avec ses petits liens blancs à nouer autour du cou, mais je m'en moque.

Je réajuste la capuche en observant mon reflet dans la vitrine et reprends ma marche tout en pestant contre la jeune femme de la météo qui s'est encore trompée – je sais bien qu'elle n'y est pour rien, mais c'est comme ça, c'est ingrat comme métier, les gens la tiennent pour responsable de ce qui leur tombe sur le coin de la figure.

9 h 30, je continue d'avancer. C'est quand même une sacrée bestiole, ce casino ostentatoire avec sa façade Belle Époque et ses vagues de balustrades se reflétant dans le lac. L'ensemble ne serait pas vraiment ma tasse de thé s'il n'y avait cette touche de modernité délicieuse, ce cocon de verre qui change tout – un peu comme la pyramide du Louvre, dont j'ai toujours admiré l'audace.

9 h 40, je suis en place. Une vingtaine de personnes patientent déjà, mais ma machine est l'une des plus anciennes, j'ai confiance. La confiance n'excluant pas le contrôle, je me prépare à jouer la sourdingue

bloquant le passage aux plus pressés – composition qui m'amuse beaucoup, et dans laquelle j'excelle.

10 heures, les portes s'ouvrent, les tempéraments se révèlent. Certains courent afin d'être sûrs d'obtenir leur place habituelle. D'autres – les petits nouveaux – font un détour par les viennoiseries gratuites, s'extasient sur les murs rouges, les statues asiatiques, et le reste de la déco synthétique façon Vegas : il ne manque plus qu'un show de Céline Dion pour se croire chez les Amerloques. Je comprends la joie enfantine qu'éprouvent ces joueurs en herbe, je l'ai ressentie aussi, au début. Désormais, je vais droit au but, et avec mon grand âge, personne n'ose me doubler sur l'escalator lorsque je prétends ne rien percevoir de l'impatience derrière moi.

10 h 05. Alléluia, ma machine est libre. Je prends le temps de m'installer, de respirer, de savourer. Car le premier essai est toujours le meilleur. La jouissance est fugace, mais c'est comme une drogue. Ce que j'aime par-dessus tout, c'est cette montée d'adrénaline au moment où tout est encore possible. Parfois, avant d'actionner le bras mécanique, je ferme les yeux, et j'imagine ce que ma vie aurait pu être si j'étais née avec de l'argent : je vois des voyages, du soleil, de jolies tenues, un vent de liberté et d'insouciance, un destin différent. Jusqu'à ce qu'un raclement de gorge de l'un de mes voisins de jeu me tire de ma rêverie.

Je me suis souvent demandé ce que Mme Salomé voulait dire par « grosse rentrée d'argent ». Certaines machines à sous sont reliées entre elles et donnent accès au super jackpot. Celles-là, je ne les tente jamais car la mise minimale est de dix euros, et avec ce que je joue, même en faisant durer le plaisir, mes crédits seraient épuisés en un tout petit quart d'heure. Je préfère ma bonne vieille machine. Son gain est plafonné à dix mille euros, mais dix mille euros, bon sang, c'est déjà une telle somme !

12 h 40. Plus l'heure avance, moins le plaisir est intense. Il me reste douze euros, mes lombaires me rappellent à l'ordre, l'ambiance musicale country commence à me taper sur le système, et j'ai besoin de me dégourdir les jambes, alors je décide de partir un peu plus tôt que prévu. Je passe devant le compteur du super jackpot – plus d'un million d'euros. Une machine vient de se libérer, alors je me dis pourquoi pas ? Après tout, je ne risque rien, d'autant que j'avais prévu de dépenser la totalité de la somme… Si j'étais restée jusqu'à 13 heures, ces douze euros n'existeraient plus.

Je m'assieds, glisse le billet de dix dans la machine, et appuie sur le bouton jaune recouvert de plastique brillant. Pendant que les rouleaux digitaux défilent sur l'écran, je me félicite intérieurement de ne pas céder plus souvent à la modernité, la sensation ressentie sur ma bonne vieille bécane à bras restant en tout point supérieure.

Ensuite… eh bien ensuite, c'est le trou noir.

Ou plutôt, le tunnel multicolore. Bruyant. Outrancier. Hystérique.

J'entends des applaudissements, des cris autour de

moi. Le personnel du casino débarque, accompagné de musique, de champagne, de cotillons. Mais je suis comme absente. Sonnée. En état de choc. Mon cœur est au bord de l'explosion, je me demande s'il va tenir. En attendant, je me cramponne à mon sac à main pour ne pas basculer.

On m'installe dans une pièce feutrée. Lovée dans un fauteuil moelleux couleur rubis, je me demande si je suis en train de rêver, parce que je verrais bien la reine d'Angleterre s'installer ici pour faire un brin de causette avec un ou deux présidents.

Comment savoir si tout est vrai ? Je me pince le bras, et me fais un mal de chien – quelle cruche, moi qui marque facilement, je vais avoir un bleu. En contrepartie, je suis sûre d'être bien réveillée.

M. Bertrand, le directeur du casino, répète la même chose un bon millier de fois, mais je ne peux pas y croire. C'est tellement impossible. Je secoue la tête, muette.

M. Bertrand rit souvent, parle beaucoup. Il doit avoir l'habitude des gens comme moi. Projetés dans un monde parallèle. Une quatrième dimension peuplée de quidams ayant rêvé cet instant sans jamais y croire vraiment. Et qui dévisagent leur M. Bertrand avec des yeux ronds. Le mien a clairement appris à meubler une conversation, tout en dévoilant sans cesse des dents d'un blanc aussi irréel que les mots qu'il aligne.

— Madame Incortoso… Gina… Je vous assure que tout est vrai.

Je lui demande de répéter la somme.

— Un million, cent cinquante mille euros et quatre-vingt-quinze centimes.

Je ne suis même pas sûre de savoir l'écrire correctement.

Mon pouls s'accélère encore – comme si c'était possible –, et alors que M. Bertrand attend fébrilement mes premières impressions, alors que rien ne vient, que la sidération prend le dessus, je me mets à rire. Pas un petit rire discret, non. Le rire gênant, inapproprié au lieu, aux circonstances, à l'interlocuteur. Le rire nerveux qui dure des plombes, le craquage. Je ris sans pouvoir m'arrêter, je ris de la tête que fera Olga quand elle saura, je ris de l'ironie d'un tel gain à mon âge, moi qui en aurais tellement eu besoin avant.

C'est bien plus grand que la joie, ce que je ressens à cet instant.

Je ferme les yeux. Tente d'appréhender la porte qui vient de s'ouvrir.

Et soudain, les larmes. Chaudes, voluptueuses.

Mon rire se mue en brèves secousses irrépressibles, entrecoupées de sanglots.

Et au milieu de tout ça, la seule phrase que je parviens à formuler, entre deux salves de reniflements, est une vérité aussi absolue qu'absurde :

— Mme Salomé avait raison.

M. Bertrand est désarçonné, je le vois jeter des coups d'œil à son assistante, se demandant sans doute si cette vieille timbrée en face de lui n'est pas sur le point de clamser. Et il n'est pas si loin du compte, après tout. Car en convoquant le souvenir de feu ma voyante, la deuxième partie de sa prédiction jaillit.

Gina, il y a une bonne et une mauvaise nouvelle.

Si elle a vu juste, alors dans peu de temps, je serai morte.

2

Chloé

Dix jours plus tard
10 juillet 2018

Ma grand-mère est étrange, depuis quelques jours. D'ordinaire plutôt casanière, elle ne cesse de sortir : elle prétend avoir besoin d'air, souffrir de la chaleur, et il y a sûrement un peu de ça – nous sommes en plein cœur de l'été, il fait près de trente degrés à Paris, et elle refuse obstinément d'ôter ses bas, jugeant inconvenant de sortir jambes nues, alors je veux bien croire qu'elle étouffe. Mais je sens qu'il y a autre chose, et cela m'inquiète.

Mon grand-père est mort bien avant ma naissance, et Gina s'est toujours montrée indépendante. Secrète aussi, disparaissant parfois des après-midi entières sans que l'on sache où elle se trouve. Mais son comportement cette semaine est différent. Elle est fuyante. Tête en l'air. Oubliant un sac de courses au Franprix, égarant son portefeuille, ses clés. J'en suis venue à soupçonner un début d'Alzheimer, m'en suis ouverte à Olga, son envahissante meilleure amie qui habite l'étage du dessus mais qui passe le plus clair de son temps ici : elle a ricané, m'a répondu qu'elle la trouvait un peu bizarre oui, mais pas plus que d'habitude, et surtout pas plus que moi. Merci, Olga, toujours aussi agréable.

Je n'ai jamais compris comment ces deux-là avaient pu devenir inséparables, tant elles semblent n'avoir rien en commun. Bien sûr, toutes deux sont veuves depuis plusieurs décennies. Bien sûr, elles se sont serré les coudes dans les moments difficiles, mais pour le reste, elles ne pourraient être plus différentes. Ma grand-mère est l'archétype de la *mamma* italienne, chaleureuse, bonne vivante, assumant ses rondeurs confortables, sa garde-robe de seconde main et le joyeux bordel de son salon. Olga, au contraire, est élancée, tirée à quatre épingles, pointue en matière de mode malgré son budget limité, férue de minimalisme. Gina est charmante, c'est certain, mais je crois pouvoir dire que selon les critères de notre société actuelle, Olga est plus proche de ce que l'on appelle une belle femme. Mais qu'est-ce qu'elle peut m'agacer, avec ses petites phrases cassantes, ses avis tranchés sur à peu près tous les sujets, son air de bonne-élève-donneuse-de-leçons. Alors j'évite de trop m'en approcher. Surtout en ce moment.

Déjà trois semaines que je suis ici, dans ce petit appartement aussi chargé en souvenirs qu'en bibelots et en poussière. En arrivant, le désordre m'a prise à la gorge. Moi, la *control freak* qui aime que tout soit parfaitement rangé, répertorié, classé – peut-être mon seul point commun avec Olga –, chez ma grand-mère je suis servie… Pourtant, curieusement, je me sens en sécurité, ici. En accumulant les objets, ma grand-mère s'est forgé un cocon protecteur, un rempart familier contre le reste du monde. C'est sans doute ce que je suis venue chercher : cette sensation d'être chez moi, à l'abri des tempêtes. À l'abri des douleurs.

Je peine à mettre des mots sur ces dernières semaines. Elles m'ont laissée exsangue. Je vais avoir besoin de temps pour digérer ce que j'ai vécu. Me reconstruire. Tout ça a été tellement dur.

Pour ma grand-mère et tous les autres, c'est le décès de ma mère qui a précipité mon retour en Europe. Officiellement, je tente de me remettre de cette épreuve en reprenant contact avec de vieilles connaissances. En noyant ma tristesse dans une parenthèse estivale parisienne remplie de bruit, de fête et d'alcool. Avant de retrouver le chemin de Singapour et de l'emploi dès l'automne.

Tout cela est vrai.

Mais la réalité est bien plus complexe. Plus douloureuse encore.

La mort de ma mère m'a d'autant plus anéantie que je m'en sens responsable, d'une certaine façon. Je ne parviens pas à m'empêcher de penser que si nous n'avions pas eu cette conversation téléphonique si dure, ce jour-là, elle n'aurait peut-être pas relâché son attention, sur cette autoroute qu'elle connaissait si bien. Alors j'essaie de ne pas me laisser submerger par mes idées noires, mais j'ai de plus en plus de mal.

Je suis pourtant une battante. Une guerrière. L'aboutissement de l'ascenseur social pour cette lignée d'immigrés italiens et polonais ayant gravi les marches, génération après génération. Je me souviens des larmes de Gina lorsque je lui ai annoncé avoir réussi le concours d'entrée à HEC, il y a quatre ans. Il y avait tout, dans ces larmes : la fierté, le bonheur de ma réussite bien sûr, surtout en cette année de disparition de mon père. Mais aussi le souvenir de ses renoncements, et de ceux de ses parents. Gina, c'est le trait d'union entre les époques, celle qui a connu l'extrême pauvreté, et plus de quatre-vingts ans plus tard, l'admission de sa petite-fille dans les sphères prestigieuses de la société. J'ai toujours senti ce poids atavique, cette responsabilité, cette obligation de succès. Me montrer digne des sacrifices de mes ancêtres. Viser le sommet. Ne pas foutre ma vie en l'air. C'est ce que mes parents m'ont toujours répété. C'est ce que je me répète, inlassablement.

Mais il y a cette date qui me hante et m'empêche d'avancer.

Le 2 août, dans vingt-trois jours exactement, quelle que soit ma décision, je serai libérée du poids le plus lourd que j'aie jamais eu à porter.

Toute ma vie, je me suis appliquée à suivre ce que mes parents attendaient de moi. Le chemin qu'ils avaient tracé pour moi. J'ai été une enfant sage, une adolescente studieuse, une étudiante brillante. Je me suis laissé porter, sans rien choisir par moi-même. J'ai obtenu le *meilleur* lycée, la *meilleure* école, la *meilleure* spécialisation. Aujourd'hui, je découvre avec effroi, et dans un grand désarroi, que je ne me suis jamais posé cette simple question : ce que la société ou mes parents considéraient comme meilleur était-il vraiment le meilleur *pour moi* ?

Au fond, je ne sais pas ce que je veux. Je ne sais pas qui je suis. Qui je veux devenir. Je devrais passer mon temps à analyser la situation de manière rationnelle. À sonder le fond de mon cœur, aussi. Afin de prendre la meilleure décision *pour moi.*

J'en suis incapable, pour le moment.

Alors en attendant, je m'emploie de toutes mes forces à occuper mon esprit, sans lui offrir le moindre répit. Car dès que je le laisse vagabonder, il m'entraîne sur une pente glissante. Vers une forme d'incertitude, de détresse infinie, vers cette jeune femme sinistre et âcre qui n'est pas moi, que je veux voir disparaître.

*

18 heures. Comme chaque jour à la même heure depuis que je suis revenue, je me prépare à une nouvelle soirée. Je relève mes cheveux bruns en chignon travaillé-négligé, dépose quelques paillettes sur mon décolleté, dissimule mes traits tirés à grand renfort de khôl et de fond de teint. Attirer l'attention sur mes atouts, camoufler le reste : méthode éculée mais apparemment très efficace, vu la teneur des compliments

que je reçois. Je n'ai aucune envie de séduire. Je veux juste passer le cap sans sombrer. Alors je sors, je bois, je danse jusqu'à m'étourdir.

Dans cette salle de bains encombrée et vieillotte, trône un grand cadre photo. Un cliché délavé qui me déchire le cœur, où figurent ma grand-mère, mes parents et moi. Je ne sais pas pourquoi Gina s'inflige cette vision chaque jour. Moi je ne peux pas. Alors je retourne le cadre, je prends une grande inspiration et tente de réguler mon émotion, avant que les larmes ne fassent couler le khôl.

Gina est tout ce qui reste de ma famille. Ma grand-mère paternelle, ma *nonna meravigliosa*, aussi à l'aise en cuisine que dans ces séances lunaires de yoga animées par Olga avec la délicatesse d'un gardien de prison. Mes grands-parents maternels sont morts bien avant ma naissance, tout comme mon grand-père paternel, le mari de Gina, alors je ne sais pas comment Gina a vécu ces épreuves. Mais le décès de mon père il y a quatre ans, je sais qu'il a été aussi douloureux pour elle que pour moi.

Mes parents et moi vivions à Marseille, à cette époque. Mon père voulait reposer auprès du sien, à Paris. Gina s'est donc chargée d'organiser l'enterrement. Ma mère était présente, bien sûr. Mais elles ne se sont jamais très bien entendues, toutes les deux. Gina a affronté seule ce deuil si terrible, celui de son propre enfant. Je ne suis pas allée aux funérailles, je n'ai pas pu. Je ne suis venue me recueillir sur sa tombe que six mois plus tard, une fois le choc absorbé. C'est du moins ce que je pensais, avant de m'effondrer littéralement dans le cimetière du Père-Lachaise. Il m'a fallu six mois pour intégrer que mon père n'était plus là.

En classe prépa, je n'ai rien dit à personne du drame que je vivais. Je voulais être évaluée sans compassion ni traitement de faveur. Me montrer forte. Ne rien laisser paraître pour n'avoir à affronter aucun jugement. Voilà la ligne de conduite que j'ai toujours suivie.

Lorsque ma mère a épousé son Allemand, je suis partie en échange universitaire à Singapour, puis j'y suis restée pour mon stage de fin d'études. J'y ai été embauchée il y a six mois, par une banque asiatique. Je détestais ce boulot, mais c'était bien payé, et ma mère était tellement fière… J'ai démissionné pour pouvoir prendre ce temps de reconstruction en France. Mon avenir est donc une page blanche à écrire. Ou plutôt, un gouffre vertigineux.

*

19 h 30. Je quitte l'appartement après avoir endossé la parfaite panoplie de la jeune Parisienne bien décidée à profiter de cette belle soirée d'été. Juchée sur des talons aiguilles aussi hauts que ma jupe est courte.

Ma grand-mère est probablement chez Olga, je dépose un mot sur la table de la cuisine afin de la prévenir que je rentrerai tard dans la nuit. Je hèle un taxi et m'enfuis en direction d'une pénichesur-la-Seine-spot-tendance-du-moment. Les deux Lexomil que j'ai avalés font encore effet, je me sens bien. Ensuite, c'est l'alcool et la danse qui prendront le relais. Puis la fatigue. Et une nouvelle journée sera passée.

Il restera vingt-deux jours.

*

22 h 30. Appel d'un numéro de portable que je ne reconnais pas. Je l'envoie sur ma messagerie. Une fois, deux fois, trois fois. À la quatrième tentative, je me dis que j'ai sûrement affaire à un lourdaud à éconduire, puis à bloquer. Je m'éloigne de mon groupe d'amis – le terme de connaissances serait plus approprié à cet ensemble constitué d'anciens de mon école de commerce et de leurs collègues –, puis je décroche.

— Allô ? Chloé ? Punaise, comment marche ce machin ? Je n'entends rien…

La voix de crécelle d'Olga vient de me déchirer un tympan.

— Olga ? Il y a beaucoup de bruit, je suis avec des amis sur une péniche…

— Je n'ai rien compris, je ne sais pas pourquoi tu me parles de pénis, ça me semble tout à fait inapproprié. Chloé, je suis…

J'ai envie de compléter sa phrase avec « dure de la feuille », mais je sens une fébrilité à l'autre bout du fil, alors je ne dis rien.

— Chloé, je suis morte d'inquiétude… Gina est partie.

L'affolement dans la voix d'Olga percute de plein fouet mon questionnement sur le comportement récent de ma grand-mère – et l'éventuelle dégradation de ses capacités cognitives. Mon sang se met à bouillonner, probablement sous l'effet combiné du stress, des anxiolytiques et des deux mojitos déjà ingurgités. Je tente de la rassurer.

— Olga, comme elle le répète souvent, elle est majeure et vaccinée, alors il ne faut pas s'inquiéter, elle est sans doute chez une amie ?

— Chloé, je crois que tu n'as pas compris…

Sa voix est nouée. C'est la première fois qu'Olga exprime une réelle émotion, en ma présence. *Merde, qu'est-ce que c'est que cette histoire ? Respire, Chloé.*

— Olga, c'est impossible, elle ne peut pas être bien loin…

— Elle est *vraiment* partie, Chloé ! J'étais inquiète de ne pas la voir revenir, alors puisque j'ai les clés de son appartement, je suis allée voir. J'ai trouvé le petit mot que tu lui as laissé sur la table, et dans sa chambre… mon Dieu elle a perdu la raison…

— Olga, qu'y avait-il, dans sa chambre ?

— Il y avait ses mots à elle. Je… je t'envoie la photo.

Une demi-seconde plus tard, je découvre, incrédule, l'écriture malhabile de Gina.

« Ma petite Chloé chérie, ma chère Olga,

J'ai décidé de me lancer dans un voyage dans le

temps. Je vais bientôt mourir, et il y a des choses que je veux régler avant de passer l'arme à gauche.

Mais tout va bien, ne vous inquiétez pas.

Je vous embrasse fort. »

Mes jambes se mettent à trembler. Je m'assieds sur le bord du quai afin de ne pas tomber, relis ce message une bonne dizaine de fois, décortiquant chaque mot. Quelles conclusions tirer de cette énigmatique missive ?

Conclusion n° 1 : ma grand-mère voyage dans le temps, elle va bientôt mourir, mais tout va bien, il n'y a pas lieu de s'inquiéter.

Conclusion n° 2 (corollaire de la première) : elle a pété une durite.

Conclusion n° 3 : Olga a raison de paniquer, c'est exactement ce que je suis en train de faire.

3

Gina

30 juin – 10 juillet 2018

Alors que je peine à reprendre mes esprits, M. Bertrand me demande si je souhaite rester anonyme, et si je sais déjà sous quelle forme je compte recevoir mon gain : chèque, virement, espèces, tout est envisageable. Il me suggère de prendre le temps de digérer la nouvelle, de revenir le voir dans deux jours avec les réponses. En attendant, il se lance dans un discours interminable sur l'argent et le bonheur. Il y est question de danger, de braquages, de proches se muant en sangsues, d'amitiés brisées ou de couples qui divorcent, à force d'excès et de visions divergentes de ce qui les rend heureux… J'ai l'impression d'avoir basculé dans un film de Scorsese. Je fais remarquer à M. Bertrand qu'il a le chic pour mettre une bonne ambiance, ça le fait marrer, nous trinquons de nouveau tandis qu'il me répète que, quoi que je décide, une chose est certaine : ma vie va changer.

En sortant de là, je suis totalement perdue.

Il ne pleut plus, mais le ciel nuageux atténue la chaleur. Je m'assieds sur un banc face au lac d'Enghien et reste ainsi de longues minutes, les yeux dans le vague.

La prédiction de Mme Salomé tourne en boucle dans ma tête. Vais-je bientôt mourir ? Dois-je croire à ces sottises ? Essayons d'analyser froidement la situation. Elle a parlé d'une grosse rentrée d'argent quand je serais vieille. C'était extrêmement flou, elle-même en convenait, à l'époque. Sans cette prédiction, je n'aurais jamais commencé à jouer, et il a fallu vingt années de mises régulières pour parvenir au résultat. Est-ce que cela relève vraiment de l'oracle ? N'est-ce pas plutôt une autosuggestion ayant atteint son but par pur hasard, à force de persévérance ? Je sais très bien ce que me diraient Olga ou Chloé : des balivernes, voilà ce que c'est. Tu ne vas pas croire à ça, tout de même ? Et pourtant. Je viens de gagner plus d'un million d'euros.

Punaise, je ne sais plus quoi penser… Après tout, j'ai quatre-vingt-cinq ans, alors oui, à l'échelle de ma vie, la mort va bientôt frapper à ma porte. Peut-être dans six mois, peut-être dans cinq ans. Peut-être demain ?

Quoi qu'il en soit, je n'ai aucun moyen de savoir, alors à partir de maintenant, il faut que j'essaie d'oublier cette épée de Damoclès au-dessus de ma tête, et que je profite au maximum du temps qui me reste. Lorsque je formule cette idée, je prends conscience que la vraie question posée par ce brusque passage du rêve à la réalité, celle à laquelle je vais devoir répondre, est la suivante : quels changements est-ce que je veux opérer dans ma vie ? D'ailleurs, ai-je vraiment envie de changer quelque chose ? C'est tout de même une sacrée ironie de devoir se poser cette question à un âge où les préoccupations sont censées tourner autour de l'installation d'un monte-escalier…

Le prochain rendez-vous avec M. Bertrand étant fixé au surlendemain, je mets à profit ces deux jours et deux nuits de réflexion. Et cela devient une obsession. Je tourne et retourne sans relâche ce problème dans ma tête : que vais-je donc faire avec tout cet argent ? Je commence par énumérer ce qui me ferait vraiment plaisir, malheureusement j'arrive très vite au bout de ma liste. Bien sûr, j'aimerais aller plus souvent chez le coiffeur, au restaurant, au théâtre, m'acheter quelques jolies robes et quelques bijoux colorés. Bien sûr, l'idée de ne pas avoir à me serrer la ceinture pour remplacer mon lave-linge me réjouit. Mais ça ne va pas beaucoup plus loin.

Après une première après-midi d'interrogation, je suis plongée dans le plus grand désarroi. Je me plains beaucoup, certes, mais au fond, ma vie actuelle me convient, et mes envies sont toutes ridiculement accessibles. Banales. Sans extravagance. C'est idiot j'en suis consciente, pourtant ce constat, associé à la façon dont j'ai gagné cette somme… tout ça me creuse la poitrine. J'ai honte que cet argent tombe du ciel, comme ça, sans raison. Moi la fille de Ritals aux mains sales – c'est comme ça qu'on nous appelait, dans le temps. Moi qui connais la valeur du travail, me voilà rentière à quatre-vingt-cinq ans. Ça n'est pas moi.

J'en suis là de mes réflexions lorsque arrive le samedi soir, comme une bouée de sauvetage. La vie normale reprend. Comme tous les samedis soir, Olga et moi visionnons une comédie musicale en buvant et en fumant. On appelle ça notre « samedi canaille », et Dieu que c'est bon. Au programme aujourd'hui, *Tycoon*, la version anglo-saxonne de *Starmania*. Nous rions comme des jeunes filles quand je chante en français « Le monde est stone », en duo avec une Cyndi Lauper hurlant dans la langue de Shakespeare. Lorsque Olga se lance dans « Only the very best » avec son anglais de chèvre, je suis à deux doigts de faire pipi dans ma culotte.

Et soudain, je comprends que mon bonheur est là. Dans ces petits riens.

Ma vie est insignifiante, une poussière sans aucune importance à l'échelle de l'univers, mais c'est la mienne.

Une fois rentrée chez moi, plutôt que de me lamenter sur cette absence de désirs matériels, je décide de passer la nuit à ouvrir la boîte à souvenirs. Dans mon ciboulot de vieille dame, tout est bien mieux rangé que dans mon salon.

Au fil de la nuit ressurgissent les drames, les joies, la violence, la haine, la douceur, la solidarité. Dans ma vie, j'ai rencontré toutes sortes d'individus. Des sales types, des lourdingues, des durs à cuire, des mous du bulbe, des froussards, des cuistres. Mais aussi des généreux, de vrais gentils, des guides, des justes. Des personnes que j'aime, que j'ai aimées, qui m'ont aimée, qui m'ont aidée, qui parfois ont modifié le cours de mon destin sans le savoir. Qui ont fait de moi celle que je suis aujourd'hui. Je pense à ceux-là, surtout.

Je pleure, je ris, je prends des notes sur un petit cahier à spirale, et soudain, les possibles, ces espoirs fous qui me hantent depuis si longtemps, déferlent en vagues puissantes. Plus les minutes passent, plus ils deviennent tangibles. Accessibles.

Et puis, les yeux rougis et le dos meurtri d'être restée en position assise des heures durant, une idée se fraie un chemin dans les méandres de mon cerveau. Je la laisse m'envahir, jusqu'à prendre toute la place. Jusqu'à devenir une évidence.

On dit que l'argent ne fait pas le bonheur, et je le pense profondément. Mais je suis également convaincue qu'il peut y contribuer. Et si cet argent servait à cela ? À rendre la vie plus douce. À remercier toutes ces personnes qui, de près ou de loin, en une journée ou pendant des années, ont fait quelque chose qui a changé ma vie. Ces personnes auxquelles j'ai toujours voulu exprimer ma gratitude, sans en avoir eu l'occasion ni la possibilité. Je crois qu'il n'y a pas pire regret, à la fin d'une vie, que de n'avoir pas su, pas pu dire merci.

Alors à la frêle liste de mes désirs futiles, je substitue une liste de noms.

Vers 6 heures du matin, je considère ces noms

jetés sur le papier. Longuement. Je me dirige vers la fenêtre, et regarde le soleil se lever sur le bâtiment voisin de cet immeuble HLM dans lequel je vis depuis quarante ans. À mesure que naît le jour, je sens monter en moi un sentiment étrange. La honte disparaît, mon souffle s'allège, les contours de mon projet se font plus nets, et une joie invincible se niche dans mon cœur.

Je vais retrouver chacune de ces personnes – ou bien leurs descendants, pour celles qui sont décédées – et offrir un chèque à chacune d'elles tout en prononçant le mot le plus merveilleux qui soit : « merci ».

Je n'ai aucune foutue idée de la manière dont je vais retrouver tout ce petit monde, mais je m'en moque. Car je sais que j'y arriverai.

Chloé et Olga sont sur la liste, bien entendu. Qu'est-ce que je ferais sans elles ? Mais je ne leur dirai rien de mes intentions. Elles me penseraient folle, tenteraient de me dissuader, ou pire encore, de me chaperonner. Je ne veux ni me justifier, ni renoncer – encore moins être suivie à la trace.

Je sais que ce voyage dans le temps va remuer pas mal de choses, je veux être seule pour le vivre. C'est ma liberté de vieille dame.

Je suis née en 1933, à une époque si proche et si lointaine à la fois, où les droits des femmes étaient bafoués sans vergogne, où le père, le mari, les lois, les traditions, la peur du qu'en-dira-t-on décidaient de tout. Même mon identité a été modifiée. Tout le monde m'appelle Gina car c'est le prénom que voulaient me donner mes parents. Mais mon père ne sachant pas lire, l'employé d'état civil a jugé bon de franciser mon prénom sur mon acte de naissance : sur tous mes papiers officiels, je m'appelle Virginie Lisi, épouse Incortoso. Alors cette fois, j'ai besoin de me sentir libre. Sans aucun compte à rendre à personne.

Je m'en veux d'abandonner Chloé en cette période difficile, mais je sais qu'elle est forte, ma petite. J'ai confiance dans sa capacité à remonter la pente. On remonte toujours, je suis bien placée pour le savoir. Et puis, je ne partirai pas plus de deux semaines. Mais je dois entreprendre ce périple maintenant – avant que la deuxième partie de la prédiction de Mme Salomé ne se réalise. Ensuite, je pourrai mourir tranquille, si c'est ce qui est prévu. Ou pas, hein… Si je peux avoir un petit bonus et faire mentir l'oracle, je prends volontiers.

*

Le lundi arrive, et mon rendez-vous avec M. Bertrand prend une tout autre allure. Je réponds d'emblée aux questions qu'il m'a posées ce fameux jour du jackpot – qui me semble déjà loin, tant j'ai cheminé depuis.

— Tout d'abord, je souhaite absolument rester anonyme.

— Bien sûr, madame Incortoso, vous pouvez compter sur la discrétion de l'établissement. Par principe, notre service de sécurité a fait effacer sur-le-champ toutes les photos qui ont été prises « à la volée » par des joueurs curieux autour de vous, le jour même. Préserver la quiétude de nos gagnants est une priorité.

Je pense qu'il en fait un peu trop, avec ses courbettes et son sourire figé, mais je ne dis rien, car je vais avoir besoin de lui. Au contraire, je décide d'user de toutes mes ressources de flagornerie.

— Monsieur Bertrand, vous êtes un homme délicieux. Si je me sens en pleine confiance ici, c'est grâce à vous. Je vous remercie de tout mon cœur.

Il est ravi. Je marque un point.

— Je ne fais que mon travail, vous savez.

— Mais vous le faites si bien…

Il rougit maintenant. Il est à point, je peux enchaîner.

— Monsieur Bertrand, concernant le paiement… j'ai une demande à vous formuler.

— Tout ce qui vous plaira, chère madame.

— Je souhaiterais encaisser une petite partie tout de suite – disons vingt mille euros – et le solde plus tard.

— Oui, bien sûr, ça ne pose aucun problème.

— Pour le reste, j'aimerais prendre le temps, disons trois semaines. Puis je vous fournirai une liste de noms, d'autres gagnants, ainsi que leurs coordonnées, afin que vous puissiez répartir les gains.

Il ne sourit plus, me regarde étrangement. Mais j'ai bien préparé mon coup. Étant une joueuse passionnée, je regarde tous les reportages sur les casinos, les gagnants du Loto, et toute la galaxie du jeu. Alors je sais bien que si j'empoche la somme toute seule, avant de donner à d'autres, ces autres seront lourdement taxés. Ce qui n'arriverait pas si nous étions officiellement plusieurs gagnants : dans un tel cas de figure, chacun recevrait sa part nette d'impôts. Je ne suis pas née de la dernière pluie.

— Je ne suis pas sûr de vous suivre... De quels gagnants parlez-vous ? Vous êtes l'unique gagnante, à ma connaissance.

— Détrompez-vous ! C'est bien ma main qui a actionné la machine, mais je joue au nom de plusieurs personnes. Elles me confient une somme, et je mise pour nous toutes. C'est donc un gain collectif, et je sais que pour les situations comme celles-ci, la Française des jeux permet au gagnant principal de remplir un formulaire de répartition. J'imagine que c'est la même chose chez vous.

Il marque un temps. Me dévisage. Puis me sourit. Il a compris que je bluffais – ce serait tout de même un comble pour un directeur de casino de ne pas identifier les tricheurs. Je m'attends à une lutte rhétorique féroce. Je suis donc toute surprise lorsqu'il me répond :

— Très bien, nous ferons comme cela. En principe, vous devriez remplir le formulaire immédiatement, cependant je suis prêt à faire une exception. Ne le prenez pas mal, mais si on me demande de justifier ce délai, je le mettrai sur le compte de votre grand âge : j'expliquerai qu'il vous aura fallu trois semaines pour remettre vos idées en ordre.

Il marque une nouvelle pause, quitte son sourire figé d'automate, puis plante ses yeux dans les miens. Son regard a changé.

— C'est formidable, vous savez, d'avoir envie de partager. Je ne peux pas suggérer aux gagnants d'agir ainsi évidemment, mais je suis heureux lorsque l'un d'entre eux y pense.

Il sourit de nouveau, et cette fois, tout a l'air naturel. Il semble sincèrement heureux pour moi.

Alors, je ne sais pas pour quelle raison, sans doute parce qu'il est difficile de garder cela pour moi seule, sans doute parce qu'il est un parfait étranger, je décide de lui dire la vérité et de lui exposer la totalité de mon projet.

Mon récit dure une bonne trentaine de minutes. Il m'écoute religieusement, sans m'interrompre. M'encourage à continuer, suspendu à mes lèvres, vivant ce concentré de mes souvenirs à mes côtés, goûtant la saveur inédite de ce besoin foldingue de gratitude qui m'anime.

Lorsque je finis, il semble aussi ému, aussi excité que moi.

Il marque une longue pause, puis il se met à rire d'un rire franc.

— Eh bien, on peut dire que vous ne faites pas les choses à moitié ! On ne me l'avait jamais faite, celle-là ! Gina… vous permettez que je vous appelle Gina ?

J'acquiesce. Il continue.

— Gina, votre idée est merveilleuse. Vraiment. Je

ne sais même pas quoi vous dire, à part vous conseiller de foncer… et vous proposer mon aide – enfin, celle du casino.

Là, il m'intrigue. Son sourire *Ultra Brite* n'a jamais été aussi large.

— Je vous avoue que c'est l'idée la plus exaltante que j'aie entendue de toute ma carrière. Et puis… vous me rappelez tellement ma grand-mère, c'en est troublant.

Ses yeux se teintent d'une lueur insaisissable. Comme si les souvenirs affleuraient, là, au bord de ses cils.

— Elle s'appelait Consuela. Elle était espagnole. Son parcours ressemble beaucoup au vôtre. Sauf qu'elle est partie bien trop tôt. Et moi, je n'ai pas eu le temps de la remercier pour tous les trésors de mon enfance. Alors considérez que c'est un peu elle que j'accompagne à travers vous.

Je ne sais pas bien ce qu'il veut dire par m'accompagner, mais sa sincérité est touchante. Il va finir par me faire pleurer, ce con. En attendant, il continue.

— Je vais demander à un des employés du casino de vous aider à préparer vos voyages, si vous en êtes d'accord. Ça n'est pas très régulier, mais c'est moi qui dirige ce casino, et si on me pose des questions, j'expliquerai que tout cela est une simple démarche d'accompagnement, dont je ne peux révéler la teneur, pour des raisons évidentes de confidentialité. Il est d'usage de mettre à disposition une armada de psychologues et conseillers financiers pour les gagnants de gros lots… mais vous n'avez pas besoin de tout ça. Ce qu'il vous faut, c'est un jeune assistant débrouillard pour vous aider à acheter vos billets d'avion, de train, que sais-je. Adrien est la personne parfaite. Discret, efficace, très sympathique. Je l'appelle dans un instant.

Je ne sais pas s'il est sérieux. J'ai l'impression d'être *vraiment* la reine d'Angleterre, tout à coup. Il devance mes interrogations, me réaffirme sa volonté de soutenir mon formidable dessein.

— Je… ne sais pas quoi dire.

— Alors ne dites rien. Gina, est-ce que je peux vous serrer dans mes bras ?

J'acquiesce en souriant. J'ai compris que je suis un ersatz, que c'est en réalité sa grand-mère qu'il aimerait étreindre. Alors j'accepte volontiers. Mais je ne veux pas sombrer dans la sensiblerie – encore moins qu'il se mette à pleurer, alors je lance :

— C'est bien ma veine, je suis tombée sur un gérontophile.

Nous éclatons de rire, je le remercie pour tout, et quelques instants plus tard, Adrien, mon petit assistant personnel mis à ma disposition par le casino – excusez du peu – nous rejoint. Et ce que m'a promis M. Bertrand est tout à fait vrai.

Adrien a vingt-six ans, c'est un grand dégingandé fort séduisant. Il est adorable, avec ses petites lunettes rondes d'intello, son air à la fois candide et sûr de lui. La première chose que je me dis en le voyant, c'est qu'il faudrait que je m'arrange pour le présenter à Chloé, qui pourrait peut-être bien en faire son quatre-heures, ça lui remonterait le moral. La deuxième, c'est qu'il faut que j'arrête de me mêler de ce qui ne me regarde pas.

Quoi qu'il en soit, Adrien se révèle d'une efficacité redoutable. Il prend les choses en main sans poser la moindre question indiscrète.

En moins d'une semaine, tout est fin prêt.

4

Chloé

10 juillet 2018

Je débarque chez ma grand-mère dans un état second.

Olga m'attend dans la cuisine. Elle aussi a bien du mal à maîtriser ses émotions. Je ne l'ai jamais vue comme ça. Au sens propre comme au figuré : évanouis, le self-control glacé et la coiffure impeccable. Penchée sur la table en formica, elle agite sa jambe frénétiquement sous sa chaise, se ronge les ongles tout en répétant : « Qu'est-ce que tu nous fais, ma pauvre Gina ? »

C'est étrange, mais dans la lumière blafarde de cette cuisine hors d'âge, j'ai l'impression de la rencontrer pour la première fois. Comme si toutes ces années, je l'avais côtoyée sans la voir vraiment, comme si elle quittait soudain une carapace devenue inutile. Je propose de nous faire des cafés, car je sens qu'elle comme moi en avons besoin pour retrouver un minimum d'acuité. Olga déclare préférer une tisane, et tandis que je la lui prépare, elle peste sans relâche sur « cette tête de mule de Gina qui, pour couronner le tout, a toujours refusé d'avoir un téléphone portable ».

Je lui tends son infusion, m'assieds en face d'elle. Je me suis retenue jusqu'ici, mais je n'en peux plus, je dois lui poser la seule question qui compte à mes yeux. Car je n'arrive pas à effacer de mon esprit ces mots qui me hantent, depuis une heure : « Je vais bientôt mourir. »

— Olga, il faut me dire la vérité : Gina est-elle malade ?

Elle secoue la tête vigoureusement.

— Ta grand-mère a eu quelques soucis cardiaques, ces dernières semaines, mais rien de bien méchant. Elle affirme régulièrement qu'elle va bientôt mourir, mais ce sont des paroles en l'air. Ça m'agace, quand elle joue à la vieille dont la vie est finie alors qu'elle a une santé de jeune fille ! Cela étant dit, depuis que tu es venue me voir il y a quelques jours, pour me faire part de tes doutes quant à sa santé mentale... je l'ai observée.

Elle marque une pause, et son expression change. Comme si ce qu'elle s'apprêtait à dire relevait du secret d'État.

— Elle cachait quelque chose, j'en suis certaine. Il m'a semblé qu'elle avait toute sa tête, mais mon Dieu, Chloé, peut-être que tu as raison, peut-être qu'elle yoyote, ta *nonna*. Je ne sais plus quoi penser. Un instant je me dis qu'elle est en pleine possession de ses moyens, et celui d'après elle nous la joue film de science-fiction de seconde zone et parle de voyage dans le temps. Je ne comprends rien, je n'ai aucune idée du lieu où elle se trouve, moi aussi je suis perdue.

Son émotion est touchante. Je pose ma main sur la sienne, et ce geste est si peu naturel qu'elle la retire, gênée. Elle plante ses yeux couleur de pluie dans les miens.

— Chloé, j'ai un peu fouillé l'appartement, avant que tu arrives. Et ce qui m'inquiète le plus... c'est qu'elle a emporté son passeport.

J'observe Olga, incrédule. À ma connaissance, ma grand-mère n'est jamais sortie de France. Je ne vois pas bien pour quelle raison elle aurait eu besoin de se faire établir un passeport. Olga remarque ma surprise et devance mes interrogations.

— Je suis d'origine ukrainienne, comme tu le sais sans doute. J'avais convaincu Gina de m'accompagner à Kiev d'ici quelques mois, sous prétexte d'aller sur les traces de ma famille. En réalité, je n'ai rien à faire là-bas, mes parents ont émigré vers les mines du nord de la France lorsque j'avais quelques mois seulement, je n'ai jamais eu de contact avec quiconque en Ukraine. La vérité, c'est que Gina a toujours adoré les comédies musicales. Surtout *West Side Story*, dont elle s'est passé la cassette des centaines de fois.

Je ne vois pas le rapport, et j'ignorais totalement cette passion de ma grand-mère – décidément pleine de surprises. J'encourage Olga à continuer. Elle reprend.

— Elle et moi on ne roule pas sur l'or, mais pour

ses quatre-vingt-cinq ans et mes soixante-quinze, je voulais lui faire la surprise de l'emmener voir sa comédie musicale favorite à Londres. Ça fait un an que j'économise pour ça, et avec le Brexit j'ai eu peur qu'on nous refuse l'entrée sans passeport. Alors j'ai inventé toute cette histoire d'Ukraine pour qu'elle accepte de faire les démarches. Mais j'étais loin de me douter qu'elle allait s'enfuir…

Ses yeux s'embuent et sa voix s'étrangle lorsqu'elle finit par me lancer :

— Il faut signaler sa disparition à la police.

— Olga, la police nous renverra chez nous sur-le-champ. Gina est âgée, certes. Mais nous n'avons aucune preuve qu'elle n'a plus toute sa tête. Elle est partie en laissant un mot, en prenant son passeport et sa valise, la police nous rira au nez en nous rétorquant qu'ils ne vont pas se mettre à chercher tous les vieux qui partent en vacances…

Elle acquiesce, et le silence envahit l'espace.

Réfléchis, Chloé, réfléchis, bon sang.

Je ne peux pas rester immobile, sans rien faire, l'angoisse monte à une vitesse fulgurante dès que mon corps se met en pause. J'ai besoin de m'agiter. Alors je propose à Olga de fouiller l'appartement de fond en comble, en espérant glaner quelques indices. Olga se charge du salon et de la salle de bains, tandis que je m'occupe de la cuisine et des chambres.

Après une dizaine de minutes de recherches infructueuses, je finis par plonger mon bras dans la poubelle. Entre les restes de salade, le marc de café et les épluchures de carottes, je découvre un simple morceau de papier froissé.

Je le déplie, le pose sur la table, et suis parcourue d'un frisson.

Olga s'approche, mais elle a déjà perçu la détresse dans mes yeux.

Sur la feuille, l'écriture de ma grand-mère.

Et des mots qui nous terrifient.

« Paris – New York, vol AF0006

départ 10 juillet 18 h 05 (être à Roissy deux heures avant)

arrivée 10 juillet 20 h 12 (penser à reculer la montre !!)

12 juillet 10 h 30 : Webster Private Detectives : 0012122066778 (nombre de zéros ?) »

*

Cela fait plus de cinq minutes qu'Olga et moi sommes silencieuses, chacune de nous s'appropriant cette nouvelle découverte, tentant d'en imaginer les tenants et aboutissants. Une chose est certaine : Olga ne joue pas la comédie, elle est aussi surprise, aussi perplexe, aussi paniquée que moi.

Ma grand-mère est-elle en route pour New York, à cet instant précis ?

Si oui, où aurait-elle déniché l'argent du voyage ?

Et pourquoi diable partirait-elle là-bas ?

Olga l'a dite fan de comédies musicales, mais

enfin sa passion pour Broadway n'expliquerait pas un départ aussi précipité, aussi mystérieux, toute seule de surcroît. Et puis il y a cette agence de détectives privés, qui existe bel et bien, et qui d'après son site web est spécialisée dans les crimes non résolus. Les détectives de cette agence semblent faire beaucoup d'autres choses, mais cette mention m'a fait froid dans le dos. J'ai appelé le numéro en me faisant passer pour Gina, j'ai déclaré avoir perdu l'horaire de mon rendez-vous : s'agit-il bien du 12 juillet à 10 h 30 ? La gentille personne à l'autre bout du fil a acquiescé, et j'ai tenté d'en savoir plus sur la mission que Gina comptait leur confier… Évidemment mon interlocutrice a tiqué, m'a répondu sèchement que je devrais le savoir mieux qu'elle.

J'ai raccroché, tout en pensant que tout cela était totalement surréaliste.

Il est près de 1 heure du matin, mon mal de crâne s'est intensifié à mesure que je dessoûlais. Je pars chercher un comprimé de paracétamol dans ma chambre, et lorsque je reviens, je remarque qu'Olga est en train de rouler une cigarette. Je ne savais pas qu'elle fumait. Je me penche vers elle, et mon cœur manque un battement.

— Olga… qu'est-ce que… ?

— Écoute, Chloé, trop c'est trop. J'ai besoin de me détendre. Alors la tisane ça va bien cinq minutes, mais je préfère de loin un petit joint.

Je l'observe avec des yeux ronds. Elle me sourit, tout en léchant le papier.

— Tu en veux un ?

Décidément, cette soirée est remplie de découvertes en tout genre.

— Non, merci, Olga. Mais dites-moi… vous fumez souvent ?

— Oh, non ! C'est un plaisir que nous réservons au samedi soir, d'habitude. Ta grand-mère et moi, nous nous installons devant une comédie musicale avec une bonne bouteille de liqueur et un pétard. Que veux-tu, on s'amuse comme on peut, à notre âge…

— J'imagine que c'est une blague ?

— Pas du tout. Et de temps en temps, on se fait un gâteau au shit. Un *space cake*. Le jeune qui nous fournit en raffole, je lui en garde toujours une part.

Elle tire une taffe et me lance, comme un coup de poignard :

— J'ai l'impression qu'il y a pas mal de choses que tu ignores sur ta grand-mère. Cela dit, moi aussi, apparemment…

Elle me tend le cône fumant, que je refuse, puis continue à tirer dessus.

J'ai besoin de m'asseoir. Est-il possible que nous parlions de la même personne ? La vie de ma grand-mère m'est-elle à ce point inconnue ? Nous sommes liées par le sang, j'ai cheminé à ses côtés plus de vingt-quatre ans. Pour autant, puis-je prétendre la connaître *vraiment* ? Que sais-je de sa vie d'enfant, d'adolescente, de femme ? Rien d'autre que ce qu'elle a bien voulu me confier.

Je saisis la calculatrice de mon smartphone. Olga me

demande ce que je fabrique, mais je ne réponds pas. Je suis une rationnelle. Une cartésienne. J'ai besoin de me représenter l'ampleur de la béance entre Gina et moi. Ma grand-mère est en vie depuis 85 ans, soit plus de 31 000 jours. Admettons que j'aie passé en moyenne 4 jours par mois avec elle pendant 14 ans, puis de moins en moins, disons quelques jours par an seulement, sur la dernière décennie. Cela représente environ 800 jours. C'est considérable bien sûr, suffisant pour créer un lien indéfectible. Mais les chiffres ne mentent pas : techniquement, ma grand-mère a vécu 98 % de sa vie sans moi. Seule la pointe de l'iceberg de son existence m'est accessible.

Cette vérité me frappe de plein fouet : je ne la connais pas.

Les questions se bousculent dans ma tête.

Pourquoi New York ? Pourquoi toute seule ? Pourquoi cette agence de détectives ? Est-elle sur le point de mourir ?

Qui es-tu, Gina ?

Je me tourne vers Olga. Elle est d'un calme… Le pétard semble avoir commencé son effet.

— Finalement… je veux bien quelques taffes.

Elle sourit, me tend le splif et me lance, très sérieusement :

— Gina ne parle pas un traître mot d'anglais, et je ne comprends rien à cette lubie qui lui est venue. Mais qu'elle ait perdu la tête ou pas, elle a quatre-vingt-cinq ans, bon sang ! Et dans quelques heures, elle sera seule dans New York. Qui sait ce qui pourrait lui arriver…

Elle se redresse, me laisse profiter de la première bouffée, puis assène sur un ton définitif :

— Voilà ce qu'on va faire : on va boucler nos valises et prendre le premier vol pour la Grande Pomme. Puisqu'on connaît l'horaire du rendez-vous chez ce détective, on s'y pointe avant elle, on lui saute sur le paletot dès qu'elle débarque, et le tour est joué : ni une ni deux, on la ramène au pays.

Olga a raison. Ma grand-mère est tout ce qui me reste. S'il lui arrivait quoi que ce soit, je ne me le pardonnerais jamais. Et je ne peux pas être certaine qu'elle n'ait pas perdu la tête. Je dois partir à sa recherche. Mais il est hors de question qu'Olga vienne avec moi. Je prends une deuxième bouffée.

— Chloé, j'espère que tu n'es pas en train d'imaginer que tu vas partir toute seule et me laisser ici alors que Gina est peut-être *en danger de mort* ?

Merde, elle lit dans les pensées, maintenant.

— Olga, vous exagérez, elle n'est sûrement pas en danger de mort. Je pars seule, ce sera plus simple, plus efficace et nettement moins cher. Mais je vous appellerai pour vous tenir au courant.

Je la fixe, elle me fixe en retour. L'espace d'un instant, il me semble voir un éclat de haine dans son regard. Ou peut-être est-ce la weed qui commence à brouiller mes sens ? Je m'apprête à couper court à la conversation et à la renvoyer chez elle, quand soudain, elle se met à pleurer. Et ça me déstabilise totalement. Je m'approche, la prends dans mes bras, elle se laisse faire. Elle sanglote à gros bouillons maintenant, c'est malin. Elle me glisse que Gina est tout ce qui lui reste, à elle aussi. Que depuis le décès de leurs maris, Gina c'est sa famille, c'est la sœur qu'elle n'a jamais eue. Elle me supplie de l'emmener là-bas. Elle me supplie et mon cœur vacille.

J'aurais les moyens de l'emmener, entre mes quelques économies, le reliquat de mon prêt étudiant, et l'argent que m'a laissé ma mère. Mais je n'en ai tellement pas envie… Elle m'émeut, avec cet effondrement pleurnichard. Sa tirade sur « la sœur qu'elle n'a jamais eue » m'a touchée en plein cœur, moi l'enfant unique.

Je comprends la détresse d'Olga.

Alors j'accepte.

À la seconde où je cède, Olga sèche ses larmes et tire une longue taffe. Envolée, la sœur inconsolable.

Je savais que je devais me méfier d'elle, mais j'ignorais ses talents d'actrice. Je dois avouer qu'elle est très forte.

— Chloé, je promets de te rembourser jusqu'au dernier centime quand on rentrera. Mais avant ça, je crois que lorsqu'on retrouvera ta grand-mère, le plus beau cadeau que tu puisses lui faire, ce serait de nous emmener toutes les deux à Broadway, pour aller voir *West Side Story*…

Elle continue de me sourire à travers les volutes de fumée, et soudain j'ai l'étrange impression de m'être fait rouler dans la farine… ou plutôt, dans la beuh.

Alors je saisis le cône fumant, et tandis que je tire une taffe salvatrice, puis une autre, je m'isole dans le salon, et cherche les horaires des Paris-New York sur mon smartphone. Le premier vol du matin est abordable, je réserve immédiatement.

Lorsque je reviens dans la cuisine, je découvre une Olga en roue libre, qui chantonne « New York, New York » dans une chorégraphie au ralenti digne d'une Liza Minelli sous morphine.

J'espère que ma grand-mère sera à l'heure pour le rendez-vous chez le détective, sinon ce séjour risque d'être long…

I

MERCI POUR LE COURAGE

5

Gina

10 juillet 2018

J'avais prévu de commencer par New York, mais j'ai changé d'avis.

Mon petit Adrien d'Enghien – je lui ai donné ce titre de noblesse, ça le fait bien marrer – doit d'ailleurs appeler demain l'agence de détectives, pour décaler le rendez-vous. J'avais noté les horaires de vol en partance de Paris, mais j'ai tout balancé à la poubelle. Je partirai de Nice. Entre-temps, j'ai fait l'acquisition de l'un de ces engins électroniques du diable… Je ne suis pas sûre d'avoir tout compris, mais Adrien m'a expliqué l'essentiel : comment téléphoner, et puis comment demander oralement un truc à la machine, qui me répond d'une voix métallique horripilante. C'est quand même magique, ces petites bêtes.

Ce quai de gare est une fournaise. Le contraste avec le TGV surclimatisé est saisissant. Si je n'en faisais pas une affaire de principe, je serais à deux doigts d'enlever mes collants. Sur le quai, je prends tout de même le temps d'ôter mon gilet et mon foulard, puis je me dirige vers le hall. Je refuse poliment que l'on m'aide à porter ma valise, tout en pensant que je dois vraiment avoir une allure de grabataire, pour qu'on me propose ça à tout bout de champ. Bien sûr, je n'ai plus la force de mes vingt ans, mais je m'adapte : j'ai acheté un bagage taille cabine, dans lequel je n'ai mis que l'essentiel – quelques tricots de peau, des chemisiers fleuris, des jupes longues, quatre gilets, et puis des culottes, des collants, une brosse à dents, mes comprimés pour le cœur, un gant de toilette, un savon. Ça n'est pas parce qu'on a dépassé la date limite dans l'esprit des gens qu'on ne sait plus se débrouiller toute seule. L'âge, c'est dans la tête. Bon, pas complètement, il y a aussi un peu d'évolution physique, il faut bien le reconnaître. Mais globalement je dois dire que j'ai géré mon projet comme une jeunette, jusque-là. Si je m'écoutais, je serais presque fière de moi.

La première étape risque d'être riche en émotions. Une nuit de sommeil me fera le plus grand bien. J'espère seulement qu'il y aura une bonne moustiquaire à la fenêtre de ma chambre d'hôtel, je déteste les bestioles.

Voilà les pensées qui me traversent, alors que le taxi sillonne les routes de Camargue et que déjà les tours d'Aigues-Mortes apparaissent au loin, paisibles et majestueuses dans le jour déclinant. Aujourd'hui, cette petite ville proche des Saintes-Maries-de-la-Mer est une destination prisée. Les visiteurs y admirent, entre deux baignades estivales, des ruelles médiévales charmantes, animées, pittoresques. Protégée du mistral par de hauts remparts, l'âme de la vieille ville tranche avec la rudesse poétique des paysages alentour, essentiellement constitués d'étangs et marais salants. Voilà pour le dépliant touristique.

Comment imaginer, dans un lieu en apparence si tranquille, l'irruption de l'horreur pure ?

En août 1893, Aigues-Mortes fut le théâtre d'une abominable chasse à l'étranger, entrée dans l'histoire honteuse de la France sous le nom de « massacre des Italiens ». Le bilan officiel fit état de neuf morts – mais les historiens parlent d'une vingtaine de victimes –, auxquels il faut ajouter une centaine de blessés.

Parmi les travailleurs italiens embauchés pour la récolte du sel cet été-là se trouvait un beau jeune homme de dix-huit ans à peine. Une force de la nature, fuyant la misère des montagnes du Piémont.

J'observe la lumière orangée qui baigne les murs d'enceinte d'Aigues-Mortes, et un frisson me parcourt. La chaleur n'y change rien, je ne peux m'empêcher de frémir d'effroi lorsque je tente d'imaginer ce qu'il a vécu.

Ce gamin, c'était mon grand-père.

C'est pour lui que je suis ici.

Il s'appelait Giovanni Lisi.

*

Ce que je sais de Giovanni, je le tiens d'une longue missive qu'il a dictée à un écrivain public quelques semaines avant sa mort… et qui ne m'est parvenue que soixante-dix-sept longues années plus tard.

Un froid matin de décembre 2015, j'ai reçu un pli recommandé émanant d'un antiquaire niçois : l'homme avait déniché, en vidant le grenier d'une bâtisse des environs, une grande malle contenant des dizaines de lettres orphelines, toutes datées de 1938. Sensible au trésor affectif que ces courriers pouvaient représenter, l'antiquaire s'était mis en tête d'en retrouver les destinataires. L'émotion qui m'a étreinte lorsque j'ai découvert le contenu de l'enveloppe est indescriptible.

Ma Gina, ma petite-fille, mon amour,

Je voudrais te confier une histoire. La mienne, celle de ton papa. La tienne. Tu es encore trop petite pour que je te la raconte, et ton père ne la connaît pas. Il est parfois plus facile de se livrer à ses petits-enfants qu'à ses enfants…

Dans sa lettre, Giovanni évoque la dureté de son enfance dans le Piémont, son travail comme garçon de ferme dès l'âge de douze ans. Puis il raconte sa rencontre avec Maria, ma grand-mère. Maria qu'il aime à la folie. Maria qu'on lui fait épouser en toute hâte quand elle se découvre enceinte, Maria qui meurt en mettant au monde leur fils unique : Angelo, mon père.

Giovanni n'a pas dix-huit ans et il est déjà veuf.

À la douleur du deuil vient se greffer la nécessité de nourrir son fils. Ses propres parents refusant de l'aider – un enfant conçu hors mariage, la honte est trop grande –, on conseille à Giovanni de vendre Angelo, de le déclarer mort et de le confier, à Gênes ou ailleurs, contre une somme d'argent. Les enfants ainsi abandonnés forment, quelques années plus tard, une main-d'œuvre capable de se glisser dans les tunnels les plus étroits des mines de charbon. Mais Giovanni refuse, ce bébé est tout pour lui. Son bonheur. Sa douleur. Et une peur panique qu'on le lui vole s'immisce dans son esprit. Alors il prend la décision de le marquer au fer rouge, afin de toujours pouvoir l'identifier. Il fabrique un instrument constitué de petites pointes acérées, dessinant en lettres capitales le seul mot qu'il sache écrire : son nom, LISI. Il se l'applique d'abord à lui-même, sur le bras gauche, enduisant la plaie d'huile chaude et de suie, pour que le marquage se transforme en tatouage. Puis vient le tour d'Angelo. Le bébé crie, bien sûr. Mais que valent quelques pleurs, contre la promesse de ne jamais le perdre ?

En 1893, à la belle saison, Giovanni décide d'aller se faire embaucher de l'autre côté des Alpes. Angelo a presque six mois lorsque tous deux parviennent à Aigues-Mortes, ce bout du monde infesté de moustiques où le travail abonde. En plein cœur du mois d'août, la Compagnie des Salins du Midi emploie plus de mille hommes pour assurer la récolte du sel en un temps record, le moindre orage pouvant suffire à détruire la production annuelle.

Je n'avais jamais travaillé dans des conditions aussi extrêmes : sept jours sur sept, douze heures par jour, en plein soleil, nous battions le sel à la pioche, avant de le charger à la pelle dans des brouettes de cent kilos qu'il fallait ensuite pousser sur d'étroites rampes de bois – parfois hautes de plusieurs mètres – jusqu'aux lieux de stockage. La ville étant située à six kilomètres de l'étang du Peccais auquel j'étais affecté, nous dormions sur place, dans des cabanes de fortune sans eau courante. C'était dur, mais il me serait possible de gagner jusqu'à deux cents lires sur ce seul mois d'août, ce qui me permettrait d'acheter vêtements et chaussures pour les deux années à venir.

Ce n'est cependant pas un endroit où faire vivre un bébé. À Aigues-Mortes, Giovanni trouve donc une prostituée française qui vient d'avoir un enfant, et qui se déclare être capable d'en nourrir un deuxième, contre rémunération. La femme lui fait une bonne impression, avec son phrasé italien approximatif. De toute façon, il n'a pas le choix.

Pour le levage du sel, les patrons rémunèrent les ouvriers au rendement de groupe. Si le groupe est homogène, que chacun abat une part équivalente de travail, tout se passe bien. Giovanni a de la chance : il est affecté à une équipe ne comprenant que des Italiens et des Ardéchois, ces hommes vigoureux dont il ne parle pas la langue, mais dont les corps, taillés depuis l'enfance dans la douleur des rudes hivers, évoquent le sien.

Un peu plus loin, au salin de la Fangouse, la situation est bien différente. Un groupe d'Italiens a été mélangé avec des trimards français : des vagabonds, des éclopés, des laissés-pour-compte souvent violents et belliqueux, jetés sur les routes par la pauvreté et la crise. Si la Compagnie les embauche, c'est pour ne pas être accusée d'employer trop d'étrangers, l'opinion publique n'étant pas tendre avec les Italiens. Le 16 août 1893, une dispute éclate, les ouvriers piémontais reprochent aux trimards de ne pas être assez efficaces, moquent leur infériorité physique, et les trimards répliquent en les insultant : « Babis ! Ours ! Macaronis ! Christos ! » En guise de vengeance, un des Italiens plonge sa chemise pleine de sueur et de sel dans un baquet d'eau destiné à la boisson. Terrible provocation, dans ces lieux où l'eau douce est en quantité rationnée. Vexés et humiliés, des trimards reviennent à Aigues-Mortes et diffusent dans les rues un mensonge qui s'avérera lourd de conséquences : ils affirment que des Italiens ont tué trois Français.

Cette fausse nouvelle souffle sur les braises d'une haine qui ne demandait qu'à exploser. La fièvre s'empare de la population, et très vite, une foule compacte se forme, composée de plusieurs centaines d'individus armés de bâtons, couteaux, pelles et pierres. Une véritable chasse aux Italiens commence. Dès qu'un d'entre eux se trouve sur son passage, la meute s'acharne à coups de pied, de poing, on lapide, on détruit. Le soulèvement est si soudain que les deux gendarmes et vingt douaniers appelés à la rescousse ne parviennent pas à le contenir.

Quand l'information arrive en fin d'après-midi au marais du Peccais, Giovanni se met à trembler. Une terreur sourde envahit son cœur. Il a fait confiance à cette prostituée pour s'occuper de son fils quelques semaines. Mais en cas de menace, sera-t-elle capable de cacher à la foule déchaînée que l'enfant est italien ?

Malgré ses camarades qui font tout pour le convaincre de ne pas se jeter dans la gueule du loup, Giovanni se met en route vers Aigues-Mortes.

Ce qu'ils ignorent, c'est la présence du tatouage sur le bras gauche d'Angelo. Cette preuve indélébile, ce nom qui le condamne. Je ne peux pas rester là sans agir. Je dois sauver mon enfant.

Giovanni marche sous un soleil noir qui l'écrase. À mesure qu'il approche, la clameur se fait plus forte. Les cris qui résonnent dans la ville lui donnent la chair de poule.

La prostituée habite en dehors des remparts, une mansarde au sein d'une maison délabrée. Lorsqu'elle lui ouvre, l'effroi se lit sur son visage. Giovanni comprend tout de suite. Il hurle, lance un grand coup sur la porte vermoulue. Où est son bébé ?

La jeune femme pleure, le supplie de lui pardonner, lui dit qu'elle n'a rien pu faire. Elle était à la boulangerie Fontaine, sur la place principale, lorsque les émeutes ont éclaté. Il faisait une telle chaleur, les bébés n'étaient vêtus que de leur lange, bras nus.

Elle a eu peur que quelqu'un remarque le tatouage d'Angelo. Qu'on lui demande des comptes. Qu'on la lynche, cette putain qui donne le sein à un bâtard italien. Alors elle s'est enfuie, pour sauver son propre enfant. Elle a abandonné Angelo dans la boulangerie, et depuis elle prie pour lui, elle jure qu'elle prie pour qu'il ne lui arrive rien.

Giovanni la regarde et n'a qu'une envie : la tuer de ses mains.

Il serre les mâchoires, les poings prêts à s'abattre.

Mais il n'est pas comme eux. Pas comme ces bons citoyens qui massacrent des Italiens en hurlant leur colère. Alors il s'en va.

Vers 1 heure du matin, je parviens enfin à pénétrer dans l'enceinte de la ville. La foule s'est éclaircie, mais ceux qui restent font le siège de la boulangerie. Soixante Italiens y sont réfugiés, je l'ai appris dans la soirée, et l'espoir est revenu au grand galop. Malgré les hurlements de la meute, malgré les jets de pierres, malgré les tentatives d'enfoncer la porte, la boulangère ne cède pas. Je la bénis, cette Adélaïde Fontaine si courageuse, mais je me sens tellement impuissant... Je sais bien que si je m'approche de la boutique, il ne faudra que quelques secondes pour que la foule se jette sur moi. Alors j'attends, l'angoisse au ventre.

Au petit matin, les autorités parviennent à libérer les réfugiés de la boulangerie, mais Giovanni n'a aucun moyen de savoir où ils ont été transportés. Les gendarmes pourraient le renseigner, s'ils n'étaient pas débordés, de nouveau, par les émeutiers : furieuse de n'avoir pu régler leur compte aux Ritals de la boulangerie, la foule décide de se rendre aux salins, prenant au piège des dizaines de travailleurs italiens dans un fossé profond. La sauvagerie est sans limites, les os se brisent, le sang ruisselle.

Ce n'est que dans l'après-midi, après le drame, que deux cent cinquante hommes de l'artillerie à cheval arrivent en renfort depuis Nîmes. Pour calmer la population, le maire de la ville fait placarder sur les murs une affiche proclamant que dès le lendemain « tout travail sera retiré aux sujets de nationalité étrangère ».

Après une nouvelle nuit d'angoisse et d'attente, caché dans la campagne environnante, Giovanni parvient enfin à approcher un gendarme.

Je lui explique la situation. Il ne sait pas ce qu'est devenu mon petit garçon, mais une chose est certaine : lorsque les forces de l'ordre sont entrées dans la boulangerie pour en faire sortir les Italiens, il n'y avait aucun bébé.

Je commence à trembler. Il pose la main sur mon épaule, me conjure de garder espoir. Car Adélaïde Fontaine est partie en secret par une porte dérobée avec ses propres enfants, juste avant l'intervention. Elle seule peut savoir si mon fils est vivant.

Il me faut près de douze heures pour me rendre à pied jusqu'à l'adresse fournie par le gendarme dans le centre d'Arles, en n'empruntant que des chemins détournés.

Parvenu à destination, je fais face à une femme d'une cinquantaine d'années, le regard dur et droit, ne montrant aucune émotion devant le piètre spectacle que je dois donner. Elle me demande, dans un italien impeccable, ce que je veux. Je lui parle de mon bébé, elle me répond qu'il n'y a pas de bébé ici. Alors je lui montre mon tatouage, et son regard change. Elle pousse un cri, effectue un signe de croix, et referme la porte d'un coup sec.

Mon monde s'écroule. Je n'ai rien avalé depuis deux jours, je suis épuisé. Je me laisse glisser le long du mur de l'entrée, la tête entre les jambes, pleurant mon fils disparu.

La porte s'ouvre de nouveau.

Adélaïde Fontaine me sourit.

Dans ses bras, mon fils.

Ton père, ma Gina.

Lorsque la boulangère a décidé de tenir tête aux émeutiers, elle a tout de suite remarqué ce marmot abandonné dans sa boutique. Son tatouage laissant peu de doute sur son origine, elle l'a porté à l'étage, l'a vêtu d'un tricot ayant appartenu à l'un de ses six enfants, afin de recouvrir ses bras. Elle l'a caché, protégé, nourri. Puis elle l'a emmené lorsqu'elle a pu s'échapper. Il n'était pas question pour elle de livrer ce bébé aux mains de la foule devenue folle.

Alors tu vois, ma Gina, ma petite-fille, mon amour, si ton père est resté en vie, c'est grâce à elle. Si tu es là aujourd'hui, c'est grâce à elle.

Dans les dernières lignes, Giovanni me confie être retourné à Aigues-Mortes, bien plus tard. Mais la boulangerie avait fermé, et Adélaïde Fontaine était décédée. Aussi n'a-t-il jamais pu la remercier à la hauteur de ce qu'elle a fait pour notre famille.

Oui, si je suis là aujourd'hui, c'est grâce au courage d'Adélaïde.

Il n'est jamais trop tard pour dire merci.

6

Chloé

11 juillet 2018

Je n'en peux déjà plus, de cette vieille bique.

Voilà qu'elle ronfle, maintenant. Avec le bruit de la climatisation, c'est la totale. Il est 22 heures à New York, 4 heures du matin à Paris, mais je ne parviens pas à fermer l'œil. Or, quand je ne dors pas, mon esprit vagabonde dans des contrées bien trop douloureuses. Il est hors de question que je me mette à pleurer dans mon lit, je risquerais de réveiller Olga. Je me donne trop de mal pour cacher mon état psychologique, je ne vais pas craquer maintenant. J'enfile un jean et un débardeur, puis je sors.

Ici, le moindre hôtel coûte un bras, alors quand j'ai trouvé cette chambre dans ce gratte-ciel avec vue sur Times Square à un prix *assez* raisonnable – tout est dans le « assez » –, je n'ai pas hésité. Je regrette maintenant d'avoir privilégié l'emplacement au fait d'avoir deux pièces distinctes. Bref, ce qui est fait est fait. Le plan, c'est de trouver des boules Quiès, de boire un ou deux verres histoire de m'assommer, et de retourner au lit dans de meilleures dispositions.

Je passe à l'accueil, le gentil garçon à moitié endormi me fournit des bouchons pour les oreilles, puis je me dirige vers le *rooftop* de l'hôtel.

Je débarque au sommet et suis saisie par l'atmosphère électrique et l'incroyable panorama. Ce lieu est simplement dingue. Impossible de soupçonner une telle merveille lorsque l'on partage sa chambre avec une ancêtre, vingt étages plus bas. Je pense immédiatement au Cé La Vi, ce club situé au sommet du Marina Bay Sands à Singapour, hallucinant triptyque d'immeubles réunis par une plateforme à deux cents mètres de hauteur. Ici, pas de triptyque, mais une vue étourdissante sur Times Square.

Je déambule au milieu de la foule, tentant de me frayer un passage jusqu'au bar, et soudain j'ai honte de mon accoutrement. Si je n'avais pas été une cliente de l'hôtel, on ne m'aurait sans doute pas laissée pénétrer en ces lieux où tout individu de sexe féminin est juché sur des stilettos hors de prix. J'ai l'air minuscule et ridicule, au milieu de ces *beautiful people*. Mais j'ai besoin d'un verre, alors je continue d'avancer. Je commande un Manhattan, le lieu s'y prête. Le serveur me fait patienter plus que nécessaire, mais je ne lui en veux pas. Le spectacle est partout autour de moi. Dans les *fucking-amazing-awesome-wonderful* exclamations de ces jeunes

Américains, dans leur langage peuplé de « *Oh My God* » réjouissants.

Je m'approche de la paroi vitrée qui ceint la terrasse, permettant d'admirer sans risque le bouillonnement lumineux des panneaux publicitaires géants mêlant comédies musicales, Coca Cola et égéries dévêtues de Victoria's Secret. Stroboscope d'une Amérique de série télévisée, objet de rêves et de convoitises pour les citoyens mondialisés que nous sommes.

Mon verre est déjà terminé. Je m'apprête à retourner vers le bar, lorsqu'une voix bien trop familière lance dans mon dos :

— Je t'ai pris un mojito, ça va bien avec la ganja !

Je me retourne. Olga se tient devant moi, un cocktail dans chaque main.

— Olga, qu'est-ce que vous faites là ? Vous… étiez en train de ronfler… et puis… ça n'est pas tellement pour votre âge ici, non ?

— Tu as raison, le videur ne me croyait pas quand je lui ai assuré avoir plus de vingt et un ans… j'ai dû sortir mon passeport !

Elle est morte de rire de sa blague pourrie. Je saisis le verre qu'elle me tend, c'est toujours ça de pris. Puis je lui tourne le dos, dans un mouvement volontairement désagréable. Je veux qu'elle me foute la paix.

— Ça, pour accepter un verre… Mais pour la politesse, on repassera, hein… Je t'ai entendue sortir, ça m'a réveillée. Tu n'as pas le monopole des « roufetaupes ».

Elle a dit ça d'un ton exaspéré, avec cet accent qui la caractérise. Je ne sais pas si c'est l'effet de l'alcool ou de la fatigue, mais j'éclate d'un rire sonore. Elle me dévisage, puis se déride aussi et me glisse à l'oreille :

— Tu crois que je peux fumer, ici ?

Je m'apprête à lui indiquer un coin fumeurs, quand je percute.

— Olga, jamais de la vie ! Vous ne sortez rien de tout ça ici. Vous ne croyez pas que vous en avez déjà assez fait ?

Elle rit de plus belle tout en me lançant :

— Oh, ce que tu peux être soupe au lait !

Je t'en ficherais de la soupe au lait… On était à deux doigts de finir en taule, avec ses conneries. Je dois dire que je suis estomaquée d'un tel aplomb, après ce qu'il s'est passé ce matin.

Lors du passage des portiques de sécurité à Roissy, elle m'a confié un petit emballage plastique qui ne rentrait pas dans son sac à main. Je n'y ai pas prêté attention, et l'ai fourré dans le mien. Ce n'est qu'une fois installées dans l'avion qu'elle m'a demandé de le récupérer. J'ai cru mourir d'une attaque cardiaque. À l'intérieur, le parfait attirail du consommateur de cannabis… marchandise comprise. J'ai dû devenir livide, car une hôtesse qui passait par là m'a demandé si tout allait bien, si j'avais besoin d'aide. J'ai failli lui répondre que j'avais juste besoin d'une autre compagne de voyage, mais je me suis retenue. J'ai sermonné Olga en chuchotant, elle levait sans cesse les yeux au ciel comme une adolescente rebelle, m'assurant que j'exagérais, que non, je ne risquais pas de finir mes jours en prison, qu'elle se serait dénoncée, et que si elle avait su que j'en ferais tout un pataquès, elle se serait débrouillée pour mettre tout ça dans son bagage.

— Mais ma parole, vous n'avez rien compris ! Non, certainement pas dans votre bagage, à la douane ils ont des chiens renifl…

Je me suis arrêtée net. La douane. J'ai commencé à sentir de grosses gouttes de sueur glisser le long de ma colonne vertébrale en imaginant ce qui pourrait se passer si nous étions contrôlées à notre arrivée à New York. Je sais que les Américains n'aiment pas tellement ce genre de plaisanteries à base de transport de drogue. Je me suis vue, menottée, en combinaison orange dans une prison de haute sécurité, jetée dans la fosse aux lionnes, ou pire, partageant une cellule avec une condamnée à mort… Olga a enfin pris conscience de mon état et m'a assuré qu'elle allait se débarrasser de tout le contenu du sac plastique dans les toilettes de l'avion. Je lui ai fait jurer. Elle a juré. J'ai respiré. Jusqu'à ce qu'elle me révèle, à notre arrivée à l'hôtel, qu'elle avait une autre réserve, planquée dans une boîte de Doliprane.

— Olga, vous aviez promis !

— Et j'ai tenu promesse. J'ai vidé tout le sac. Je n'ai jamais parlé de ma petite boîte secrète. Tu te tracasses trop, tu sais. Ma génération a vécu tant de choses affreuses, que ce genre de trucs ne nous fait pas peur. Il faut prendre des risques dans la vie, sinon on ne vit jamais, ma petite Chloé !

Et donneuse de leçons, avec ça. J'ai parfois l'impression d'être l'adulte et de devoir m'occuper d'une enfant de six ans totalement irresponsable. Sauf que les gamines de six ans se promènent rarement avec du cannabis dans les poches…

Je sors de ma rêverie et la cherche du regard.

Elle est en grande discussion avec un groupe de jeunes, qui rient et entrechoquent leurs verres avec le sien. Cette femme est tout de même assez incroyable. Elle me fait de grands signes pour que je la rejoigne. J'ai juste envie de me cacher dans un trou de souris, avec mon air à moitié endormi et le jetlag qui commence à se faire sentir.

Je donne le change malgré tout, intègre le groupe, me présente. Puis l'un des garçons déclare, le plus sérieusement du monde :

— Vous parlez anglais ? *That's perfect 'cause we don't speak French. Your friend just told us that you are* un peu coincée *and that you need* un bon petit coup de reins… *what does it mean ?*

Je me liquéfie sur place. Elle rit comme une baleine. Je crois que je vais la tuer.

7

Gina

11 juillet 2018

Il n'est que 7 heures du matin, mais le soleil est déjà haut.

Dans ma chambre d'hôtes du centre historique d'Aigues-Mortes, fenêtres ouvertes, la tiédeur de la nuit était très agréable. Contre toute attente, j'ai dormi comme un bébé, protégée par la moustiquaire de mon lit à baldaquin.

Je déplie mon corps en effectuant quelques mouvements doux de yoga, mais sans Olga qui peste et gronde à côté, ça n'est pas la même chose. Je laisse rapidement tomber et me rabats sur le copieux petit déjeuner – l'effet sur ma santé n'est pas tout à fait équivalent au yoga c'est vrai, mais si je dois mourir un de ces jours, autant avoir mangé le plus de croissants au beurre possible.

Avant de m'endormir hier soir, j'ai relu la lettre de mon grand-père. Je la connais quasiment par cœur, mais l'émotion est toujours aussi forte. Parce que le récit est terrible, bien sûr. Mais aussi parce qu'il éclaire d'un jour nouveau les relations au sein de ma famille. Mon père n'a jamais su ce qu'il avait vécu, bébé. Quelles traces ce douloureux épisode a-t-il laissées, dans le lien entre mon père et mon grand-père ? Mon père était distant, presque froid, c'est vrai. Mais malgré son aridité apparente, il m'aimait si fort, avait si peur de me perdre, qu'il m'a tatoué le bras gauche, moi aussi – alors même que ça ne se faisait plus à mon époque. Et moi, j'ai eu si peur de ne pas parvenir à aimer mon propre fils, à sa naissance, que je l'ai sans doute aimé trop, ensuite. Les gens ont toujours mis ce trait de caractère sur le compte de mon côté *mamma* italienne. Mais les gens ne savent rien de la vie des autres. Est-ce que les angoisses et les peurs se transmettent d'une génération à l'autre ? Sûrement.

J'enfile une jupe longue fluide, un chemisier à fleurs léger, et au moment de mettre mes collants, je marque un temps d'arrêt. Toute ma vie, je me suis pliée aux conventions – du moins en apparence –, mais ce matin, je me dis qu'il est bien temps d'assumer certains choix, si minuscules soient-ils. Alors je prends une grande inspiration, et je replie mes collants dans la valise. Aujourd'hui, je sortirai jambes nues. C'est totalement ridicule, mais cette timide rébellion contre moi-même me remplit d'allégresse.

Je fais quelques pas dans la rue avec une sensation nouvelle sous ma jupe, mais plus j'avance, plus mes pensées s'assombrissent. J'approche du centre névralgique des événements d'Aigues-Mortes, et même si le lieu n'a plus rien à voir, je ne peux m'empêcher d'imaginer.

Je pense à Adélaïde Fontaine, la boulangère, et je frissonne de nouveau. Mon grand-père la considérait véritablement comme une héroïne. Son courage a permis de sauver plusieurs dizaines de personnes, dont mon père. Combien de descendants ces Italiens ont-ils eus ? Combien connaissent l'histoire de ce massacre oublié ?

Car l'épilogue de cette affaire est douloureux, je l'ai appris depuis. Après le drame, la loi du silence s'est imposée à Aigues-Mortes, chacun hésitant à dénoncer son voisin, de peur des représailles. La Compagnie des Salins du Midi n'a fait l'objet d'aucune poursuite : ni les conditions de travail, ni la rémunération au rendement collectif, n'ont été mises en cause. Les autorités locales et les jurés de la cour d'assises ont subi d'innombrables pressions et menaces, et quelques mois plus tard, l'incroyable verdict est tombé : acquittement général. L'épisode a presque été rayé de la mémoire collective. Mais il demeure un fantôme au goût de nuit pour les habitants d'Aigues-Mortes.

Adélaïde Fontaine a défendu une précieuse parcelle d'humanité, au péril de sa propre vie. Quand mon projet fou est né, il m'a semblé évident de remercier sa famille. J'ai mis mon petit Adrien d'Enghien sur le coup. En quelques clics, il a identifié un homme qui se bat depuis des années pour que les événements tragiques de 1893 soient commémorés, et que les agissements des quelques Justes ayant permis de sauver des vies soient reconnus. Cet homme, c'est Léopold, l'un des arrière-petits-enfants d'Adélaïde Fontaine.

C'est avec lui que j'ai rendez-vous ce matin, à la terrasse d'un café touristique de l'ombragée place Saint-Louis, cœur battant de la ville. Le mien accélère lorsque je prends conscience que je me trouve à l'emplacement exact de la boulangerie. Qu'à quelques mètres de moi s'est jouée l'histoire de ma famille, il y a cent vingt-cinq ans.

Léopold m'identifie tout de suite. Il se lève respectueusement, et son accent chantant typique de cette partie du Gard me plaît beaucoup. C'est un homme d'une soixantaine d'années, assez trapu, presque chauve, au visage poupon, au charme nonchalant et aux yeux rieurs. Il commande deux cafés, tandis que je commence à tout lui raconter. La lettre de mon grand-père, mon extravagant jackpot, mon projet. Cette somme que je souhaite offrir, à lui et à sa famille. C'est tellement peu, face à ce qu'Adélaïde Fontaine a fait.

Il me regarde avec des yeux ronds. Se demandant sûrement si j'ai perdu la boule. Puis il éclate de rire.

— Qu'est-ce que c'est que cette histoire ? C'est une caméra cachée ? Une arnaque ?

Il regarde autour de lui d'un air soupçonneux, puis ses yeux se fixent de nouveau sur moi. J'ai l'impression qu'ils tentent de me transpercer, j'en suis presque gênée. Je ne dis rien. Je le laisse digérer. Je sais bien que tout cela est difficile à imaginer. Moi-même, il m'a fallu du temps pour intégrer la nouvelle de mon gain. Il boit une gorgée, puis reprend.

— Je ne crois pas un mot de ce que vous venez de me dire. D'un autre côté, j'ai du mal à comprendre quelles pourraient être les motivations d'un tel mensonge...

— Je me mets à votre place. Je pense que je réagirais comme vous, si une hurluberlue débarquait avec une histoire aussi abracadabrantesque. Je vous informe simplement que vous serez contacté d'ici quelques semaines par le casino d'Enghien. Il vous suffira d'acquiescer lorsqu'on vous demandera de confirmer que vous avez bien cofinancé la somme jouée par mes soins sur la machine le 30 juin 2018, pour toucher votre part de cent mille euros.

Il m'écoute, puis s'appuie contre le dossier de sa chaise en osier tressé. Il vacille, je le sens.

— Léopold, j'ai quatre-vingt-cinq ans, ce que j'avance est la pure vérité. J'habite à Paris, je ne vous connais pas, je ne vous demande rien, si ce n'est d'accepter l'immensité de ma gratitude pour ce qu'a fait votre arrière-grand-mère.

Il est ému. C'est donc qu'il commence à me faire confiance. À y croire.

Il hésite, baisse les yeux, puis redresse la tête. Son regard est humide, tout à coup.

— Gina, je ne sais pas quoi vous dire… Mais si ce que vous avancez est vrai, je ferai en sorte d'appliquer à la lettre vos consignes.

Il plante son regard brun dans le mien et ajoute :

— Cet argent, je ne peux pas le considérer comme mien. Ça ne serait pas légitime. Bien sûr, je ne roule pas sur l'or, mais je ne comptais pas sur ces cent mille euros pour finir ma vie. Je serai à la retraite dans six mois, et j'ai quelques économies, pour mes vieux jours. En revanche…

Il marque une pause. Son visage s'illumine soudain. J'ai l'impression d'avoir en face de moi un gamin surexcité ayant trouvé la solution à un problème d'algèbre.

— En revanche, je sais ce que je peux en faire. J'ai créé une association, il y a cinq ans, pour faire connaître ce chapitre oublié de l'histoire de l'immigration italienne, et rendre hommage à mon arrière-grand-mère, au curé de la ville et à la poignée de héros qui ont sauvé des Italiens du lynchage. C'est l'association qui utilisera cet argent, personne d'autre. J'ai tout un tas d'idées de conférences, de rencontres dans les écoles… Ce qui manque, c'est ce que vous m'offrez.

Il se lève, me demande s'il peut m'embrasser, je rougis en répondant oui.

Alors il se penche vers moi, dépose un baiser sur ma joue et me lance :

— Gina, vous êtes une belle âme.

Je sens ma tête chauffer, je dois être écarlate. Puis il ajoute :

— Je suis heureux que mon arrière-grand-mère ait sauvé votre papa. Le monde n'aurait sans doute pas été tout à fait le même, sans vous.

II

MERCI, CONNARD

8

Gina
12 juillet 2018

Je suis arrivée à Hyères en début d'après-midi.

La maison d'hôtes dans laquelle je vais passer la nuit est perchée sur la colline qui domine la ville. Le point de vue est, à lui seul, une invitation au voyage. Depuis la terrasse de ma chambre, un entrelacs de toitures provençales, quelques éclats de linge coloré séchant aux fenêtres, des murs ruisselants de bougainvillées, puis au loin, le bleu dense de la Méditerranée, parsemé de voiles blanches, sans doute en route pour l'île de Porquerolles, qui clôt le spectacle et referme la baie.

Il ne me faudra que quelques minutes de marche pour parvenir à ma deuxième étape, au numéro 6 de la rue Saint-Esprit – tout un programme, d'autant que l'homme que je viens voir n'a plus toute sa tête, d'après sa belle-fille. Celle-ci m'a invitée à passer prendre le goûter lorsque je l'ai contactée. J'ai trouvé ça sympathique sur le coup, puis à la réflexion, très vexant : un goûter, c'est ce qu'on propose à des gens qu'on imagine couchés à 19 heures – des enfants ou des vieux, donc.

Je lui ai indiqué être une amie de longue date de son beau-père. J'ai menti.

Je ne connais pas grand-chose de lui, mis à part qu'il était, dans sa jeunesse, un petit con arrogant.

Il est plus que temps de l'en remercier.

*

Nous sommes le 2 décembre 1959.

J'ai vingt-six ans, je vis à Nice. Je suis femme de chambre à l'hôtel Negresco. J'y travaille depuis cinq ans et accepte de temps à autre des petites missions que me confie le concierge de l'hôtel, moyennant une rémunération complémentaire – non déclarée, évidemment.

Ce mercredi-là est un jour de repos, mais j'ai accepté de convoyer une lettre d'un client de l'hôtel jusqu'à son mystérieux destinataire, à Marseille. Je ne sais pas ce que contient l'enveloppe épaisse, mais ça pourrait être illégal. Je ne pose pas de questions, j'ai besoin d'argent, j'exécute, point.

La mission est simple : prendre l'autorail du matin en direction de Marseille, livrer à l'adresse indiquée – un immeuble situé sur le Vieux-Port – et revenir à Nice par l'autorail du soir. Trois heures aller, quelques heures sur place, trois heures retour. Le trajet n'est pas désagréable, les wagons sont chauffés, on aperçoit souvent la mer, et j'ai du temps pour lire. Depuis quelques années, je dévore ces nouveaux bouquins pas chers que l'on appelle livres de poche : pour deux francs, soit le prix d'un journal, c'est la garantie d'heures d'évasion. J'ai choisi *Gigi,* de Colette, car j'ai appris dans une revue oubliée dans une chambre du Negresco que le livre avait été porté sur les planches, en Amérique, avec cette actrice qui me fascine, Audrey Hepburn. En compagnie de Gigi, le trajet passe à une vitesse folle.

Je trouve facilement l'adresse indiquée à Marseille, je dépose la lettre, puis je flâne un peu… pour finir par remonter la Canebière au pas de course, car il s'est mis à pleuvoir très fort – le genre d'épisode méditerranéen de type fin du monde, avec ses rues inondées en quelques minutes, et ses coups de tonnerre qui réveillent les morts.

Je traverse le boulevard Garibaldi et m'apprête à bifurquer en direction de la gare Saint-Charles, lorsqu'une Renault Dauphine rouge vif déboule à toute berzingue et m'envoie valser. Le conducteur a freiné trop tard et n'a pas anticipé la donnée suivante : sur chaussée glissante, une voiture glisse.

Je suis projetée sur le trottoir. J'entends quelque chose craquer. Je sais que ma tête n'a rien heurté, mais je ne peux faire autrement que de rester allongée sous la pluie battante, car la douleur dans mon épaule et mon bras gauche est trop forte. Je ferme les yeux, entends des voix appeler les secours, puis des bras me déplacent à l'intérieur d'un restaurant.

Lorsque l'ambulance et la police arrivent, je suis parvenue à m'asseoir, j'ai froid car je suis trempée, mon épaule va déjà mieux mais mon avant-bras me fait atrocement souffrir. J'aperçois la Dauphine, garée juste en face. Un policier s'approche, souhaite savoir s'il peut m'interroger quelques minutes, ou si je préfère me rendre tout de suite à l'hôpital. Je suis d'accord pour parler de ce chauffard, prête à l'insulter copieusement, attendant des excuses, mais le policier me demande :

— Pour quelle raison avez-vous tenté de mettre fin à vos jours ?

Je ne suis pas sûre de bien comprendre. Je le lui dis, il reformule.

— D'après le conducteur de la voiture, vous avez surgi de nulle part et vous vous êtes jetée sous ses roues. Je le cite : « Heureusement que j'ai gardé mon sang-froid. J'ai freiné, mais je n'ai pu éviter de la frôler. Elle a perdu l'équilibre, mais ça aurait pu être bien plus grave si je n'avais pas eu le réflexe de me déporter vers la gauche. »

Je suis stupéfaite. Je serre les poings, mais la douleur rayonne dans mon bras.

— Monsieur l'agent, je n'ai jamais tenté de me tuer. Vous connaissez beaucoup de candidats au paradis qui se suicident en traversant sur un passage piéton ? C'est ce chauffard qui…

— Madame, permettez-moi de vous interrompre. Le conducteur est choqué, la voiture n'a rien – ce qui corrobore sa version des faits –, et un témoin affirme vous avoir vue foncer volontairement sur le véhicule.

Il fait un signe de tête, m'indiquant deux personnes assises un peu plus loin. Il y a là un jeune homme, apparemment de bonne famille, souliers vernis et raie de côté. Le témoin de la scène, assis à côté de lui, est un gamin d'une quinzaine d'années, pantalon sale et chemise jaunie. Le policier les convoque pour ce qu'il nomme une confrontation, mais que j'appellerais plutôt une mascarade.

Le conducteur se nomme Antoine Barthe, il a vingt-deux ans, et affiche un air bien trop contrit pour être honnête. Quant au témoin, il ne cesse de jeter des coups d'œil en direction de l'autre, comme s'il cherchait son approbation.

Alors je comprends tout. La voiture m'a bousculée, mais mon poids plume n'a laissé aucune trace sur la carrosserie. Antoine Barthe a eu le temps de garer son véhicule puis de soudoyer un garçon des rues pour qu'il témoigne en sa faveur. Je plante mes yeux dans ceux du témoin.

— Il t'a payé combien pour que tu mentes comme ça, hein, gamin ?

— Mademoiselle, je ne vous permets pas…

Antoine Barthe joue l'offusqué, ce qui me conforte dans mon analyse, tout en m'agaçant passablement. Le policier intervient.

— Madame Lisi, je vous conseille de ne rien insinuer de la sorte. Je connais bien la famille de M. Barthe. Je peux vous dire que ça n'est pas le genre à se soustraire à ses responsabilités.

Je prends conscience que je n'ai aucune chance, et que j'ai plus à perdre qu'à gagner : la voiture est intacte, le seul témoin corrompu, le policier ami de la famille… il ne s'agirait pas qu'ils reconstituent mon parcours à Marseille et en arrivent à se poser des questions sur le contenu de l'enveloppe que je viens de livrer.

Alors, la mort dans l'âme et la rage au ventre, je me convaincs de laisser tomber. Je respire un grand coup – j'ai besoin qu'on s'occupe de mon bras, maintenant – et je change de ton. L'agent me demande de m'excuser auprès de ces messieurs – *et puis quoi encore ?* – mais Antoine Barthe me devance. Il s'approche, afin que le policier ne puisse plus voir son visage. Je n'oublierai jamais le regard vainqueur, humiliant, qu'il me jette lorsqu'il conclut :

— N'en parlons plus. Je suis sûr que cette jeune femme est désolée. Mademoiselle, je vous pardonne bien volontiers votre désinvolture.

L'instant d'après, je suis conduite à l'hôpital de la Timone. On me plâtre, puis on me garde en observation toute la nuit.

Ce n'est que le lendemain matin, dans le hall d'accueil de l'hôpital, que je découvre les actualités. Une dizaine de personnes fixent, comme moi, ce reportage télévisé montrant des images de désolation, et puis la tristesse, la colère, l'incompréhension, dans les visages fermés de toute une population.

La veille, peu après 21 heures, le barrage de Malpasset, situé sur les hauteurs de Fréjus, a cédé. Cinquante millions de mètres cubes d'eau se sont engouffrés dans l'étroite vallée du Reyran, rayant de la carte des villages entiers et une partie de la ville. Quatre cent vingt-trois personnes sont mortes.

La voix monocorde du journaliste égrenant ces nouvelles ajoute une dimension sépulcrale. J'ai froid, tout à coup. Et ma fracture du radius devient bien dérisoire.

Je reste encore quelques minutes à fixer le poste de télévision, mais très vite, je ne supporte plus de voir ces paysages, ces témoignages. Je m'apprête à tourner les talons, lorsqu'une mention, presque anodine si on la compare au reste des annonces, stoppe mon élan. Le reportage évoque trois kilomètres de voies ferrées arrachées. Et dévoile des images de l'autorail Marseille-Nice renversé, traîné dans une coulée de boue.

Mon sang se glace.

Je fouille la poche de mon manteau et en sors mon billet retour, inutilisé.

Mon Dieu, ce train. C'était le mien. J'aurais dû être dedans.

Si je n'avais pas eu cet accident hier, si Antoine Barthe ne m'avait pas renversée, je serais morte, à l'heure qu'il est.

Bien sûr, avec des si, on changerait le monde. Mais tout de même. Je n'ai jamais pu m'empêcher de croire aux signes, aux horoscopes, aux voyantes, à la chance, au destin.

Je n'ai plus jamais entendu parler d'Antoine Barthe depuis. Mais il est toujours resté là, quelque part dans un coin de ma tête. Dans la case « détestable », mais aussi dans cette case improbable qui réunit les gens qui m'ont, un jour, sauvé la vie.

*

La belle-fille d'Antoine Barthe s'appelle Célia. Elle est adorable.

C'est une femme d'une quarantaine d'années, port de tête altier et cheveux noirs ramenés en un chignon strict, un peu rigide au premier abord, mais une vraie douceur dans le regard, dans les mots, dans les gestes.

Elle m'accompagne dans le salon, et je suis surprise par la modestie apparente de la demeure. Peut-être qu'Antoine Barthe n'était pas d'une famille si riche que cela. Je pose quelques timides questions, ou plutôt prêche le faux pour savoir le vrai. « À qui appartient cette maison ? J'ai connu Antoine à Marseille, sa famille a déménagé ? Et quand a-t-il mis fin à ses activités… de quoi déjà ? » Les réponses me confortent dans ce que j'avais perçu à l'époque. La famille Barthe vient bien de Marseille, Antoine a repris les commerces familiaux, florissants à la mort de ses parents. Mais il a mis la clé sous la porte dix ans après. Je comprends – sans que Célia le formule ainsi – que c'est la légèreté avec laquelle Antoine Barthe a géré ses boutiques qui est en cause. Je ne dis rien, mais je ressens une sorte de jubilation coupable à l'idée que cet homme ait vu son trop-plein d'assurance causer sa perte. J'exagère un peu, il n'y a pas eu de perte à proprement parler, la suite de son histoire n'a pas l'air si dramatique : installé à Hyères, il est reparti de zéro, a monté un modeste commerce de vêtements, et eu deux enfants, dont le mari de Célia. La femme d'Antoine est décédée il y a cinq ans, et Antoine vit la plupart du temps en maison de retraite médicalisée, sauf quelques jours par mois, au cours desquels Célia et son mari l'accueillent ici, chez eux.

J'entends une porte qui s'ouvre, puis des pas dans le couloir. Célia se penche vers moi, pose sa main sur mon bras.

— Le voilà. Je vais vous laisser, vous devez avoir des tas de choses à lui dire, depuis le temps. Je vous ai prévenue au téléphone, son Alzheimer s'installe progressivement. Il est possible qu'il ne vous reconnaisse pas, il ne faut pas le prendre personnellement. Je vais faire du thé, je vous en apporte une tasse ?

— Oui, volontiers. Merci beaucoup, c'est très aimable à vous.

Je lui souris, elle ouvre la porte, laisse entrer son beau-père, puis referme derrière elle.

Me voilà en tête à tête avec Antoine Barthe. Cinquante-neuf ans plus tard.

C'est un homme rabougri, qui semble bien plus vieux que son âge. Il avance d'un pas hésitant, puis étrangement, il s'assied sur le même canapé que moi, m'obligeant à tourner la tête pour lui parler. Il sourit mais ne dit rien.

Je ne suis plus tellement sûre de ce que je m'apprête à faire, tout à coup.

— Bonjour, Antoine. Vous me reconnaissez ?

Il secoue la tête, continue de sourire en silence.

— En 1959, le jour de la rupture du barrage de Malpasset, vous m'avez renversée avec votre voiture, à Marseille. Vous vous souvenez ?

Pas de réaction. Il approche son visage du mien, puis se redresse. Comme si quelques neurones se reconnectaient.

— Bien sûr, je me souviens. Vous vous êtes jetée sous mes roues. Une folle à lier. Hystérique, ça oui !

— Monsieur Barthe, ça n'est pas du tout comme ça que ça s'est passé !

Il s'est arrêté net. Me regarde bizarrement.

— Qui êtes-vous, madame ?

— Je… viens de vous le dire.

— Ah, Gertrude ! Qu'est-ce qu'on a pu baiser, tous les deux, hein ! C'était le bon vieux temps !

Il se penche vers moi, et sans que je m'y attende, essaie de me toucher les seins. J'ai un mouvement de recul, que j'accompagne d'une tape sur la main

– comme je l'aurais fait avec un enfant. Je le fixe, stupéfaite.

Il sourit toujours. Approche sa main, de nouveau. Je recule, de nouveau.

— Monsieur Barthe, mon prénom est Gina, pas Gertrude. Et vous m'avez renversée, en 1959.

— Bien sûr que je t'ai culbutée, et pas qu'en 1959 ! Allez, Gertrude, fais pas ta farouche, viens voir ton Toinou !

Il a pété un câble, le vieux vicieux. Je recule encore, puis décide de me lever.

— Monsieur Barthe, je voulais vous remercier de m'avoir sauvé la vie, indirectement. Et puis je voulais aussi vous dire…

Je marque une pause. J'hésite.

Il n'a pas toute sa tête, ça me semble clair.

Et puis merde, on n'a qu'une vie !

— Je voulais aussi vous dire que vous êtes une belle raclure de bidet.

Il est surpris. Je jubile. Alors je hausse la voix.

— Mufle ! Ordure !

Je me mets à rire. Je laisse éclater ma joyeuse colère, contenue depuis tout ce temps. Je vois bien qu'il ne comprend rien à ce qui est en train de se passer, mais il n'a pas l'air si étonné que ça.

— Tronc de figuier ! Tas de fumier malodorant ! Enclume !

— Arrêtez ça tout de suite !

Célia vient de m'interrompre. Elle pose le plateau

sur lequel trônent une théière, deux tasses et des petits gâteaux secs.

— À quoi jouez-vous ? Qui êtes-vous ?

Je m'apprête à répondre, mais Antoine Barthe est plus rapide.

— C'est Gertrude ! La putain de la rue Thubaneau !

Il exulte. Ses yeux brillent. Je me demande même s'il n'a pas une érection, à cet instant précis – je ne veux surtout pas le savoir.

Je demande à Célia de m'accorder quelques minutes, nous sortons de la pièce, et je lui déballe toute l'histoire. Elle m'écoute attentivement lorsque je lui propose ce qui trottait dans ma tête depuis le début : me laisser insulter Antoine Barthe quelques instants, contre dédommagement pécuniaire.

Elle est choquée, c'est visible – on le serait à moins. Elle me fixe, incrédule. Et soudain, elle éclate de rire.

— Vous alors, vous ne manquez pas de toupet !

Elle refuse mon argent avec fermeté, puis se penche vers moi et me glisse sur le ton de la confidence que son beau-père est un vieux cochon dont le comportement a fait beaucoup de mal à sa famille, qu'il a trompé sa belle-mère un nombre incalculable de fois, qu'il buvait, claquait des sommes insensées dans un train de vie bien au-dessus de ses moyens, et que tout compte fait, une petite salve d'insultes serait sans doute bien méritée. Elle marque une pause, réfléchit, puis déclare le plus sérieusement du monde :

— Je vous laisse dix minutes.

Nous scellons notre accord d'une poignée de main, puis je reviens dans la pièce, seule. Antoine Barthe sourit toujours. Je me poste devant lui et lui lance joyeusement :

— Alors comme ça, tu t'es mal comporté toute ta vie, mon salaud !

Il se met à rire. La situation est lunaire, alors je continue de plus belle.

— Coprolithe ! Greluchon ! Malotru ! Gougnafier ! Vieux schnock !

Il rit toujours, et moi aussi.

— Crétin des Alpes ! Coquefredouille ! Fond de benne ! Crevure ! Vieux débris !

Et je continue comme ça, tant que les mots me viennent.

Ces quelques instants sont libérateurs. À travers Antoine Barthe, j'ai l'impression saugrenue de me venger de près d'un siècle de sexisme ordinaire, de petites infamies du quotidien. Et qu'est-ce que ça fait du bien !

Je prends ensuite congé de mon hôte, non sans lui avoir susurré quelques dernières douceurs, puis je remercie chaleureusement Célia, qui me lance en riant qu'elle a appris de nouveaux mots, grâce à moi… et qui m'invite à revenir quand je veux.

— Vous savez, Célia, il ne faut pas abuser des bonnes choses. Merci du fond du cœur.

Je sors dans la rue, prends une grande inspiration.

Je me sens joyeuse, plus légère.

Je ne pensais pas qu'on pouvait prendre autant de plaisir à traiter quelqu'un de raclure de bidet. On devrait faire ça plus souvent.

9

Chloé

12 juillet 2018

Elle n'était pas là.

Elle a appelé l'agence de détectives pour repousser le rendez-vous de quatre jours. Ou plutôt, « un homme qui parlait parfaitement anglais » a appelé pour elle. Qui est cet homme ? Qu'est-ce que c'est encore que cette histoire ? Je n'y comprenais déjà pas grand-chose, mais le mystère s'épaissit, à mesure que mon stress et mon agacement augmentent.

Quatre jours, c'est long, mais ça n'est pas suffisant pour faire l'aller-retour. Nous sommes coincées à New York, en attendant. Alors oui, il y a pire, mais franchement je n'ai qu'une envie actuellement : retrouver Gina et rentrer à Paris.

Contrairement à moi, Olga a trouvé le rendez-vous très positif. Ce que nous a dit le détective l'a rassurée sur l'état mental de ma grand-mère.

— Elle a confié une mission à Luther, et d'après lui, elle semblait en pleine possession de ses moyens.

Alors c'est qu'elle est capable de s'exprimer correctement, de réfléchir. Je ne comprends pas plus que toi, mais elle va bien, c'est l'essentiel.

Olga a eu une sorte de coup de cœur pour ce détective, qu'elle appelle par son prénom depuis que nous sommes sorties de son bureau. Moi, je l'ai trouvé très étrange. En même temps, il faut être un peu barré pour faire ça comme boulot, non ? Luther Hendricks est une caricature de beau-gosse-de-film-d'action. Crâne rasé et bouc bien taillé, sourire carnassier, il me fait penser à cet acteur noir qui jouait dans la série *Esprits criminels*, la maîtrise du français en plus et quelques années en moins. Le clou du spectacle, je crois que c'est cette touche de beaufitude qui confine au ridicule : le mec porte une banane en cuir marron autour de la taille. Qui met ça de nos jours, à part un attardé des années 1990 ou une fashionista qui a cru au retour de tendance il y a deux ans ?

Dans le taxi qui nous ramène depuis le Meatpacking District, Olga prend photo sur photo avec son smartphone bon marché et pousse d'horripilants – et gênants – petits gémissements de plaisir dès lors qu'elle découvre en vrai ce qu'elle a toujours vu dans les séries américaines : ici un « fabuleux » escalier extérieur, là une « merveilleuse » bouche à incendie jaune, ou un « attendrissant » vendeur de hot dogs…

Pendant ce temps, j'essaie de rassembler mes esprits.

Qu'a-t-on appris ?

D'abord, qu'un homme, un Français apparemment, passe des coups de fil au nom de Gina. Ensuite, qu'elle a expressément demandé un détective parlant sa langue, afin de pouvoir s'expliquer elle-même, sans intermédiaire. Qu'elle a appelé longuement ce Luther Hendricks il y a quelques jours, d'une ligne fixe française. Et que la mission qu'elle lui a confiée semble on ne peut plus sérieuse.

Le détective a refusé de nous en révéler la teneur, mais voyant notre détresse et mon état de panique, il a consenti à nous glisser que Gina souhaitait « retrouver des personnes ». Il y a quelque chose, dans ce qu'il a dit, qui m'intrigue particulièrement : quand il a parlé de la venue de ma grand-mère à New York, il a dit qu'elle allait « revenir » en Amérique. Je doute qu'il se soit trompé dans les mots, étant donné qu'il parle français aussi bien que moi – sa mère était française, à ce que j'ai compris. En sortant du rendez-vous, j'ai demandé à Olga si Gina était déjà venue à New York, et elle a marqué une pause, avant de répondre par la négative. Or, Olga ne marque pas de pause. Jamais. Elle répond toujours du tac au tac – elle coupe même souvent la parole de son interlocuteur. Peut-être suis-je parano, mais cette légère hésitation m'a troublée. Je suis persuadée qu'elle sait quelque chose sur ma grand-mère et son lien avec New York.

Je ferme les yeux, tente de faire abstraction des gesticulations d'Olga, et de me concentrer sur l'air de jazz qui retentit dans l'habitacle du taxi.

Me reviennent alors ces 98 % de la vie de ma grand-mère qui me sont inconnus. La superficialité, au fond, de nos relations. Comment peut-on se sentir aussi proche de quelqu'un sans rien connaître de sa vie ? Pour un amoureux, un mari, qui accepterait de ne rien savoir de son enfance, de sa jeunesse ? Pas moi, en tout cas – j'aurais trop peur de tomber sur un psychopathe. Pourtant, on accepte cette méconnaissance du passé avec une facilité déconcertante concernant ses propres grands-parents. L'adulte raconte ce qu'il souhaite à l'enfant, et si la tendresse est là, l'enfant n'a pas besoin d'en savoir plus pour être heureux.

C'est quand l'enfant grandit, que ça se complique. Je me souviens avoir été bouleversée à la lecture du roman de Nancy Huston, *Lignes de faille*. Elle exprime si bien la puissance des non-dits, la manière dont ils façonnent les caractères, sur plusieurs générations, sans que l'on s'en rende compte. Est-il possible de construire son propre avenir en occultant les zones d'ombre de sa famille ? Et si l'un des maillons de la chaîne atavique ressentait confusément qu'il y a, quelque part, quelque chose de l'ordre de la transmission, qui l'empêche d'avancer ?

La disparition de ma grand-mère, ses mystères, toute cette histoire me remue bien plus que je ne l'imaginais.

À une autre époque – dans une autre vie, me semble-t-il –, le fait de me retrouver quatre jours à New York sans aucune contrainte aurait été source de joie. J'aurais acheté trois guides touristiques, réservé une soirée au théâtre, planifié une tournée de musées, boutiques et restaurants à la mode. Mais je n'en ai pas envie.

À vrai dire, je n'ai plus goût à rien. Je me répète sans cesse que bientôt, après l'échéance du 2 août, tout ira mieux, mais j'y crois de moins en moins.

Plus le temps passe, plus l'angoisse m'étreint.

Mais ça n'est pas du tout le moment de penser à ça. Il faut que je me reprenne, d'autant plus qu'Olga me jette des coups d'œil d'une discrétion à toute épreuve. Si je veux éviter ses regards et ses commentaires, il est temps de faire comme si tout allait bien. Pour cela, la seule méthode qui fonctionne en ce moment, c'est d'occuper mon esprit.

Je prends une grande inspiration, force un sourire et me tourne vers Olga. Je lui propose, avec un enthousiasme factice, d'aller visiter le MoMA.

Elle pousse un petit cri strident synonyme d'acquiescement, et je demande au taxi de changer de direction – ou plutôt, de poursuivre sa course jusqu'à ce musée d'art moderne que je rêve de visiter, et qui devrait m'anesthésier l'esprit deux ou trois bonnes heures.

*

J'ai toujours aimé l'art. Enfant, quand on me posait la question traditionnelle « Qu'est-ce que tu veux faire, quand tu seras plus grande ? », je pensais systématiquement à un métier en rapport avec le monde artistique – peintre, écrivaine, photographe, ou même gardienne de musée, pour être entourée de beauté. Mais ces réponses n'étaient pas acceptables pour mes parents, pas assez sérieuses. Alors j'enfouissais mes désirs, et je répondais que je travaillerais dans une banque, comme eux. Ma mère était ravie, mais elle ajoutait que « comme eux », ça ne serait pas suffisant : ils avaient arrêté leurs études bien trop tôt, mais moi j'aurais toutes les chances. J'irais plus loin qu'eux, je pourrais même la diriger, cette banque.

Mais mes parents ne sont plus là, et moi je suis dans l'un des plus merveilleux musées du monde. Alors je me prends au jeu de la visite – aidée, il faut l'avouer, par cette impression d'être avec une petite fille ayant un avis sur tout. Florilège de ses remarques : les « objets dégoulinants » de Dalí la « mettent mal à l'aise mais elle comprend qu'on puisse apprécier » – merci, Olga, trop aimable. Warhol est « un putain de génie – excusez l'expression, mais réussir à faire se pâmer le monde entier devant trente-deux boîtes de conserve ou des photos d'une Marilyn maquillée comme une voiture volée, je dis bravo ».

Je la regarde s'agiter, son air ronchon greffé sur le visage, et je me rends compte qu'au fond elle n'est pas si désagréable, avec son humour pince-sans-rire contrebalancé, l'instant d'après, par un attendrissement véritable pour *La Nuit étoilée* de Van Gogh. Nous faisons une pause dans le jardin des sculptures, et je me surprends à savourer cet instant à ses côtés. À apprécier son enthousiasme juvénile pour une chèvre en bronze de Picasso à côté de laquelle elle veut absolument poser, ou pour les couleurs de l'imposant *Sandy's Butterfly* de Calder.

Je la regarde s'amuser comme une enfant, et l'évidence me frappe : je la côtoie depuis toujours, mais d'elle non plus, je ne sais rien. Si je connais 2 % de la vie de ma grand-mère, que sais-je de celle d'Olga ? Je ne dis pas que j'aimerais *vraiment* la connaître, mais puisque je n'ai qu'elle sous la main, autant faire un brin de conversation. Alors j'accepte de la suivre lorsqu'elle me suggère ce lieu dont elle a entendu parler dans un reportage à la télé : un bar pivotant, situé à quelques centaines de mètres de notre hôtel. Je ne comprends pas bien le concept, et me dis qu'elle débloque sûrement. Jusqu'à ce que nous arrivions.

Nous sommes au 48e étage, face à une salle de bar chic et feutrée. Assez classique, sauf que les tables sont posées sur un immense plateau à vérins hydrauliques effectuant une rotation à 360° toutes les heures. Une fois assis, les clients n'ont plus qu'à se laisser porter par l'imperceptible mouvement et à ouvrir les yeux.

C'est tout simplement grandiose. En quelques minutes, le panorama change et scintille, du Chrysler Building à l'Empire State, en passant par un coucher de soleil dément sur l'Hudson. Nous nous offrons deux Cosmopolitan hors de prix, et nous les sirotons en silence, hypnotisées par l'extraordinaire spectacle. Nous suivons l'avancée de la rotation grâce au plan, dessiné sur les serviettes en papier – « *so cute* », dixit Olga qui sera bientôt bilingue, à ce rythme-là… Je lui fais remarquer ses progrès en anglais, elle éclate de rire, et nous trinquons une nouvelle fois.

Je ne sais pas si c'est le lieu, la magie du moment ou une quelconque décompensation psychologique, mais je crois que je me sens bien.

— Olga, je… suis heureuse que vous soyez à mes côtés.

Elle est surprise, émue. Elle ne s'attendait pas à un tel élan de ma part – et moi non plus, à vrai dire. Elle boit une gorgée de son cocktail, baisse les yeux, puis se lance à son tour, hésitante.

— Chloé… on ne se voit pas très souvent, mais je t'apprécie beaucoup. Tu sais, ta grand-mère et moi, nous avons bien remarqué que ça ne va pas très fort, alors… je voulais te dire que si tu as besoin de parler… je suis là.

Je m'apprête à réagir, mais elle se dérobe. Dès qu'un brin de sentimentalisme affleure, elle s'enfuit d'une pirouette. Un peu comme moi, finalement.

— Tu m'excuseras, mais après toutes ces émotions, je dois aller me rafraîchir. C'est ce qu'on dit quand on doit changer sa culotte anti-fuites urinaires, non ?

Elle m'envoie un clin d'œil en riant, saisit son sac à main et s'éloigne. En attendant son retour, je me perds de nouveau dans la palpitation incandescente de Manhattan.

Dix minutes plus tard, Olga n'est toujours pas revenue. Je commence à m'inquiéter, parcours la salle des yeux plusieurs fois, mais ne la trouve pas.

À la place, je vois entrer le détective, Luther.

Je m'enfonce dans mon siège, regarde ailleurs. Je n'ai aucune envie de le croiser ici. D'ailleurs, que fait-il là ? Huit millions d'habitants dans cette ville, et il faut qu'il choisisse le même bar que nous.

Fuck fuck fuck, il m'a vue. Il approche, tout sourire. Son atroce banane greffée autour de la taille.

— Bonsoir, Chloé, désolé pour le retard.

Il s'assied à la place d'Olga. Je le regarde avec des yeux ronds.

— Le retard ?

— Nous avions rendez-vous à 20 h 30, il est presque moins le quart.

— Je crois qu'il y a erreur, nous n'avions p…

Un SMS m'interrompt. C'est Olga, qui m'envoie désormais des messages depuis les chiottes. Ma vie va vraiment de mieux en mieux, il n'y a pas à dire.

« J'ai pris la liberté de donner rendez-vous au beau Luther quand tu m'as demandé de garder ton sac au musée (4321 c'est idiot comme code de téléphone, d'ailleurs). Amuse-toi bien, ma chérie ! »

La garce.

— Ça ne va pas ?

Je ne dis rien. Je suis juste furieuse.

Et puis merde, rien ne m'oblige à subir ça.

— Je n'ai pas envoyé de message, c'est Olga qui l'a fait, sans m'en informer. Je n'ai aucune envie de boire un verre avec qui que ce soit. Alors je sais que c'est très impoli, mais à moins que vous n'ayez quelque chose à m'apprendre sur ma grand-mère, je vais me lever et quitter ce bar. Ah, et au fait, personne ne porte plus de banane depuis 1995.

J'y suis peut-être allée un peu fort. L'attaque sur le look, c'est mesquin, ça ne me ressemble pas. Et puis c'est surtout Olga, qui m'exaspère. Alors je me sens un peu coupable lorsque je le vois baisser les yeux.

— Vous ne savez rien de moi. Vous pouvez me prendre pour un pauvre type, c'est votre droit. Mais l'amie de votre grand-mère se fait du souci pour vous, et votre grand-mère aussi, d'ailleurs. Il y a quelque chose que je ne vous ai pas dit, tout à l'heure. Gina m'a demandé d'enquêter sur vous.

Il s'arrête. Il bluffe, j'en suis certaine. Est-ce qu'il bluffe ?

— Votre grand-mère est persuadée qu'il n'y a pas que le décès de votre mère derrière votre mal-être. Ce sont ses propres mots. Je peux refuser d'enquêter sur vous, bien sûr… mais il faudrait que vous compensiez le manque à gagner – 500 $, donc. Enfin, disons 600 $, sinon ça n'a pas d'intérêt pour moi, autant mener à bien la mission initiale.

J'accuse le coup. Le voyage à New York, l'hôtel, le détective privé… la facture monte vite… Sinon à part ça, l'aplomb de ce mec est hallucinant.

— Non mais pour qui vous vous prenez ?

— Je vous propose un simple marché. À vous de voir… Et puis, il faut me comprendre, je dois m'acheter une nouvelle banane.

Il rit, trop fier de sa blague. Je suis excédée.

Certes, j'ai quelques milliers d'euros de côté, mais

à ce rythme-là, je vais me retrouver sur la paille… Je m'apprête à me lever pour mettre fin à cette mascarade, mais je stoppe mon mouvement. Je n'ai *vraiment* pas envie qu'il enquête sur moi. Alors quitte à avoir un détective à payer, autant essayer de lui soutirer des informations.

— Je vous donne 500 $ si vous me lâchez une info sur ce que vous a demandé ma grand-mère.

— 600.

— 600, deux infos.

— OK. Je vous écoute, posez-moi vos questions.

— Vous êtes pressé, monsieur le détective ? Pour le prix de la consultation, j'ai bien le droit de cogiter cinq minutes… Vous n'avez qu'à nous commander des cocktails, en attendant. C'est vous qui m'invitez, évidemment.

Il sourit. Moi aussi, je peux avoir un peu d'aplomb, si je veux.

Je réfléchis quelques instants en silence, le temps que les boissons arrivent.

— Voici mes questions. Je veux connaître l'origine de son argent. Et je veux savoir qui elle recherche à New York. Et puis si elle est déjà venue ici, et si oui quand.

— Ça fait quatre questions. Quatre questions, 1 200 $. Ne me fusillez pas des yeux, je plaisante… L'origine de l'argent, c'est un important gain au jeu, dont j'ignore le montant. Votre grand-mère aimerait que j'identifie le cimetière new-yorkais où sa mère et son frère sont enterrés. Elle souhaite aussi retrouver une femme dont elle ne connaît que le prénom, et qu'elle a rencontrée sur le bateau qui les emmenait, elle et sa famille, vers les États-Unis, en 1938. Ce qui répond également à vos deux dernières questions.

*

Lorsque je rentre à l'hôtel, je suis sonnée.

Gina a donc émigré aux États–Unis en 1938, lorsqu'elle avait cinq ans. Et c'est ici que sa mère et son frère sont morts. Mon Dieu. Je n'ai jamais entendu parler de cet épisode de sa vie. Combien de temps sont-ils restés à New York ? Il me semble pourtant qu'elle a vécu la guerre en France. M'aurait-elle menti ? Je ne suis plus à ça près… Olga est-elle au courant ? Bien sûr, qu'elle l'est. C'est pour ça qu'elle a marqué un temps d'arrêt, tout à l'heure. Elle en sait bien plus que je ne le pense.

Et cette histoire de gain au jeu, de quoi s'agit-il ? Ce détective me dit ne pas en savoir plus. Dois-je le croire ? Peut-être que ma grand-mère lui a raconté des salades, peut-être qu'elle se fout de nous depuis le début, qu'elle ne va jamais venir aux États-Unis, et que moi, comme une cruche, je me suis précipitée ici en la croyant en danger… mais elle est peut-être en train de mourir quelque part en France, à moitié folle, ne sachant plus qui elle est… Oui, je sais, dès que je suis stressée, mon imagination s'emballe.

J'espérais avoir une petite discussion avec Olga,

mais en ouvrant la porte de la chambre, je remarque qu'elle est endormie sur son lit, yeux fermés et casque audio sur les oreilles. Je chuchote quelques mots, elle ne répond pas. Il sera bien temps de l'interroger demain.

Il est tard, la journée a été longue et éprouvante. J'ai envie d'un bain chaud. Il fait une chaleur de bête dehors, mais dans cette chambre trop climatisée, il doit faire 18 °C. Et puis, j'ai besoin de m'étourdir dans un nuage de vapeur, lumières tamisées.

Au bout de quelques minutes, je m'endors. Une aubaine, pour l'insomniaque que je suis en ce moment. Alors je décide d'abréger. Je sors de la baignoire dans un demi-sommeil, m'apprêtant à saisir la serviette à côté de la porte.

Je sursaute, pousse un cri, cache mes seins dans un mouvement réflexe.

Olga se tient devant moi. Casque toujours vissé sur les oreilles, mais les yeux grands ouverts.

Je me retourne illico, Olga s'excuse en refermant la porte, marmonne qu'elle ne m'a pas entendue rentrer, qu'on n'a pas idée de mettre si peu d'éclairage, comment pouvait-elle savoir que j'étais là ?

Je me mets à trembler.

J'ai besoin de m'asseoir. Alors je me laisse glisser le long du mur carrelé, replie mes jambes contre mon abdomen, les entoure de mes bras.

Olga n'a rien dit d'autre, non.

Mais je suis certaine qu'elle a vu ma cicatrice.

III

MERCI POUR LE PARDON

III

MERCI POUR LE PARDON

10

Gina

13 juillet 2018

Mon petit Adrien d'Enghien m'a appelée tout à l'heure. Le rendez-vous avec l'agence de détectives est désormais fixé à 10 heures ce lundi 16 juillet. Il m'a trouvé un vol au départ de Nice le 15, et a modifié la réservation de ma *guest house* new-yorkaise.

— Adrien, vous êtes un ange ! Je ne sais pas ce que je ferais sans vous…

— Sans aucun doute ce que vous avez toujours fait : vous vous débrouilleriez parfaitement toute seule, ma chère Gina.

Il rit, convaincu d'avoir raison, puis continue.

— Et pour votre rendez-vous de cet après-midi, je vous envoie l'adresse par SMS, OK ?

Il sent le flottement de mon côté.

— Par texto, pardon. SMS ou texto, c'est synonyme, Gina.

— Mais pourquoi inventer tant de mots compliqués, alors qu'il suffirait de donner un sens plus moderne à des mots qui existent déjà, comme courrier ou télégramme ? Les téléphones d'aujourd'hui n'ont plus rien à voir avec ceux d'hier, mais on continue bien à les appeler téléphones, non ?

— Vous avez raison, Gina. Disons donc que je vous ai envoyé l'adresse par télégramme.

— Voilà, maintenant c'est plus clair.

Il rit de nouveau puis raccroche, et je me retrouve seule avec cet appareil qui n'a plus beaucoup de batterie. Quelle plaie, cette technologie prétendument autonome qui nous enchaîne aux prises électriques ! Il n'y avait qu'à voir dans la gare, lorsque je suis arrivée ce matin à Nice, les contorsions de ces jeunes gens, vautrés à même le sol pour pouvoir brancher leur téléphone. Bon, j'arrête de faire ma réfractaire – à ma décharge, il faut avouer que ça n'est pas facile de passer en l'espace d'une vie de la préhistoire technologique à cette connexion permanente…

*

Je déambule dans les rues du Vieux-Nice, et les souvenirs remontent. La ville a pourtant beaucoup changé, mais il y a ce je-ne-sais-quoi qui demeure, dans l'atmosphère.

Je m'imprègne des odeurs, des couleurs du Sud, dans les allées du marché aux fleurs du cours Saleya, avant de m'installer à la terrasse d'un de ses cafés. Je commande une eau pétillante, et je pense à Chloé : quand elle était petite, elle disait toujours une eau « frétillante ». Je trouvais ça adorable, alors je ne l'ai pas corrigée, et c'est resté : lorsqu'elle est avec moi, elle emploie toujours ces termes, avec un large sourire.

Il fait chaud, mais les rafraîchisseurs font leur effet. Je sors de mon sac la part de *socca* achetée dans une ruelle étroite, quelques instants auparavant. Je croque dedans et ferme les yeux, tentant de calmer l'inquiétude qui monte en moi.

Le rendez-vous est fixé sur la Promenade des Anglais, à proximité de cet hôtel Negresco que je connais si bien.

Si je suis ici, ça n'est pas pour un merci.

Je ne sais pas ce que j'attends de cette rencontre. Un pardon ? Une absolution ?

Ce que je m'apprête à révéler, je n'en ai jamais parlé à personne. C'est ma honte la plus noire. C'est fou, l'effet d'une honte d'enfant. Ça vous bouffe de l'intérieur, ça vous détruit à petit feu, tout au long de votre vie.

Aujourd'hui, il faut que tout ça sorte de moi.

*

Nous sommes en 1943.

La vie est rude, dans ce minuscule appartement

insalubre de la rue Dalpozzo. Nous y sommes installés, mon père et moi, depuis quatre ans.

Je vais à l'école de filles de la rue Dante, mais dès que les cours sont finis, je rentre à la maison. Mon père travaille comme un fou, rentre tard, épuisé. Les échanges entre nous sont réduits à leur strict minimum. L'amour est là, bien sûr – et heureusement, sinon comment tenir ? – mais la plupart du temps, je suis seule. Et je n'ai pas d'autre choix que de m'occuper de l'intendance, du haut de mes neuf ans.

Depuis quelque temps, nous manquons de tout. Les restrictions pèsent de plus en plus sur notre quotidien déjà difficile. Les cartes de rationnement alimentaire distribuées ne suffisent pas à nous nourrir. Mon père parlant très mal français, il s'est fait avoir au moment de la distribution : j'ai bien une carte J2, correspondant aux enfants de moins de douze ans, mais lui aurait dû avoir une carte de travailleur de force. Il n'a droit qu'à une ration d'employé de bureau. Alors je fais souvent semblant de ne pas avoir faim et garde un peu plus pour lui. Je survis grâce au déjeuner servi à l'école et à la ration de lait en poudre que l'on nous donne l'après-midi.

Mon père est un homme triste et très pieux, qui prie chaque soir longuement en contemplant et caressant une photo de maman. Mon petit frère n'ayant pas vécu suffisamment longtemps, nous n'avons aucune photo de lui. Mon père est le plus souvent vêtu de noir, et a toujours un chapelet fourré dans sa poche, au milieu de tout un bric-à-brac constitué d'outils et de petits objets ramassés çà et là, en vue d'une utilisation ultérieure.

Il me propose parfois de venir l'aider sur un chantier. Le travail est dur, surtout pour une gamine, mais je suis si heureuse d'être à ses côtés. Je l'admire, il m'apprend à scier le bois en rondins de vingt centimètres, et je fais comme si les moqueries des autres enfants sur mon père boiteux ne m'atteignaient pas.

Des commerçants de ma rue ont repéré que je suis seule, la plupart du temps. Et certains ont entrepris de m'aider contre quelques menus travaux. Un soir, la bouchère de la rue Dalpozzo, Mme Berthon, me demande de venir lui donner un coup de main pour le nettoyage de l'atelier de découpe. Elle me promet un morceau de viande en échange. J'accepte tout de suite. Lorsque je lave le sang et les viscères tombés sur le sol, je parviens à maîtriser mes haut-le-cœur en imaginant le sourire de mon père, quand il découvrira son assiette. Avant de partir, Mme Berthon me remercie et me tend un petit paquet. Je rentre chez moi à toute vitesse, trop heureuse de cette merveille dans mes mains. Lorsque j'ouvre le paquet, l'odeur, terrible, me retourne l'estomac. Je découvre quelques bouts de gras, et un morceau de viande avariée. J'ai envie de pleurer. De rage, de dégoût.

Je prends mon courage à deux mains, fais fondre le gras, puis jette la viande dans la poêle et déverse une quantité importante de ce thym qui me sert d'ordinaire à masquer la fadeur des soupes et des topinambours. Le morceau reprend peu à peu une teinte et une odeur acceptables. Le goût n'est pas extraordinaire, mais mon père est heureux. Il m'embrasse, me tient longtemps contre son torse chaud. Ce moment reste l'un de mes plus beaux souvenirs de ces années-là. À ma hauteur de petite fille, je perçois quelque chose de malsain, dans l'idée même de rétribuer une enfant avec de la viande avariée. Mais le bonheur de mon père efface les doutes.

Je ne comprends pas grand-chose à la situation politique. Je sais que nous sommes en guerre, bien sûr. Qu'il faut filer à la cave si une sirène retentit, en emportant avec soi le masque à gaz distribué à l'école. Je sais aussi que les soldats italiens sont des méchants, et que nous ne sommes pas « comme ces Italiens-là ». Se faire traiter d'Italien est une insulte, plus que jamais. Mais moi, je me sens Française. Je n'ai jamais mis les pieds en Italie, je chante *La Marseillaise*, ne connais pas l'hymne italien, ne parle pas l'italien, car papa ne veut pas que je l'apprenne. Et puisque papa parle mal le français, la plupart du temps, il ne parle pas.

Un soir après le nettoyage de sa boutique, Mme Berthon me lance un grand sourire, et me demande si je serais intéressée par deux belles côtes de bœuf parfaitement saines. Elle me les montre, j'en salive d'avance, imagine la joie dans les yeux de mon père, et mon cœur saute dans ma poitrine. Tandis qu'elle me les enveloppe, elle me demande si je suis bien dans la classe d'Héloïse Martin. J'acquiesce. Mme Berthon sait que les Martin habitaient l'étage en dessous du mien, qu'ils ont déménagé il y a peu. Elle m'explique vouloir envoyer un colis de viande à Mme Martin, qui était si gentille, mais ne pas connaître sa nouvelle adresse. Est-ce que je saurais par hasard où la trouver ? Je secoue la tête, mais lui fais part de tout ce que je sais sur cette famille : Héloïse Martin était l'une des filles de ma classe avec lesquelles je m'entendais bien, peut-être parce que nous étions voisines. Aussi est-elle venue me dire au revoir, tout en restant évasive sur sa destination. La nuit de leur départ, lorsque j'ai entendu du mouvement, je me suis mise à la fenêtre. J'ai vu entrer les Martin quelques mètres plus loin, dans la boutique du cordonnier. Je pensais les voir ressortir rapidement, mais au bout de dix minutes, ils y étaient toujours. Alors je suis retournée me coucher. Au matin, Héloïse n'était pas à l'école, j'ai compris qu'ils avaient continué leur route, mais je ne peux pas savoir dans quelle direction, puisque je dormais. Mme Berthon me remercie, me sourit, me donne les côtes de bœuf, et le soir est un véritable festin.

Le lendemain à l'école, tout le monde ne parle que des événements de la nuit.

De la rafle des familles juives du quartier, dont la famille Martin, qui se nommait en réalité Weinberg, et qui vivait cachée dans la cave du cordonnier. De la dénonciation dont ils ont été l'objet. Des mille francs par tête offerts aux délateurs. De ce que les juifs deviennent, ensuite.

Je ne suis plus jamais retournée chez Mme Berthon. Je n'ai plus jamais mangé de côte de bœuf de ma vie.

J'ai tu ma honte infinie, ma tristesse absolue, ce sentiment de culpabilité qui me dévore. Je n'ai jamais pu parler de ce que j'avais fait.

Peu de temps après, Mme Berthon a été arrêtée et exécutée par les FFI, et j'ai appris ce qu'il était advenu des Weinberg.

Les parents et les grands-parents ont été internés à l'hôtel Excelsior, tout proche, qui était le quartier général de la section antijuive de Nice. De là, ils ont été envoyés à Drancy, puis à Auschwitz, où ils ont été assassinés.

Héloïse et son jeune frère ne faisaient pas partie de la liste des déportés. J'ai longtemps cherché à savoir ce qu'ils étaient devenus, mais ce n'est que dans les années 1980 que j'ai su. J'ai été soulagée d'apprendre qu'ils avaient bénéficié de l'aide de la Résistance, et notamment du Réseau Marcel de Moussa Abadi et Odette Rosenstock, qui a organisé le sauvetage de cinq cent vingt-sept enfants juifs de la région niçoise. Héloïse et son frère ont été placés dans un orphelinat laïc de Cannes, sous de fausses identités. Avant de retourner vivre deux ans plus tard sur les hauteurs de Nice, chez leur tante parvenue à échapper à l'horreur.

*

J'approche du lieu de rendez-vous, et l'émotion est intense. Le ciel, orageux, est au diapason. L'air est lourd, aussi chargé que mon cœur.

La Promenade des Anglais est bondée. Touristes, Niçois en goguette, j'ai peur de ne pas la retrouver. C'est son fils, que j'ai eu au téléphone. Je ne lui ai pas indiqué le motif de ma visite, seulement que nous étions des amies d'école. Il m'a rappelée, dix minutes plus tard, pour accepter l'invitation.

J'aperçois, près du banc convenu, une dame âgée en fauteuil roulant, et un homme d'une cinquantaine d'années assis à ses côtés. Mon rythme cardiaque s'accélère. À mi-chemin, je stoppe ma marche. Je me sens incroyablement naïve, tout à coup. Comment lui présenter les choses ? *Bonjour, Héloïse, tu ne te souviens sûrement pas de moi, mais c'est ma faute si tes parents sont morts, je suis désolée mais tiens, voilà cent mille euros pour me donner bonne conscience.*

Qu'est-ce que je peux être sotte.

Je me mets à trembler, et fixe cette dame en fauteuil roulant à m'en user les yeux. J'ai l'impression que mon cœur va sortir de ma poitrine.

— Gina ?

Je me retourne. Elle est là. Je jette un coup d'œil à la vieille dame près de la plage, qui n'a pas bougé. Je me suis trompée. Héloïse Weinberg se tient debout, devant moi. Impossible de ne pas reconnaître ses yeux. Ses yeux qui m'ont hantée. Ses yeux auxquels j'ai associé les pires souffrances. Ses yeux qui sourient, à cet instant précis.

— Héloïse, je… tu n'as pas changé.

Elle rit, d'un rire franc. Et son rire balaie la noirceur de mes pensées.

— C'est faux, je suis une vieille femme maigre et fripée, mais je me déplace encore sans chaperon. J'ai demandé à mon fils de me déposer et de m'attendre au bar du Beau Rivage, là-bas.

Elle désigne une plage privée, en contrebas de la Promenade. Elle me prend par le bras, propose que nous nous attablions un peu plus loin, me dit que ça lui fait plaisir de savoir que je suis en vie, je lui réponds timidement qu'il en est de même pour moi. Elle ne peut pas savoir à quel point.

Pendant plus de trente minutes, nous nous racontons nos existences, de manière polie, inoffensive. J'évite d'aborder les sujets fondamentaux, reste en surface, et je vois bien qu'elle adopte une technique identique. J'attends qu'il y ait un blanc dans la conversation pour me lancer.

C'est maintenant ou jamais, Gina, sois courageuse, tu n'es pas venue jusqu'ici pour craquer si près du but.

Alors je lui demande de m'écouter. De me laisser parler. Lui avouant que ce que j'ai à lui dire est sans doute l'une des choses les plus difficiles. Pour moi, bien sûr. Pour elle, surtout.

Tout au long de mon monologue, elle me fixe sans mot dire, mais je vois bien ses yeux qui vacillent.

Lorsque je me tais enfin, lorsque tout est dit, je ne sais pas à quoi je m'attends. Peut-être à des cris, des insultes, qu'elle m'envoie son verre au visage. À la place, elle me sourit faiblement, et prend la parole à son tour.

— Gina, je ne sais par où commencer… Tout d'abord, merci pour ton honnêteté. Et merci pour ton offre. Cent mille euros, mazette ça n'est pas rien ! Je suis désolée que tu ne m'aies pas contactée plus tôt. Cela t'aurait épargné des années de remords inutiles.

Je la fixe, sans comprendre. Elle continue.

— Ça n'est pas Mme Berthon qui a dénoncé ma famille. Peut-être qu'elle a voulu le faire, mais d'autres l'ont prise de vitesse. Les documents retrouvés sont très clairs. Les délateurs qui ont été rémunérés pour la révélation de la cache de mes parents, ce sont les Dubois, le couple de teinturiers de notre rue.

J'accuse le coup. Je ne sais plus quoi penser.

— Mais… Mme Berthon a bien été fusillée, non ?

— Mme Berthon avait tout un tas d'autres choses à se reprocher, crois-moi. Même si elle n'est pas directement responsable de la mort de mes parents, elle en a envoyé bien d'autres dans les camps de la mort. Les FFI l'avaient dans le collimateur depuis longtemps.

Elle pose sa main sur la mienne. Et ce contact – je ne sais pas comment l'exprimer –, ce contact est sans doute le baume le plus extraordinaire qu'il m'ait été donné de recevoir.

— Gina, nous étions des enfants. Tu n'étais qu'une enfant. Manipulée par une adulte qui n'a pas hésité à utiliser une gamine crevant de faim pour lui soutirer des informations. Tu es innocente, Gina. Tu l'as toujours été.

Les larmes dévorent mes joues. Héloïse me sourit.

Après quelques instants de silence, elle m'explique que, depuis la guerre, elle a mis un point d'honneur à vivre pleinement.

— Rester conscient de la chance que l'on a d'être en vie, profiter de tout ce qui reste, de chaque minute, c'est le meilleur moyen d'honorer la mémoire de nos disparus.

Nous restons comme cela de longues minutes, à nous regarder sans prononcer le moindre mot, émues.

Et puis sans crier gare, Héloïse décide de commander une bouteille de rosé, pour fêter nos retrouvailles, « car le rosé aussi, c'est la vie ! ».

Je ris, et me range à cette saine philosophie.

La discussion prend une tout autre tournure. L'alcool aidant, nous allons même jusqu'à nous confier certains détails intimes de nos vies.

Elle m'écoute, je bois ses paroles en retour. Je crois que ces courts instants passés ensemble nous font un bien fou, à toutes les deux.

Après deux heures de discussion animée et une bouteille de vin, il est temps de nous séparer.

— Tu sais, Gina, j'aime beaucoup cette démarche

que tu as entreprise. À notre âge, remercier, s'excuser… cette sorte de bilan comptable de son existence, je trouve ça merveilleux. Je crois que je vais faire la même chose. Bon d'accord, je n'ai pas cent mille euros à offrir à chaque personne ayant compté dans ma vie… et d'ailleurs à ce propos, il est bien évident que je refuse que tu me donnes quoi que ce soit.

— Si tu n'acceptes pas cette somme pour toi, accepte-la pour tes enfants et petits-enfants. Cet argent n'était pas à moi il y a un mois de cela, je ne le considère toujours pas comme mien. Dans ma tête, cette partie-là te revenait, et ce que tu viens de faire pour moi aujourd'hui est autrement plus grand que tout ce que j'aurais pu imaginer. Ça n'est pas négociable.

Elle réfléchit un instant, puis lève son verre et me lance :

— Si tu veux faire quelque chose de cet argent, je te propose de le donner à une œuvre caritative qui s'occupe d'enfants. Ça n'est pas ce qui manque dans l'histoire récente, les enfants malheureux.

Je ne peux qu'adhérer à cette idée. Elle m'émeut. Me transporte.

Alors je me range à son souhait.

— Héloïse Weinberg, tu es une femme admirable. Je suis venue pour m'excuser, et je repars avec le cœur rempli de joie.

Elle me regarde avec intensité, puis me lance :

— Le cœur rempli de joie, et le gosier rempli de rosé !

Nous éclatons de rire et levons nos verres une dernière fois aux petites filles que nous avons été.

Et qui sont toujours là, quelque part au fond de nous.

11

Chloé

14 juillet 2018

Olga ne m'a pas parlé de la cicatrice.

Mais moi, je n'ai cessé d'y penser.

J'ai quitté la chambre à pas feutrés dès 8 heures ce matin, et ne suis revenue qu'en fin d'après-midi. Entre-temps, j'ai marché, marché et encore marché. J'ai ouvert grands mes yeux, je me suis noyée dans la beauté de New York, cette ville que je découvre.

Je me suis perdue dans les rues de Little Italy en me demandant si c'est dans ce quartier que ma grand-mère a débarqué, en 1938. J'ai tenté des expériences culinaires à base de fruits étranges et de poisson séché, au gré des étals de Chinatown. J'ai déambulé dans le Lower East Side et pris des dizaines de photos de murs recouverts d'œuvres de *street art* plus étonnantes les unes que les autres. J'ai joué à la touriste de base en allant jeter un œil, de loin, à la statue de la Liberté. J'ai été saisie d'émotion devant le mémorial du World Trade Center. J'ai remonté Manhattan en passant devant le Flatiron Building – cet impressionnant et emblématique immeuble en forme de fer à repasser –, puis j'ai arpenté la Cinquième Avenue et ses boutiques au luxe tapageur.

Cette journée aurait dû être heureuse.

Je me suis sentie plus seule que jamais.

Je m'en suis voulu, de ne pas parvenir à profiter simplement de l'instant, de ces découvertes, de toute cette beauté. Mais je n'y peux rien. Mes pensées me dépassent.

Je suis entrée dans Central Park vers 18 h 30. Le compteur de mon iPhone affichait près de vingt kilomètres, j'avais les pieds en compote, les jambes qui tiraient, le glamour en berne dans ma tenue de sport suante. Mais pour la première fois de la journée, j'ai ressenti des ondes positives m'envahir à l'idée d'épuiser mon corps, à l'idée de sombrer, le soir venu, dans un sommeil dépourvu de rêves, dépourvu de moi. Alors j'ai continué à marcher.

J'ai parcouru le parc dans sa totalité, puis après un deuxième tour du *Reservoir*, ce plan d'eau dans lequel se reflètent gratte-ciel et immeubles cossus de l'Upper West Side, j'ai dû reprendre mon souffle et me désaltérer.

Je me suis assise sur un banc, sur lequel j'ai découvert une simple plaque de bronze. Et puis je me suis rendu compte que la plupart des bancs de Central Park en portaient une, chacune délivrant un message différent. Personnel. Un panneau explicatif m'a appris l'existence du programme « Adopt-a-bench », qui permet aux New-Yorkais comme aux touristes de laisser une trace pour l'éternité sur l'un des neuf mille bancs du parc – moyennant dix mille euros, tout de même.

J'ai lu avec avidité toutes les plaques que je rencontrais. L'une d'entre elles m'a émue aux larmes, un simple message, anonyme et bouleversant : *« I will remember you every day. »*

Je me suis allongée à l'ombre d'un orme américain, au cœur du majestueux tunnel de feuillage qui borde le Mall – cette vaste allée descendant vers Bethesda Terrace.

Je pensais être parvenue à asphyxier mon cerveau en le bombardant de fatigue, j'avais tout faux. Cette dernière plaque a déclenché une émotion incontrôlable.

Les larmes se sont mises à couler, lentement. Et à mon corps défendant, les événements de ces derniers mois m'ont submergée.

*

Avril 2018.

Je me sens barbouillée, depuis ce matin.

Ma matinée de travail est intense, je suis sortie la veille dans un bar à la mode avec quelques amies stagiaires ou jeunes diplômées, j'ai peut-être simplement besoin de sommeil ou d'avaler quelque chose, ça va aller.

Dans l'après-midi, je ressens comme une gêne, une douleur dans le bas-ventre. Je me dis qu'il s'agit sans doute de l'arrivée imminente de mes règles, les dernières datant d'un peu plus de trois semaines.

Quand arrive 19 heures, la douleur s'est intensifiée. Je pense à une appendicite, commence à paniquer, alors je rentre chez moi à toute vitesse. Je prends un Spasfon, mais je ne me sens pas mieux. J'appelle le SOS Médecins local, le gentil docteur me dit que c'est sûrement un petit virus, me prescrit du paracétamol, et surtout du repos. Ça devrait passer dans la nuit.

Ça ne passe pas.

Je décide d'aller aux urgences du Singapore General Hospital.

Un médecin m'ausculte, il ne dit rien, ne laisse rien paraître, me demande de patienter. Puis il me dirige vers le service de gynécologie. Je commence à stresser sérieusement, je lui demande s'il pense à un kyste ovarien, une endométriose que l'on n'aurait pas diagnostiquée, un cancer ? Il me rassure, ça n'est qu'un contrôle, on va me faire une échographie pour éliminer toutes les causes possibles, une par une.

Lorsque la gynécologue étale le liquide froid sur mon abdomen, je frissonne, mais je suis fière d'être parvenue à conserver ce ventre plat, malgré mes excès de restaurants et sorties, ces derniers mois.

Je regarde alternativement le visage de la praticienne et l'écran.

Soudain, elle se fige – et fige l'image en noir et blanc.

Elle me regarde simplement, avec un air semi-outré, semi-colérique.

— Vous vous moquez de moi ?

Elle me dévisage, attendant sans doute une réaction de ma part.

Je souris, pour me donner une contenance, mais je ne comprends rien. Elle reprend le dossier posé sur son bureau, puis me lance :

— Vous avez indiqué à mon collègue que vos dernières règles datent d'il y a vingt-trois jours, que vous êtes sous pilule depuis votre adolescence, que vous n'avez omis aucune prise ces derniers temps…

Elle marque un temps, lève les yeux vers moi, tout en refermant mon dossier médical avec véhémence.

— Si tout cela était vrai, vous ne seriez pas enceinte, madame Incortoso.

Mon cœur accélère.

La première chose qui me passe par la tête, c'est qu'il s'agit d'un *prank*, ces farces filmées qui pullulent sur les réseaux sociaux, et qui peuvent aller très loin : sur certaines vidéos, des mères font croire à leurs enfants qu'elles ont perdu un doigt dans un mixeur, avec hurlements et faux sang… avant de leur révéler la supercherie, générant des millions de vues. Je regarde instinctivement autour de moi, mais il n'y a pas de caméra.

— C'est une blague, docteur ? Si c'est une blague, elle n'est pas drôle.

— Je pense la même chose, en effet.

Elle est sérieuse. Putain, elle est sérieuse.

Reprends-toi, Chloé. Reste calme.

Elle se trompe forcément.

— C'est impossible. Je peux vous jurer que je n'ai jamais oublié de prendre ma pilule, que j'ai toujours eu mes règles, que je n'ai aucune nausée, aucune sensation dans la poitrine. D'ailleurs, je n'ai pas pris un gramme… et puis surtout, je n'ai eu aucune relation sexuelle depuis plus de six mois. Vous faites erreur.

Alors, elle comprend que je n'ai pas écouté tout de ce qu'elle m'a dit – ou pas voulu l'entendre ?

Son expression change instantanément.

— Madame Incortoso, vous ne m'avez pas bien comprise… ou je me suis peut-être mal exprimée. Vous êtes enceinte de plus de sept mois.

IV

MERCI POUR LA PASSION

12

Gina

14 juillet 2018

Je me suis payé une nuit au Negresco.

Moi qui en ai été l'une des petites mains, je pensais éprouver une certaine satisfaction à y dormir en tant que cliente. Mais cela m'a rendue triste, mal à l'aise. Je me suis sentie bien plus proche de ces femmes de chambre qui baissent les yeux dans les couloirs que des touristes qui les arpentent, juchées sur des talons valant la moitié d'un Smic.

J'aurais dû rester au Negresco pour l'ensemble de mon séjour niçois, mais je ne peux pas. Adrien m'a aidée, encore une fois – quelle perle celui-là –, et j'ai atterri dans une chambre d'hôtes proche de la colline du château. Sans ostentation, discrète. Voilà le genre de lieu où je me sens bien.

J'ai vécu à Nice vingt-trois ans, je connais la ville comme ma poche.

Aussi n'ai-je aucun mal à retrouver le logement

dans lequel j'ai grandi seule avec mon père, jusqu'à sa mort en 1960.

L'immeuble a été ravalé, mais sa structure a été conservée.

Alors que je me dirige vers l'atelier de Camille Colbert, mon prochain rendez-vous, je me souviens des événements qui m'ont amenée à changer de métier.

Et enfin trouver ma voie.

*

Lorsque mon père est mort, j'ai ressenti un vide sidéral, en plus d'une tristesse indescriptible. Depuis toujours, je m'occupais de lui – surtout depuis cet accident, dix ans auparavant, qui l'avait fait passer de boiteux à partiellement handicapé, et qui avait renforcé son mutisme. Mon père suffisait à tout justifier. Mon absence de vie amoureuse. Mon travail acharné, au Negresco et ailleurs – car outre les missions ponctuelles que me confiait le concierge, j'effectuais toutes sortes de travaux de bricolage ou de ménage.

Depuis toujours, j'étais seule avec mon père.

Je me retrouvais soudain seule tout court.

Après quelques semaines de grand désarroi, j'ai progressivement dû réinventer ma vie. Je crois que le décès de mon père a agi comme un électrochoc. La fin d'une époque. Le début d'une autre.

Les changements ont commencé par une révolution

intérieure, un torrent d'interrogations dans le domaine du travail.

Jusque-là, je ne m'étais posé aucune question. J'avais accepté tous les boulots, j'étais heureuse d'avoir la stabilité du Negresco, je ne me demandais pas si j'aimais ce que je faisais – la réponse était non, mais je ne pensais pas que l'on puisse vraiment aimer un travail. Aimer aller au cinéma, aimer se promener en forêt, aimer la tarte aux fraises, oui… mais un travail ?

Aussi ai-je été surprise lorsque M. Colbert, l'ébéniste à qui j'avais donné un coup de main trois ou quatre fois, m'a proposé de rejoindre son équipe. J'ai d'abord cru qu'il parlait de faire le ménage dans son atelier, ce qui ne m'enchantait guère – je préférais les chambres du Negresco plutôt qu'un nid à sciure et à poussière. Mais il ne s'agissait pas de ça. Il me proposait de venir travailler en tant qu'ébéniste. Je lui ai répondu que je ne savais pas faire, que je ne saurais pas faire. Il promettait de m'apprendre le métier, l'aide que je lui avais apportée l'avait agréablement surpris, il me pensait douée.

Ce jour-là, je suis tombée des nues.

En 1960, les femmes n'avaient pas le droit de travailler sans l'autorisation de leur mari, ni même d'ouvrir un compte en banque. Une tolérance était accordée aux femmes seules comme moi, qui n'avaient d'autre choix. Mais la plupart du temps, nous autres individus de sexe féminin restions cantonnées à certains emplois. Je suis récemment tombée sur un reportage rediffusé par TF1, dans lequel un homme

– représentatif de la pensée de l'époque – affirmait sans sourciller : « Les femmes ont des qualités très particulières. Elles sont capables de réaliser des travaux extrêmement répétitifs qui lassent les hommes. Comme de mettre des enveloppes sous bande. » De nos jours, une telle pensée archaïque susciterait des vagues d'indignation. En 1960, ce genre de commentaire était la norme.

Ce que M. Colbert a vu en moi, je ne l'avais pas remarqué.

M. Colbert m'a forcée à réfléchir, et je me suis rendu compte qu'il avait raison.

J'ai travaillé plus de deux ans dans son atelier. À ses côtés, j'ai appris le métier qui est resté le mien jusqu'à l'âge de la retraite.

M. Colbert aimait transmettre, aussi n'ai-je pas été étonnée de découvrir qu'après sa mort l'entreprise était restée familiale. C'est sa petite-fille, Camille, qui en a repris les rênes.

*

Camille a les yeux de son grand-père, la même douceur, le même enthousiasme chevillé au corps. Je passe deux heures absolument délicieuses à ses côtés. En ce jour férié, elle a accepté de me recevoir dans son atelier, situé à quelques centaines de mètres de l'original, qu'il lui a fallu abandonner la mort dans l'âme en 1992, lorsque l'immeuble a été vendu à des promoteurs.

Je me reconnais dans cette jeune femme, d'une certaine façon. Elle aussi parle du bois avec ce mélange de flamme extatique et de joie enfantine que seuls partagent les vrais passionnés. Camille m'explique s'être spécialisée dans les objets d'art de la table – plateaux décoratifs et planches à découper, entre autres. Elle aime travailler le bois brut déclassé, ce bois dont les gros fabricants ne veulent pas parce qu'il est trop sinueux, ce bois qui partirait en fumée dans les cheminées si elle ne le récupérait pas. Les gros fabricants ne savent pas ce qu'ils perdent de beauté. Les tronçons de chêne, de noyer, de merisier, d'acacia ou de bouleau qu'elle travaille sont magnifiques. Camille choisit justement de conserver et mettre en valeur les aspérités, les marques du temps. La grâce naturelle des pièces qu'elle propose me fascine. Camille est une magicienne, sublimant ce qui aurait dû être jeté, réinventant le métier, signant de son empreinte sensible une gamme d'objets fabuleux.

Qu'est-ce que j'aime le bois, moi aussi ! Dans ses veines, j'ai toujours l'impression de sentir des pulsations. Le contact charnel avec sa matière, c'est quelque chose d'irremplaçable. Il faut de la patience et de la dévotion, pour passer des dizaines d'heures sur un même objet, dans le bruit des machines. De la minutie et de la précision pour utiliser sans se blesser varlope, scie, dégauchisseuse raboteuse et autres ciseaux à bois. Mais quel plaisir de baigner dans ce mélange d'odeurs indéfinissable, de choisir les matières et les techniques qui se marieront aux essences choisies : ici une coulisse à billes, là une autre à galets, ici une poignée en fer, là en étain… Pour moi, l'ébénisterie est à mi-chemin entre l'art et l'artisanat, une haute couture du meuble qu'il faut à tout prix préserver.

M. Colbert était en avance sur son temps. Il m'a donné ma chance dans un métier d'homme, assumant la perte de certains clients, quand ceux-ci refusaient de confier le destin de leurs meubles à une femme.

Voilà pourquoi je suis si heureuse, lorsque je parle à Camille de ces cent mille euros que je vais lui donner.

Au début, elle refuse. J'ai bien compris que ce serait le cas de chaque personne à qui j'offrirais une telle somme, alors je n'en suis nullement blessée. J'explique ma démarche, avec ma patience d'ébéniste. Elle m'écoute, les yeux brillants. Puis elle me remercie, mais refuse de nouveau, en me rappelant qu'elle n'est pas son grand-père, et qu'elle-même n'a rien fait pour moi. Je m'y attendais, je commence à être rodée : je contourne le problème d'illégitimité qu'elle m'oppose en lui proposant d'investir dans son entreprise – donc celle de son grand-père –, afin que le nom de Colbert rayonne toujours plus loin. Je l'assure que je serai une actionnaire des plus discrètes… d'autant que je vais bientôt mourir. Elle me pose quelques questions sur mon état de santé, puis comprenant l'absence de fondement de cette affirmation, elle rit – mais ça, c'est parce qu'elle ne connaît pas la prédiction de Mme Salomé.

Puis elle finit par accepter mon offre, du bout des lèvres.

Elle me remercie une bonne dizaine de fois, me serre dans ses bras, et je repars de l'atelier le cœur rempli de lumière, et avec la promesse de recevoir un colis d'objets de sa confection, à mon retour à Paris. Si je suis morte entre-temps, eh bien ce sera pour Chloé et Olga.

*

Je savais que ces quelques jours ici seraient riches d'émotions diverses.

J'ai tout connu, dans cette ville. Les plus grandes joies, les plus grandes peines, les plus grandes terreurs.

Lorsque j'ai organisé mon voyage avec l'aide d'Adrien, je n'avais pas pris conscience que je serais à Nice pour le 14 juillet. En mémoire des quatre-vingt-six personnes décédées sur la Promenade des Anglais dans ce terrible attentat il y a deux ans, je passe allumer un cierge à l'église Sainte-Rita. Et je reste un moment, à prier dans la fraîcheur de ces murs qui en ont vu passer, des drames… mais qui sont toujours debout. Puis en bonne sudiste, j'achète une petite chaise de plage toute légère, de l'eau bien fraîche et un pan bagnat, ce sandwich typique qui renferme, dans un petit pain rond baigné dans l'huile d'olive, la plupart des ingrédients de la salade niçoise.

Munie de tout cet attirail, je m'installe sur la plage

des Ponchettes. Tandis que le ciel se pare lentement d'étoiles, des familles pique-niquent sur la plage, des enfants rient, se baignent, se lancent des ballons. La vie est là. Et il me semble que c'est très bien comme ça.

Alors, confortablement installée sur ma chaise, dans le brouhaha entrecoupé du clapotis des vagues, je ferme les yeux, et je replonge dans les souvenirs de mes dernières années à Nice.

Je n'ai pas fait exprès d'être ici aujourd'hui.

C'est pourtant à Nice, le 14 juillet 1962, que Nino et moi avons décidé de nous marier.

13

Chloé

14 avril – 14 juillet 2018

Je regarde la photo figée sur l'écran, et cette fois-ci, je vois. Je vois le profil blanc se détacher sur le fond noir.

En une seconde, mon monde s'effondre.

Je reste silencieuse. Hébétée.

Sept mois.

Comment ai-je pu passer à côté de cette grossesse ?

Comment est-il possible de continuer à avoir ses règles, de n'avoir aucun symptôme, de ne pas sentir le bébé ?

Jusque-là, la conversation avait lieu en anglais, mais je sais que je viens de déverser ces pensées tout haut, dans un mélange de français et d'anglais probablement difficile à saisir. La gynécologue singapourienne en comprend, en tout cas, l'essence. Mon anéantissement n'est pas feint, elle le voit bien.

Alors son attitude change radicalement. Elle ralentit ses gestes, nuance ses propos. Elle m'invite à remettre mon chemisier, puis à m'asseoir. Elle va tout m'expliquer.

Doucement, tout doucement, les larmes se mettent à couler sur mes joues.

Et doucement, tout doucement, elle prononce les mots.

Ces trois mots qui me hanteront toujours.

Déni de grossesse.

Elle m'assure que mon cas est loin d'être isolé, m'explique que parfois, le déni peut aller jusqu'au jour de la naissance, avec une consultation pour de fortes douleurs qui s'avèrent être des contractions. Puis elle se lance dans un exposé anatomique, m'apprenant que le bébé s'est positionné le long de ma colonne vertébrale, expliquant cette absence totale de ventre.

— Il vous reste deux mois de grossesse, votre déni est qualifié de partiel. Votre petit garçon est en bonne santé, vous allez avoir le temps de préparer son arrivée. Ne vous inquiétez pas, tout va bien se passer maintenant que vous savez.

Elle sourit, tandis que je ne cesse de pleurer.

Non, tout ne va pas bien se passer.

Je ne veux pas d'enfant, ni garçon ni fille, pas maintenant, pas comme ça, pas ici. Je viens tout juste d'être diplômée, je suis au début de ma vie, je dois commencer ma carrière, profiter de ma jeunesse, sortir, voyager, rire, danser. C'est seulement plus tard, beaucoup plus tard, que je rencontrerai un homme dont je tomberai amoureuse, puis encore plus tard, dans une dizaine d'années peut-être, je serai prête à fonder une famille. Rien de tout cela n'est censé arriver aujourd'hui.

Je n'ai aucun doute sur l'identité du père de ce bébé. J'ai été amoureuse de Nils, ce stagiaire suédois beau gosse avec lequel je suis sortie huit mois. Mais je n'ai jamais envisagé de faire ma vie avec lui.

Je ne veux pas de cet enfant. Je n'en veux pas.

Je demande à la gynécologue si je peux encore avorter, elle me répond que c'est impossible à ce stade de la grossesse. Je vois bien qu'elle essaie de garder une expression neutre, sans y parvenir. Quelle image se fait-elle de moi ? Pense-t-elle que je suis l'une de ces Occidentales dévergondées et inconséquentes, qui se tapent tout ce qui bouge ? Elle doit rester sur la réserve, mais je la dégoûte, j'en suis sûre. Comme je me dégoûte, moi aussi. La honte me submerge, j'ai envie de disparaître. Je ne suis pas digne d'être la mère de cet enfant que mon corps et mon cerveau ont ignoré, rejeté, caché pendant sept longs mois. Je veux rentrer chez moi, m'enfouir dans mon lit. Alors je fermerai les yeux et cet enfant s'envolera, ma vie redeviendra comme avant.

La gynécologue me tend la carte d'un collègue psychiatre, me conseille de l'appeler dès que possible, afin de me faire aider, m'explique qu'il m'est possible de rester ici ce soir, à l'hôpital, pour ne pas être seule. Je refuse fermement, alors elle redouble d'attentions, me dit de nouveau que ça va aller, qu'elle est certaine que je serai une très bonne mère, que j'ai la chance de ne faire qu'un déni partiel, qu'il me faut un peu de temps pour digérer la nouvelle, pour accueillir l'enfant, mais que déjà, mon corps est en train de l'accepter.

Elle désigne mon ventre, et je n'en crois pas mes yeux.

En une vingtaine de minutes seulement, ma grossesse est devenue visible. Mon ventre s'est tendu. Je soulève mon t-shirt, et les pleurs redoublent. J'apprendrai plus tard que c'est un phénomène classique, que lors de la levée du déni, si incroyable que cela puisse paraître, il suffit de très peu de temps pour que le corps prenne la forme que l'on attend de lui.

Mon Dieu, je suis dans un cauchemar. Dites-moi que je vais me réveiller.

Je rentre chez moi, consciente que plus rien ne sera comme avant.

Je sanglote en lisant tout ce qui me tombe sous la main en tapant « déni de grossesse » dans Google. Je vois bien que je ne suis pas la seule – deux mille cas chaque année, rien qu'en France. Mais comment cela a-t-il pu m'arriver *à moi* ?

Je pleure encore de longues heures.

Et puis je suis comme asséchée. Vidée.

La colère que je ressens contre Nils qui a merdé avec le préservatif plusieurs soirs – je m'en souviens, maintenant –, contre moi-même qui ai trop fait confiance à ma pilule, laisse place à la sidération. Et aux mouvements, dans mon ventre, que je perçois désormais.

Chacun d'eux me transperce.

Car j'ai la conviction que je vais mourir en mettant au monde cet enfant.

Conviction renforcée par le sexe de ce bébé.

C'est irrationnel bien sûr, mais dans ma famille, lorsque les femmes ont mis au monde un garçon, les accouchements ont été dramatiques. Ni Gina ni mon père ne m'en ont jamais vraiment parlé, et je ne sais pas comment je le sais. Mais je le sais. C'est le genre de choses que l'on retient, lorsque l'on surprend une conversation. Alors je n'y peux rien, je suis terrifiée par cet enfant qui grandit en moi. Non seulement je n'en veux pas, mais j'ai peur de lui. J'ai peur qu'il me fasse mal, j'ai peur qu'il me tue.

Pendant deux jours, je me terre au fond de mon lit. J'ai tout juste la force d'envoyer mon arrêt de travail, mais le reste du temps, je demeure cachée. Je ne veux pas me voir dans un miroir, je ne veux voir personne.

Comment expliquer aux autres ? *Salut, les gars, j'étais enceinte de sept mois, je n'ai rien vu venir ha ha quelle bonne blague, n'est-ce pas ? Mais ne vous inquiétez pas pour mes dossiers, tout va bien se passer, j'ai vraiment toute ma tête, je vous assure.* Ils me prendront tous pour une folle, une mytho, je ne peux pas affronter ça. Je ne peux affronter aucun changement dans les regards. Je me soustrais aux yeux du monde.

Au bout de deux jours, je n'en peux plus, je suis perdue. Alors je me décide à appeler ma mère. J'ai repoussé ce moment, je redoute tellement sa réaction… Mais je n'ai pas le choix. Je ne peux plus affronter ça toute seule. J'ai besoin d'elle. Je me dis qu'elle, au moins, saura quoi faire.

Ma mère est horrifiée. Ce que j'entends, dans sa voix serrée, à l'autre bout de la planète, c'est avant tout une déception abyssale. L'image de la fille parfaite que je m'étais appliquée à construire depuis vingt-quatre ans vient de voler en éclats. Et les émotions de ma mère avec.

Au lieu de réconfort, de main tendue, ma mère n'est que froideur et rationalité. Elle m'inonde de questions. Qui est le père ? Suis-je amoureuse ? Qui est au courant ? Suis-je en état de rentrer en Europe ? Si j'avais eu connaissance de ma grossesse plus tôt, aurais-je avorté ?

Je réponds méthodiquement. Rassurée, d'une certaine façon, qu'elle prenne les choses en main quand j'en suis incapable. Non, je ne suis pas amoureuse de Nils. Personne n'est au courant. Oui, je me suis renseignée : Air France accepte les femmes enceintes de plus de six mois à son bord, je peux rentrer. Bien sûr, que j'aurais avorté.

Très vite, elle me dit que je ne vais pas pouvoir garder cet enfant. Que je ne vais pas foutre ma vie en l'air pour une erreur. Qu'elle va trouver une solution.

Deux jours plus tard, elle m'envoie des billets d'avion pour Paris, puis de train jusqu'à Aurillac. Elle m'explique avoir choisi cette ville parce que les chances d'y tomber sur une connaissance sont réduites au strict minimum, en plein cœur de cette région dans laquelle nous n'avons jamais mis les pieds. Elle a posé des congés en catastrophe pour m'aider à m'installer. Elle m'attendra là-bas.

J'abandonne mon job, je laisse mes meubles et mon électroménager dans mon appartement – le propriétaire est ravi de ce bonus inattendu –, et puis je m'en vais sans dire au revoir à personne. Je justifie mon retour en France par la santé de ma grand-mère. Je m'en veux de lui jeter le mauvais œil, elle que je sais si superstitieuse, mais c'est la seule excuse acceptable pour un départ aussi précipité.

Sur le trajet depuis Singapour jusqu'en France, je ne compte plus le nombre de personnes qui me félicitent. À chaque fois, je souris poliment tout en me mordant l'intérieur de la joue pour ne pas hurler.

*

Maman a loué un appartement dans le cœur d'Aurillac, à proximité de l'hôpital. Pendant une semaine, elle me couve comme elle ne l'a jamais fait. Elle me rassure, à sa façon :

— Non, tu ne vas pas mourir, tu vas survivre et tu vas reprendre ta vie là où elle en était, avant ça. Rien ne sera gâché. Tu auras un enfant plus tard, quand tu te sentiras prête, quand ta carrière sera lancée, quand tu seras mariée.

Elle ne cesse de marteler que je ne serai pas capable d'élever cet enfant – je n'arrive déjà pas à m'occuper de moi correctement. Et puis, comment aimer un enfant que l'on n'a pas désiré, un enfant qu'on a nié si longtemps, un enfant dont le visage me rappellera sans cesse à quel point j'ai gâché ma vie, moi qui avais toutes les cartes en main avant lui ?

Elle a raison, je n'arrive pas à l'aimer, cet enfant. Et pourtant, je sais qu'il mérite qu'on l'aime. Il mérite tellement mieux que moi. J'en suis persuadée. Et ma mère aussi.

Maman m'a montré tout un tas de reportages sur ces personnes en mal d'enfant, attendant depuis des années que la loterie de l'adoption tire au sort leur famille. Ceux qui veulent *vraiment* élever un enfant, ceux qui en sont *vraiment* capables. Ils existent. Ils ne sont pas moi. Ce bébé sera bien mieux sans moi, c'est une certitude. Le confier à l'adoption est la meilleure solution, pour lui comme pour moi. Je ne dois plus en douter.

— Tu as tellement de belles aventures à vivre. Pense à tous ces voyages, ces soirées entre amis, ces rencontres merveilleuses que tu vas faire. Tu es si jeune… Tu ne dois pas gâcher ta vie pour un enfant qui n'est encore rien pour toi. Vis, ma chérie. Vis ta jeunesse, vis sans entrave. Construis ta carrière, avance, ne te retourne pas. Tu as tout le temps d'avoir des enfants. Je suis fière de toi, de la femme d'affaires forte et indépendante que tu es en train de devenir. Ne gâche pas tout.

Ma mère repart chez elle à Francfort, elle me serre fort dans ses bras, m'assure que je serai soulagée, ensuite.

Et puis, pendant près de deux mois, elle me téléphone quasiment chaque jour. J'ai pour consigne de l'appeler dès les premières contractions – elle sautera dans le premier avion et restera avec moi une semaine encore, le temps que tout rentre dans l'ordre.

Je n'arrête pas de la remercier. C'est tellement précieux, l'aide et le soutien qu'elle m'apporte, dans un moment si difficile.

Depuis que la décision est prise, je parle au bébé. Je lui explique qu'il serait malheureux à coup sûr, s'il restait avec moi. Et que moi, eh bien je veux juste qu'il soit heureux.

Qu'une merveilleuse famille aimante s'occupera de lui.

Que moi je ne peux pas.

*

Puis le moment tant redouté arrive.

J'appelle ma mère et je file à l'hôpital dès les premières contractions.

L'équipe est adorable. Le personnel soignant et l'assistante sociale accueillent ma décision. Je me sens écoutée. Prise en charge.

Le bébé se présente par le siège. La sage-femme se veut rassurante, mais je vois bien son inquiétude.

Je me mets à pleurer à gros bouillons, hantée par l'implacable reproduction des dramatiques schémas familiaux.

« Je ne veux pas mourir », voilà ce que je répète en boucle.

Lorsque l'équipe médicale décide de s'orienter vers une césarienne, je sens un soulagement m'envahir, à l'idée de ne pas avoir à vivre cet accouchement par voie basse. Et puis, j'ai plus confiance en la médecine que dans mes propres capacités. À cet instant, je ne me rends pas compte que cette césarienne sera aussi une malédiction, la trace de ce premier enfant sur mon corps. Une trace qui me rappellera chaque jour cet épisode de ma vie.

Lorsque l'enfant naît, on me confirme qu'il s'agit d'un garçon. On m'indique qu'il est en parfaite santé et que je le serai aussi, d'ici quelques jours.

Je me mets à pleurer. Je ne sais pas exactement pour quelle raison, mais je ne parviens pas à m'arrêter.

On me demande si je souhaite le voir, le prendre dans mes bras, si je veux lui donner un prénom. Je refuse tout en bloc. Le bébé est emmené en pouponnière, et je retourne dans ma chambre. Seule.

Maman me rejoint. Elle m'a apporté tout un tas de vêtements, de chocolats, pour me réconforter. Pour m'aider à passer le cap.

Pendant trois jours et trois nuits, j'entends les cris des bébés, je me demande lequel est celui qui était dans mon ventre, quelques heures plus tôt. Je m'interdis de prononcer mentalement *le mien*. Je pleure beaucoup trop. Je dors beaucoup trop, aussi. Je pensais redresser la tête après la naissance, mais le tunnel se prolonge, il a des ramifications si sombres que je m'y noie.

L'assistante sociale passe me voir à plusieurs reprises, nous discutons longuement, elle me dit que je peux, si je le souhaite, laisser à l'enfant mon identité dans un pli cacheté qu'il pourrait découvrir à sa majorité, ou bien un objet, une lettre.

Maman me conseille de dire non à tout. Je dois couper les ponts complètement avec cet épisode de ma vie, sinon tout ça n'aura servi à rien.

Alors jusqu'à la dernière minute, je refuse tout.

Au moment de partir, de quitter la maternité pour de bon, je ne sais pas ce qui me prend. J'appelle l'assistante sociale et je décide de plusieurs choses importantes.

D'abord, je donne un prénom au bébé.

Et puis j'écris un petit mot, sur un bout de papier même pas beau, un morceau de carnet déchiré :

« *Je ne peux pas m'occuper de toi. Je suis certaine que tu seras plus heureux, sans moi. Je veux te donner la chance de grandir avec des personnes qui t'aimeront. Moi, je n'en suis pas capable. Sois heureux, petit bonhomme.* »

J'hésite sur la signature. Je ne veux pas, je ne peux pas écrire « maman », je ne veux laisser ni mon nom ni mon prénom, alors je ne signe pas.

Je tends le papier à mon interlocutrice, et soudain, je comprends que je ne peux pas partir sans l'avoir vu. Une fois. Une seule fois.

Je m'approche de son berceau, et mes yeux se remplissent de larmes. Je le trouve beau. D'une beauté irrationnelle. Je ne peux pas croire qu'il soit sorti de moi. Le voir ainsi, paisiblement endormi, me bouleverse bien plus que je ne l'imaginais. Je m'approche, lui caresse doucement la joue. Il sourit. Je regarde la sage-femme. Elle aussi, a les yeux embués. Je sais bien qu'il s'agit d'un réflexe, qu'à cet âge-là les nourrissons sont encore incapables de sourire. Mais ce sourire, je le garderai à jamais dans mon cœur, petit bonhomme. Je le convoquerai dès que j'aurai des doutes. Car je suis certaine que ce sourire, le vrai, sera sans cesse sur tes lèvres lorsque tu grandiras auprès d'une famille aimante, une vraie.

On me propose de le prendre dans mes bras, mais c'est trop. Je ne dois pas.

Je vois, une dernière fois, l'assistante sociale. Elle me répète ce que je sais désormais par cœur : j'ai deux mois pour revenir sur ma décision, et devenir la mère de cet enfant à part entière.

Jusqu'au 2 août, tout est possible.

— Prenez le temps de la réflexion. C'est un choix si difficile… Personne ne vous jugera, soyez-en certaine. En attendant, ne vous inquiétez pas, votre bébé est entre de bonnes mains.

*

Les jours qui suivent, je ne cesse de penser à ce bébé. Je ne cesse de me demander si je ne viens pas de faire la plus grande erreur de ma vie. Je vois son visage partout, tout le temps. Je ne parviens à trouver le sommeil qu'en avalant toutes sortes de cachets, me réveille en sursaut et en sueur. Et puis, je souffre dans mon corps. J'ai l'impression de ressentir encore et toujours des contractions.

Ma mère est très inquiète. Elle me dit avoir peur que je fasse une connerie. Je lui réponds que je ne suis pas suicidaire, mais ce n'est pas ce qu'elle voulait dire. La connerie serait de revenir sur ma décision.

— Ne fais pas ça, Chloé. Nous avons choisi la meilleure option. Tu as choisi la meilleure solution. N'en doute jamais. Pense à ton avenir. Cet enfant sera un poids, toute ta vie. Ne te retourne plus.

Ma mère ne peut pas rester plus longtemps auprès de moi, elle doit reprendre le boulot, repartir en Allemagne. Une semaine après la naissance, je me retrouve seule avec mes doutes et mes idées noires, à Aurillac. Ma mère a prévu que j'y reste encore deux ou trois semaines, le temps de retrouver mon apparence *normale* – je n'ai pris que six kilos en tout et pour tout, d'ici quelques semaines, personne ne pourra déceler ce qui a eu lieu.

Le jour de la mort de maman, nous nous sommes appelées. J'ai évoqué de nouveau l'échéance du 2 août, et ces doutes qui me dévoraient. Elle est devenue comme folle. Elle m'a reproché ma faiblesse, mon comportement de gamine inconséquente, m'a rappelé tout ce qu'elle faisait pour moi, depuis le début de cette histoire.

— Est-ce que tu te rends compte, Chloé, de tout ce que j'ai dû endurer, moi aussi ? Heureusement que j'étais là pour prendre des décisions, sinon tu serais encore à Singapour, avec un gamin dans les pattes et ta vie foutue en l'air !

Alors j'ai explosé.

Je lui ai révélé avoir donné un prénom au bébé, lui avoir laissé un mot, être allée le voir.

Je lui ai reproché de m'avoir forcé la main, de m'avoir forcée à abandonner cet enfant, comme elle m'a forcé la main à chacune des étapes de ma vie.

— Je déteste mon boulot, maman. Je déteste ma vie, je déteste la façon dont tu la contrôles, tu comprends ?!

Elle m'a raccroché au nez.

Deux heures plus tard, j'apprenais son accident.

Je sais bien que je ne suis pas *directement* responsable de sa mort. Mais je ne peux m'empêcher de ressentir une insondable culpabilité.

Ma mère avait beaucoup de défauts, mais elle était ma mère. Je l'aimais, la respectais profondément.

Si je revenais sur ma décision, j'aurais l'impression de la trahir doublement.

De la salir, jusque dans sa tombe.

*

Je n'ai pu parler de ce qu'il s'est passé à personne. Et surtout pas à Gina. J'aurais tellement peur qu'elle me rejette. Je ne pourrais pas supporter de voir naître la honte ou le mépris dans ses yeux. J'ai tout gardé à l'intérieur de moi. Il fallait bien que ça ressorte, un jour.

Je crois que depuis le décès de ma mère, je ne m'étais pas autorisée à pleurer autant qu'aujourd'hui dans Central Park.

Cela a duré si longtemps que la nuit est presque tombée, lorsque je me redresse – c'est un petit écureuil, curieux de ce qui peut se trouver dans mon sac, qui me tire de ma douloureuse torpeur.

Je rentre à l'hôtel, redoutant de croiser Olga. Coup de chance, elle n'est pas dans la chambre. Je prends une douche chaude – non sans avoir mis une chaise devant cette foutue porte qui ne ferme pas à clef –, puis je me jette sur mon lit.

Et je sombre, comme je l'espérais, dans un sommeil vide.

14

Chloé

15 juillet 2018

Lorsque je me réveille, j'ai l'impression saugrenue que quelque chose a changé en moi. Une inflexion imperceptible. Un apaisement. Une confiance en l'avenir que je n'avais plus ressentie depuis longtemps.

Peut-être est-ce l'évolution naturelle du processus dans lequel mon cerveau s'est engagé, peut-être est-ce le fait d'avoir enfin laissé libre cours à mes larmes, peut-être est-ce cette plaque vissée au dossier d'un banc de Central Park, rappelant l'importance du souvenir.

Toute ma vie, j'ai cherché à contourner les obstacles, à rester dans l'action pour ne pas m'apitoyer, à éviter de penser pour ne pas souffrir.

Hier, allongée dans l'herbe fraîche, j'ai compris que se confronter aux blessures pouvait permettre de les apprivoiser, les faire siennes, les assumer.

Hier, j'ai accepté de regarder l'échéance du 2 août en face. De ne plus esquiver les questions. Je ne connais pas les réponses, mais je sais que je les trouverai. Et que ces réponses seront les miennes. Seulement les miennes.

Aujourd'hui est un jour nouveau. Un jour de renaissance, peut-être.

*

Olga est déjà levée. Je la regarde, lui souris.

Elle me parle de manière légère, ne me pose aucune question sur hier. Elle m'explique avec une grande excitation avoir passé la journée à sillonner New York, avec un groupe de retraités français rencontrés dans la file d'attente de l'Empire State Building : « Une heure trente à poireauter, ça crée des liens ! » De fil en aiguille, elle les a suivis pour célébrer le 14 juillet. Lorsqu'elle prononce ces mots, je me rends compte que j'ai complètement zappé notre fête nationale, que les anglophones nomment Bastille Day.

Olga continue de me raconter ses aventures rocambolesques, qui se sont achevées sur un improbable concours de pétanque organisé par une marque d'apéritif anisé bien de chez nous, dans un bar de plein air de Brooklyn : « On les a laminés, ces Amerloques ! Si Gina avait vu comme j'ai bien pointé, elle aurait été fière de moi ! »

Elle me regarde avec un air plus grave, soudain. Comme si l'évocation de ma grand-mère nous ramenait à cette réalité : c'est pour elle que nous sommes là, et au fond, nous ne savons toujours pas si elle va bien, ni où elle se trouve. Comme si Olga lisait dans mes pensées, elle me caresse la joue de sa main calleuse, et me glisse :

— On va la retrouver. Je suis sûre qu'elle sera là au rendez-vous demain.

Puis elle me sourit et continue :

— Mes nouveaux amis m'ont donné un prospectus. Le lendemain du Bastille Day – aujourd'hui donc –, l'Alliance française de New York organise une grande foire réunissant tous les clichés et le folklore de notre beau pays. Il y aura des crêpes, du fromage, du champagne… et surtout, ils retransmettent la finale sur un écran géant en pleine rue, à 11 heures ! Ça te dirait qu'on y aille ?

— La finale de quoi ?

Elle me regarde avec un air outré.

— Mais tu vivais dans une grotte ces derniers temps, ma parole… La finale de la Coupe du monde de football, pardi ! Tu es au courant que la France joue contre la Croatie, et que c'est historique ?

Elle a raison, je vivais recluse, repliée sur moi-même, absente des conversations. Mais maintenant que j'y pense, j'ai entendu des gens parler de foot lors de certaines soirées. Je n'avais pas compris de quoi il s'agissait – et à vrai dire, je n'en avais rien à faire. Mais je ne peux pas lui dire ça comme ça. Alors je l'écoute, et je fais semblant de connaître les obscurs joueurs qu'elle évoque.

— Chloé ? Tu es avec moi ?

— Oui, pardon, bien sûr je savais, pour la finale ! Et l'événement a l'air chouette, allons-y, je suis d'accord.

Grand sourire, Olga s'empare dudit prospectus et me lance :

— C'est à l'angle de la Soixantième Rue et de Lexington Avenue. Allez, on va leur mettre une bonne raclée à ces Croates… *fouloumi* !

Je marque une pause, le temps que mon cerveau analyse cette dernière interjection. J'éclate de rire, lorsque je percute.

— *Follow me*, Olga, on dit *follow me*…

— Oui, *fouloumi,* c'est ce que j'ai dit !

*

Nous arrivons à la foire de l'Alliance française une heure plus tard, juste avant le début du match. L'ambiance est déjà électrique.

Olga m'impressionne, du haut de ses soixante-quinze ans. Elle a la forme d'une jeune fille, l'excitation d'une enfant, et puis elle socialise à une vitesse impressionnante. À peine sommes-nous arrivées qu'elle a déjà claqué la bise à deux Français rencontrés la veille. Il y a pourtant des milliers de gens qui discutent, rient tout en buvant du vin… sachant qu'il est 10 heures du matin, je ne donne pas cher de leur état dans quelques heures. J'ai l'impression d'être dans une sorte de fête de l'Huma où les macarons Ladurée et les sacs Jérôme Dreyfuss auraient remplacé les sandwichs merguez et les odeurs de friture. On parle français, anglais, parfois même espagnol, on joue des coudes pour accéder au jambon de Bayonne, ou se prendre en photo avec tour Eiffel, marinière et béret.

Il fait déjà très chaud, les familles se baladent en short et t-shirt, et plus nous nous approchons de l'écran géant, plus les cocardes et les bannières tricolores fleurissent. Une arche de ballons bleu-blanc-rouge marque l'entrée de la *fan zone*. La finale débute dans quinze minutes, la foule est déjà en transe. Les maillots français sont partout. Les noms des joueurs favoris de cette compétition sont sur toutes les lèvres, partout des hurlements, sifflets, cornes de brume retentissent, se mêlant à des « Qui ne saute pas n'est pas français ! » et autres « On est en finale ! ». Dans ce coin de Manhattan, j'ai l'impression saugrenue d'être en plein cœur de la France.

La vue de ces milliers de personnes en liesse ne peut me laisser de marbre. Je m'abandonne à la ferveur et entonne timidement notre hymne national – quand Olga hurle à s'en déchirer les cordes vocales. Elle jette de temps en temps des coups d'œil à son téléphone, puis décroche soudain et se met à faire de grands gestes tout en agitant un drapeau prêté par un de nos voisins éméchés. Je me demande si je vais voir débouler ses nouveaux amis du troisième âge, mais c'est Luther qui débarque, tout sourire. Le visage peinturluré de bleu-blanc-rouge, mais toujours avec sa banane autour de la taille, *of course*.

Je n'ai même pas le temps de pester contre Olga, que la voilà déjà pendue au cou de Luther, lui faisant une bise « à la française », tandis que je lui tends la main – on n'a quand même pas gardé les cochons ensemble, et puis le mec m'a soutiré de l'argent l'air de rien, il y a deux jours. Il se penche pour me parler. Cette proximité me gêne, mais vu le bruit autour de nous, je n'ai pas le choix. Je sens son souffle dans mon cou, et un frisson me parcourt alors qu'il me dit :

— Olga m'a invité à me joindre à vous, j'avais de toute façon prévu de venir voir la finale ici… mais si ça vous gêne, je peux repartir.

Il ne manque pas de toupet, j'ai bien envie de lui dire d'aller se faire voir – et Olga ne perd rien pour attendre.

— Vous vivez à New York alors que nous ne sommes que de passage, nous ne nous connaissons pas, je ne vois pas bien ce que vous faites ici avec nous. Vous n'avez pas de famille, pas d'amis ?

J'ai dit ça comme ça, pour qu'il nous foute la paix, et pour la blague. Mais la lueur de tristesse que je viens de voir passer dans son regard me tétanise. Je la reconnais, cette lueur. Putain, quelle débile. Je viens de mettre le doigt sur quelque chose de douloureux, c'est visible.

— Pardon, Chloé. Je ne voulais pas paraître intrusif. Je vais vous laisser.

Il sourit. Le mec est quand même très beau finalement, et je me surprends à laisser cette idée entrer par effraction dans mon cerveau. Je crois que c'est la première fois depuis des mois qu'une telle pensée se fraye un chemin en moi.

Luther glisse quelque chose à l'oreille d'Olga, qui me lance un regard noir. Alors je le retiens. Ma main se pose sur son bras, et le contact de sa peau provoque une décharge électrique inattendue dans mon corps. *Punaise, calme-toi, Chloé, ça va pas bien, non ?*

— Désolée, Luther. Je suis maladroite. Je ne voulais pas… enfin, vous pouvez rester si vous voulez.

Olga me met un coup de coude, Luther sourit. J'ai toujours la main sur son bras. Il le sait très bien mais ne bouge pas.

— OK, Olga j'ai compris. Luther, je serais heureuse si vous acceptiez de rester avec nous pour ce match, malgré ma froideur et mon outrecuidance.

Olga acquiesce en riant, puis hurle : « Ça commence, les jeunes !! »

15

Gina
1962 – 1985

Peu après la mort de mon père, en même temps que j'entamais ma nouvelle vie dans l'ébénisterie Colbert, j'ai commencé à ressentir l'envie folle de devenir mère.

Je ne pourrais pas expliquer pour quelle raison. On parle souvent d'horloge biologique, je ne sais pas si ça existe vraiment, et j'ai toujours pensé que chaque femme avait bien le droit de faire ce qu'elle voulait de son corps.

Jusqu'à la mort de mon père, je me considérais clairement comme une enfant. Une enfant de vingt-sept ans qui travaillait et gérait un foyer, certes, mais une enfant avant tout. Ma vie, c'était mon père et moi. Je me suis demandé si ce désir de maternité était lié à la solitude dans laquelle je me retrouvais soudain, ou pire encore, s'il était le fruit d'un furieux besoin de rentrer dans le rang, de faire comme tout le monde. Mais ça n'était pas le cas. Je ressentais, au plus profond de mon être, la volonté de porter un bébé durant neuf mois, de le sentir grandir en moi, de lui donner le sein, le bercer, le cajoler, puis l'aider à devenir un petit être à la fois indépendant et tellement proche. Chaque fois que je croisais une femme avec une poussette, c'était comme un coup de poignard, et l'envie se mêlait à l'angoisse. À l'époque, on disait que passé trente ans, les femmes n'étaient plus bonnes à marier, plus bonnes à faire des enfants, que la machine était cassée. Alors j'avais peur, et je me disais qu'il fallait faire vite. Avais-je une libido inférieure à la norme ? Je ne sais pas. En tout cas, une chose est certaine : j'étais ignare dans de nombreux domaines, y compris l'amour et le sexe, et je n'avais jamais vraiment été attirée par personne. Une *no life*. J'ai entendu cette expression l'autre jour dans un reportage, et je me suis dit que c'est comme ça que les jeunes d'aujourd'hui m'auraient appelée, s'ils m'avaient connue dans ma vingtaine.

En ce début des années 1960, j'ai commencé à me rendre dans des dancings. Je n'étais pas surprise d'avoir du succès, je me savais plutôt jolie, les garçons m'accostaient dans la rue, je les repoussais systématiquement, parfois en riant, parfois avec la plus grande fermeté. J'ai éperdument aimé cette période de danse et de fête, qui s'apparentait à une deuxième naissance. Mais malgré tous mes efforts, je ne suis tombée amoureuse d'aucun homme, et mes relations n'ont jamais dépassé le stade du simple baiser furtif. Le feu ne prenait pas. C'était d'une frustration extrême, car le mariage était évidemment la seule solution à ce qui me tourmentait : si je voulais devenir mère, il faudrait bien que j'accepte les avances de l'un de ces messieurs.

Ça n'est pas au dancing mais dans l'atelier de M. Colbert que j'ai rencontré Nino. Nous étions de simples collègues. Puis un jour, le patron nous a demandé de travailler en binôme pour des clients, et nous sommes devenus de vrais amis. Inséparables. Je n'avais jamais ressenti une telle affection pour quiconque. Ça n'était de l'amour pour aucun de nous deux, tout était extrêmement clair.

Nino était issu comme moi d'une famille d'immigrés italiens. Devenir ébéniste salarié était déjà en soi une élévation sociale considérable, mais Nice ne suffisait pas à Nino. Il rêvait de la capitale, ne parlait que de Paris, ses folles soirées et la liberté que seule la Ville lumière pouvait accorder aux « gens comme lui ».

J'ai compris ce qu'il voulait dire le soir où il m'a présentée à son cercle d'amis proches. Nino était un grand gaillard musclé, qui portait de lourdes charges sans effort apparent. Les filles se pâmaient, les clientes flirtaient. Mais Nino aimait les garçons.

En France, le début des années 1960 est synonyme de pudibonderie à tous les étages. C'est à ce moment-là qu'apparaît à la télévision le carré blanc, ce signal d'avertissement visant à protéger les jeunes enfants d'un morceau de peau un peu trop suggestif.

L'homosexualité est inscrite dans la loi comme un fléau social, au même titre que la tuberculose ou la toxicomanie.

Être homo est honteux. Alors Nino fait comme tout le monde. Il vit depuis toujours en portant un masque. Surveillant constamment son langage, ses gestes.

Ne surtout pas se trahir. Se forcer à rire des plaisanteries sur les pédés, inventer des liaisons féminines, embrasser des jeunes femmes et les tenir par la main pour donner le change. Vivre caché, la peur au ventre, par crainte des violences, du jugement.

Je ne sais pas pour quelle raison Nino a décidé de me livrer son secret. Sans doute parce que M. Colbert me faisait confiance, et que M. Colbert avait compris, pour Nino. Il le protégeait autant qu'il le pouvait.

Nino rêvait du grand amour, Nino était léger, Nino était merveille.

Entre nous s'est développée une relation complexe. Plus le temps passait, plus nous nous aimions. Nino me racontait tout, et je ne lui cachais rien de mes tourments. Il était comme un frère.

C'est Nino qui m'a appris les choses de la vie. Mon père ne m'avait jamais expliqué quoi que ce soit, et après la mort de ma mère, il n'y a plus jamais eu de présence féminine. Alors je ne savais rien de rien. À mesure que Nino me décrivait l'acte sexuel, je rougissais tout en étant choquée, je lui demandais comment il était possible de ne pas souffrir physiquement, lorsque le « membre masculin » pénétrait à « l'intérieur de la femme » – j'utilisais ce genre de terme, et cela faisait mourir de rire Nino, qui patiemment m'expliquait les notions de plaisir, d'orgasme, m'encourageait à me toucher pour découvrir mon corps. Cette conversation que j'aurais dû avoir au moment de ma puberté n'intervenait qu'à l'aube de mes trente ans.

Au printemps 1962, j'ai rencontré un joli garçon prénommé Germain. Il était séduisant, me paraissait être un beau parti. Il habitait Cannes, et venait danser à Nice tous les samedis. Pendant plus de deux mois, il m'a fait une cour assidue et exclusive. Nino m'encourageait à aller plus loin, tout en me mettant en garde : il valait mieux, pour rester une jeune femme honorable, ne pas fauter avant le mariage. La contraception était interdite – la loi légalisant la pilule ne serait votée que cinq ans plus tard –, mais Nino avait pris le temps de m'expliquer ce qu'il me faudrait demander au garçon pour éviter de tomber enceinte.

Lorsque ce soir de janvier 1962 j'ai accepté que Germain me suive chez moi, j'étais animée d'une grande curiosité. Je n'étais pas amoureuse, non. Mais je me disais que tout cela viendrait sûrement après le mariage. Germain s'est montré entreprenant, je lui ai demandé quelles étaient ses intentions avec moi avant d'aller plus loin : pensait-il m'épouser bientôt ? Il a eu l'air surpris, m'a assuré qu'il ne pensait qu'à s'unir à moi, alors je lui ai demandé de ne pas me mettre enceinte en utilisant les mots que Nino m'avait conseillés, puis je me suis abandonnée à lui. Nino m'avait parlé de plaisir, mais c'est resté très théorique. Germain a été doux, mais j'ai eu mal, et j'avais hâte que ça se termine. À l'issue de la chose, Germain avait l'air satisfait, un grand sourire sur les lèvres. Il m'a demandé si ça m'avait plu, j'ai répondu poliment que oui, même si j'espérais secrètement pouvoir me soustraire, à l'avenir, à ce que l'on nommait le devoir conjugal. Je lui ai demandé s'il avait bien pris ses précautions, il a acquiescé. J'ai senti une matière visqueuse couler le long de ma cuisse, je lui ai demandé de quoi il s'agissait, il m'a indiqué que c'était normal après avoir fait l'amour. Puis il m'a embrassée, et s'est enfui en me souhaitant une bonne nuit.

Il n'est plus jamais revenu à Nice.

Nino a enquêté, et nous avons appris qu'il était en fait un marin en escale pour quelques mois à Toulon. Personne ne connaissait son vrai prénom. Aussi le ciel m'est-il tombé sur la tête lorsque je n'ai pas eu mes règles, quelques semaines plus tard.

La joie que j'aurais dû ressentir s'est mêlée à la honte. Nino m'a demandé de lui décrire précisément ce qui s'était passé, et j'ai compris que j'avais été une belle andouille.

Pendant une semaine, j'ai été incapable de savoir quoi faire. Je le voulais, cet enfant. Mais pas dans ces conditions. À cette époque, les femmes enceintes hors mariage étaient considérées comme des traînées. Leurs enfants n'avaient pas une enfance comme les autres.

J'avais peur. J'étais perdue.

Et puis est arrivé ce 14 juillet 1962 qui a fait basculer nos vies.

Tard dans la nuit, Nino est venu se réfugier chez moi.

En ce soir de fête, il avait bu et relâché sa vigilance. En rentrant du dancing, cinq hommes l'ont poursuivi en l'insultant. Nino est parvenu à les semer, mais il a eu la peur de sa vie. Dieu sait ce qui aurait pu se passer si ces hommes l'avaient rattrapé. Mon ami ne se sentait plus en sécurité. Et s'ils l'attendaient de nouveau, un jour ?

Nino n'avait qu'une idée en tête : fuir cette ville, partir s'installer à Paris.

Je lui ai offert de rester dormir chez moi, mais nous n'avons pas fermé l'œil. Nous avons discuté toute la nuit, et ses angoisses se sont mêlées à la décision qu'il me fallait prendre de mon côté.

C'est au cours de ces quelques heures qu'est né le projet fou qui allait conditionner la suite de notre existence.

Cette nuit-là, le mariage est devenu, pour nous deux, une évidence.

Pour moi, c'était la possibilité d'avoir mon enfant dans de bonnes conditions, tout en lui offrant une famille, une normalité apparente. Sa mère serait une femme convenable, mariée à un homme gentil, beau et travailleur.

Pour Nino, le mariage était le camouflage idéal.

Et c'était la possibilité de devenir père. Lui aussi, m'avait confié avoir rêvé de paternité. Il avait fait une croix dessus, évidemment. Mais l'idée était toujours là, dans son cœur. Dans ses tripes.

Nino et moi nous sommes mariés le mois suivant, et deux semaines plus tard, nous sommes partis nous installer à Montreuil, dans un modeste mais confortable appartement comprenant trois chambres. Une pour moi, une pour Nino, et une pour notre enfant à venir. J'ai trouvé un travail d'ébéniste dans le douzième arrondissement de Paris, et Nino un boulot de menuisier dans le vingtième.

Avant la naissance de notre fils, nous avons décidé de l'appeler Alain. En choisissant ce prénom français à la mode, Nino et moi voulions lui donner toutes ses chances d'intégration. Couper l'herbe sous le pied de cette italianité dont chacun de nous a souffert, à sa façon.

Ma grossesse a été joyeuse, mais mon accouchement très difficile. Un cauchemar que je ne souhaite à personne. Pourtant, j'en ai connu des douleurs. Mais aucune comme celle-ci. Alain se présentait par le siège. À l'époque, la péridurale n'existait pas, et le bébé était trop engagé pour tenter une césarienne. À mesure que l'accouchement s'éternisait, que mes cris s'intensifiaient, je songeais que j'allais mourir. J'ai perdu énormément de sang. Les déchirures ont été destructrices.

Lorsque j'ai été tirée d'affaire, les souffrances résiduelles étaient telles que je ne parvenais pas à ressentir d'amour pour mon fils. Je cherchais sur son visage les traits de Germain, je n'arrêtais pas de me poser des questions : deviendrait-il un salaud, comme son marin de père ? Découvrirait-il un jour la vraie nature de mon union avec Nino ? Nino resterait-il à mes côtés, s'il trouvait l'amour comme il l'espérait, un jour ? Je ressentais une culpabilité fiévreuse, à l'idée de faire naître un enfant dans une telle configuration familiale, à accepter d'ores et déjà de lui mentir toute sa vie. J'avais si peur qu'il découvre la vérité un jour, et qu'il me haïsse, me rejette… que je le tenais à distance. Le paradoxe était terrible : mon esprit faisait tout pour ne pas s'attacher à lui, tandis que mon cœur souffrait de ne pas parvenir à s'attacher.

J'ai sombré dans une grande dépression.

Et c'est grâce à Nino que je m'en suis sortie.

Il s'est occupé d'Alain quand j'étais défaillante, m'a rassurée, prise dans ses bras, consolée un nombre incalculable de fois. Il avait confiance pour deux. Il ne cessait de me répéter que je serais une bonne mère.

Petit à petit, des sentiments sont apparus. Et je me suis mise à y croire.

À croire en moi, un peu. À croire en Nino, beaucoup. À croire à cet assemblage étrange que nous formions. À croire à cette famille. Ma famille.

Et j'ai eu raison d'y croire. Nino n'a jamais déserté, et nous avons donné une enfance tout ce qu'il y a de plus normale à notre fils.

J'ai aimé Alain d'un amour immense. J'ai vécu ce que vivent toutes les mères du monde. J'ai tremblé quand il avait peur, j'ai frémi lorsque je le sentais en danger, j'ai pleuré toutes les larmes de mon corps le jour de son baccalauréat, j'ai appris ce qu'était la tristesse infinie lorsque la mort me l'a arraché, il y a quatre ans.

J'ai aimé Nino de tout mon cœur, comme un frère, et comme le père de mon fils. J'ai tout vécu avec lui, il est resté mon plus proche confident, jusqu'au bout.

Alain n'a jamais su que Nino n'était pas son père biologique. Nino était son père, point. Alain n'a jamais rien su non plus de la sexualité de son père. Il savait que nous faisions chambre à part, bien sûr, mais voilà c'était comme ça que nous vivions. Plus tard, il a peut-être eu des doutes, ou acquis des certitudes. Je ne sais pas, nous n'en avons jamais parlé, et il n'en a rien montré. Le secret est un sport de compétition, dans cette famille.

Je me demande parfois s'il existe des familles qui se disent tout, de génération en génération. Personnellement, je n'en connais aucune.

Est-ce que les secrets empêchent d'avancer ? Oui, sûrement. Mais ils permettent aussi parfois d'embellir le chemin quand tout ne se passe pas comme prévu. De jeter un voile pudique sur les douleurs.

Lorsque Nino est mort, en 1985, Alain avait pris son envol.

Il ne savait pas que Nino avait trouvé l'amour depuis plus de six ans avec celui que l'on présentait comme son ami de toujours, Francis.

Il ne savait pas non plus que j'avais moi aussi rencontré l'amour de ma vie.

16

Chloé

15 juillet 2018

Je n'ai jamais vécu quoi que ce soit de semblable.

Il faut dire que le foot et moi, ça n'est pas la grande histoire d'amour. Je connais tout juste les règles, mais j'ai un souvenir très net de la soirée passée avec ma mère et mon père, lorsque la France a gagné la Coupe du monde en 1998.

Mes parents étaient définitivement des adultes trop sérieux. Je ne suis pas certaine qu'ils aient vécu une vie heureuse. Je ne savais pas grand-chose de leur métier, à part qu'ils ne l'aimaient pas beaucoup mais qu'ils s'y donnaient corps et âme, voyageant énormément, travaillant même pendant les vacances. Les rires à la maison étaient rares, et j'ai souvent été seule. Seule avec la nounou jusqu'à mes quatorze ans, puis seule tout court.

Alors cette finale de Coupe du monde de 1998 apparaît, dans le brouillard de mes souvenirs d'enfance, comme l'une des rares soirées joyeuses, sans travail, en famille. Je sais bien que tout cela est sans doute une reconstruction de mon esprit, et que mes parents m'offraient sûrement plus de moments que je ne le pense aujourd'hui, mais je n'y peux rien, c'est la trace mnésique qui subsiste.

Mon père avait pour l'occasion acheté des pizzas et des glaces, le son de la télévision était au maximum, ma mère m'avait maquillée, nous avions ouvert les fenêtres et nous criions dès qu'un but était marqué. À la fin, mon père avait pris ma mère dans les bras et l'avait embrassée en riant – c'est la seule fois où je les ai vus s'embrasser.

Puis nous étions sortis dans les rues de Paris résonnant de klaxons et de hurlements de joie, mon père m'avait prise sur ses épaules, et nous avions marché en chantant jusqu'à la place de la République en liesse.

Ce sont ces instants magiques de mon enfance qui reviennent, alors que le match de 2018 se déroule devant mes yeux. Lorsque Mbappé marque le quatrième but, lorsque certains supporters commencent à pleurer autour de moi, lorsque les chants se font plus forts, lorsque la foule saute si haut que j'en ai peur pour Olga, je crois entendre le rire de mon père.

La déferlante de joie qui suit le coup de sifflet final est telle qu'Olga se jette sur moi, me dit qu'elle est heureuse que je sois à ses côtés, et malheureuse que Gina ne soit pas là, de ne pouvoir partager ça avec elle… puis c'est Luther qui s'emballe. Il embrasse Olga sur la joue, puis il me serre dans ses bras en me soulevant du sol. Je n'aime pas ça du tout, mais je ne dis rien.

Autour de nous, les gens deviennent hystériques. L'euphorie explose, et mes tympans avec. Tout le monde hurle « On est les champions ! » ou sa variante, « Champions du monde ! », dans un délire de bruit et d'accolades suantes. Ma peur pour Olga est désormais légitime, j'ai l'impression qu'à chaque instant n'importe qui pourrait écraser cette vieille brindille. Les gens sont si heureux que ça en devient flippant. Luther tire sûrement les mêmes conclusions que moi. Il me prend par la main, me demande de saisir celle d'Olga, et nous nous faufilons entre les groupes sautillants, nous extrayant du flot.

C'est la première fois depuis le début du voyage que je vois la fatigue creuser le visage d'Olga. Elle a l'air épuisée, et je la comprends, on le serait à moins. Aussi ne suis-je pas surprise lorsqu'elle déclare nous abandonner pour aller se reposer. Elle ajoute qu'elle rejoindra ensuite ses amis retraités pour une nouvelle soirée pétanque dans ce même bar de Brooklyn.

— Bien sûr, si vous voulez vous joindre à nous, vous êtes les bienvenus. Mais vous serez bien mieux entre jeunes…

Elle lance un grand clin d'œil avec sa dernière réplique, qui gêne autant Luther que moi. Ou pas. Car Luther prend mon bras et répond le plus naturellement du monde :

— Ne vous en faites pas, Olga. Je prendrai soin d'elle.

Je m'apprête à répondre sèchement que je peux très bien prendre soin de moi toute seule, mais déjà Olga s'éloigne, et Luther me propose une balade à l'ombre de Central Park tout proche. C'est vrai que le soleil tape fort aujourd'hui, alors même si le souvenir de mon effondrement de la veille dans ce parc me tend quelque peu, j'accepte.

Luther sourit, il me dit se sentir chez lui, ici. Il connaît bien le lieu, alors il m'entraîne dans un dédale d'allées étroites, me fait découvrir des recoins paisibles regorgeant de cascades fraîches dont je n'aurais jamais soupçonné l'existence. Puis il me parle de cette histoire de plaques vissées sur les bancs, et m'explique avoir accès, grâce à son métier, au fichier répertoriant l'ensemble des messages gravés.

— Ça vous dirait, d'en découvrir des marrantes ?

Je doute que ce soit hilarant, mais pourquoi pas…

Devant la première, je ne peux m'empêcher de sourire.

« *Stephen R. Not dead, he just loves plaques*[1]. »

Devant la deuxième, je me mets à pouffer.

« *In memory of Roger Huckleby, who hated this park and everyone in it*[2]. »

Devant la troisième, je meurs de rire.

« *On this bench, in 1897, nothing happened*[3]. »

---

1. *Stephen R. Pas mort, il aime juste les plaques.*

2. *En mémoire de Roger Huckleby, qui détestait ce parc et tous ceux qui le fréquentent.*

3. *Sur ce banc, en 1897, il ne se passa rien.*

L'humour absurde, associé à la démarche non moins absurde de dépenser une somme astronomique pour une telle plaque, m'achève.

Luther s'éloigne pour nous acheter deux bouteilles d'eau, puis la visite touristique prend une tournure inattendue.

Il se dirige vers un autre banc, mais il ne sourit plus. Il m'explique avoir quelque chose à me montrer, et sort de sa précieuse banane deux feuilles format A4, pliées en huit.

Sur ces deux documents s'étale une partie de l'histoire de ma famille.

À travers ces quelques lignes d'une glaçante neutralité, j'imagine la petite Gina à cinq ans, face à l'incompréhensible, et l'émotion me gagne.

Luther ne dit rien. Me laisse absorber les informations.

Attend que je percute, moi aussi.

Je regarde Luther, incrédule.

Ce que contiennent ces documents est terrible, mais limpide.

Le problème, c'est ce qu'ils ne contiennent pas.

17

Gina

16 juillet 2018

Le voyage a été épique, hier.

Nous étions en vol tandis qu'avait lieu sur la terre ferme la finale de la Coupe du monde de football. Imaginez un Airbus rempli de Français, dont certains avec l'option « internet en l'air » ou quelque chose du genre, et les autres pas – donc des tas de gens qui se lèvent à tout bout de champ pour revoir une action sur le téléphone d'un voisin. Ajoutez à ça un équipage survolté et un commandant annonçant le score avec des sanglots dans la voix… vous obtenez un vol transatlantique loufoque et joyeux, avec cris de ralliement patriotique et champagne offert par le personnel de bord à la fin. J'ai toujours aimé le football, le mélange des populations qu'il déclenche, la ferveur populaire que lui seul peut susciter. J'étais ravie de toute cette agitation autour de moi, et je n'étais pas la dernière à encourager mon petit Lloris – c'est mon préféré, celui-là.

La contrepartie de l'ambiance festive, c'était l'impossibilité de se reposer. Il y avait de jeunes enfants à bord, alors une heure après la fin du match, les hôtesses et les stewards ont fait revenir le calme. Mais une certaine fébrilité subsistait et il ne restait plus que deux heures de vol : c'était foutu pour dormir. De toute façon, je n'arrêtais pas de penser à ce qui était prévu à New York, j'étais tendue.

Puis je suis montée dans un taxi, et la magie a opéré. Il était 21 heures, le soleil se couchait, laissant place aux lumières. À mesure que nous approchions de Manhattan, l'incroyable alignement de gratte-ciel devenait plus impressionnant. Je me suis sentie toute petite face à l'immensité. Et soudain, j'ai été gagnée par l'émotion. Je me suis revue sur le pont de notre lourd paquebot, en 1938. J'avais cinq ans, mon père et moi découvrions cette ville monumentale dans laquelle nous allions prendre un nouveau départ, dans laquelle nous serions heureux, « si Dieu le veut bien ».

Dieu je ne sais pas, mais New York n'a pas voulu.

New York a avalé ma mère, mon frère, nos rêves, nos lendemains.

J'ai chassé les images qui affleuraient, essayant de me concentrer sur la beauté de cette géante, qui cette fois-ci, m'ouvrait ses portes. J'ai convoqué toutes ces comédies musicales, tous ces films si souvent visionnés, les yeux remplis de convoitise.

Mon esprit s'est allégé. J'ai profité du spectacle et

fredonné pour moi-même ce refrain lancinant : « *I wanna be a part of it… New York, New York…* »

New York, me voici.

*

Je me suis réveillée ce matin dans un état d'excitation extrême.

Il faut dire que j'ai dormi comme un bébé, dans cette confortable *guest house* située en plein cœur de Greenwich Village. Mes hôtes sont adorables, ils me parlent du match de la veille dans un français exalté, et sont aux petits soins avec moi. Leur excès d'attention est sûrement lié à mon grand âge – ils n'ont sans doute pas l'habitude de jouer les Ehpad –, mais ils ont l'air ravi.

J'adore le lieu, et sa décoration rétro chic. Il y a une âme dans cette baraque, je m'y sens bien. Je me suis prise en photo sur ce fauteuil d'une originalité folle qui trône dans ma chambre, et que l'on dirait tout droit sorti de *Breakfast at Tiffany's* : taillé dans une baignoire en fonte émaillée et recouvert de coussins rouges, il suffit de s'asseoir dedans pour se transformer en star de cinéma. J'ai envoyé la photo à Adrien, qui s'est plus extasié sur ma capacité à envoyer un MMS que sur l'image elle-même. Je n'ai pas demandé ce que c'était que cette histoire de MMS, j'ai senti que c'était encore une de mes lacunes, alors je l'ai juste remercié, et j'ai songé que j'aimerais lui faire un joli cadeau à lui aussi, un de ces jours. Si je ne suis pas morte entre-temps, bien sûr – j'essaie de ne plus trop penser à cette prédiction de Mme Salomé, mais je n'y peux rien c'est comme ça, c'est pas maintenant qu'on va me changer.

Quoique. C'est incroyable ce qui évolue en moi, ces derniers temps.

Toute cette aventure, ces voyages, ces rencontres, ces discussions, ces souvenirs que j'apprivoise tantôt dans la douleur, tantôt dans la jubilation… c'est si riche, si dense, que j'en deviens plus légère, étrangement. J'ai le sentiment de laisser sur le bord de la route des angoisses, des regrets, des hontes, des diktats. Et Dieu que c'est bon !

Je me rends compte que le chemin que j'ai entrepris n'est pas seulement un chemin de gratitude. C'est un chemin de liberté. Comme si je m'autorisais enfin à exprimer ce que je ressens, ce que je suis.

Il était temps. J'ai quatre-vingt-cinq ans, et c'est seulement aujourd'hui que je prends conscience qu'assumer ses choix, ses envies, ses failles, son destin… tout cela rend plus heureux.

Il reste encore des entraves, bien sûr. Je n'ai pas tout réglé. Je n'ai pas encore tout dit. Mais je connais l'itinéraire. Et je suis prête à aller au bout.

*

Je sors dans la rue, sans craindre la chaleur estivale de New York : je suis munie d'un chapeau à large bord, d'un éventail, d'un petit spray pour m'asperger de temps en temps, et puis – révolution – j'ai désormais les jambes nues. Comment ai-je pu attendre aussi longtemps pour découvrir la sensation merveilleuse de l'air chatouillant mes mollets ?

Il ne me faut qu'un petit quart d'heure de marche pour parvenir à l'agence de Luther Hendricks, mon détective privé. Ça fait bizarre de dire ça comme ça, « mon détective privé » : j'ai l'impression d'être dans ce film d'Hitchcock avec James Stewart et Grace Kelly où un pauvre gars plâtré espionne ses voisins. Le décor que je traverse n'y est pas étranger. Greenwich Village est un quartier particulier de New York, à l'avant-garde de l'art, de la mode, des luttes. Nino rêvait de le découvrir, il n'a pas pu, nous n'avions pas les moyens. Je pense à lui, ce matin, en déambulant entre les artistes de rue et autres joueurs d'échecs de l'emblématique Washington Square Park, déjà très animé. Je sais que c'est d'ici que sont parties de nombreuses manifestations historiques, comme la première gay pride. On dit le lieu bohème, je pense que c'est un lieu de liberté. Pour moi qui crois aux symboles et aux signes, être ici aujourd'hui en est un.

Quel plaisir de déambuler dans ces artères bordées de brownstones, ces maisons de grès rouge typiquement new-yorkaises collées les unes aux autres. Il m'est impossible de prononcer leur nom – *brooustowe* ? *brounsteaune* ? – mais je suis une grande fan de leur architecture, notamment des escaliers extérieurs permettant d'accéder à la porte d'entrée. J'aimerais me prendre en photo ici, mais je n'ose pas. Et puis si, j'ose ! Je demande en langue des signes à deux jeunes filles qui passent par là, je pose avec un grand sourire niais, et le tour est joué.

Je ne vois pas le temps filer, et mitraille avec mon téléphone tout ce qui me semble digne d'intérêt – heureusement qu'il ne faut plus changer la pellicule de ces appareils, sinon j'y perdrais des heures.

C'est donc un peu essoufflée, en retard et suante que je débarque chez le détective. On me fait patienter dans une pièce qui ressemble à s'y méprendre à une salle d'attente de médecin. Je fais semblant de regarder les photos prises sur le chemin, mais c'est pour me donner une contenance, éviter de penser à tout ce qui m'attend.

Une gentille fausse blonde un peu dodue me demande de la suivre jusqu'au bureau de Luther Hendricks. Il vient à ma rencontre, me serre la main en souriant, me demande dans un français impeccable si mon voyage s'est bien passé. Je lui réponds, tout en l'observant. Je ne l'imaginais pas du tout comme ça – je veux dire je ne savais pas qu'il était noir. En même temps, comment aurais-je pu savoir ? Il est très séduisant, dans son costume gris. Comme à mon habitude, je pense qu'il pourrait plaire à ma Chloé. À l'instant même où je formule cette pensée, je crois entendre sa voix. Je secoue la tête, me dis qu'il faut décidément que j'aille voir un audioprothésiste. Jusqu'à ce que mon joli détective me fasse entrer dans son bureau.

Je sursaute, pousse un cri, manque de tomber, me

raccroche au bras de Luther Hendricks. Devant moi, Olga et Chloé, d'abord amusées par ma réaction, puis inquiètes que je ne fasse un infarctus.

— Qu'est-ce que vous fichez ici ?!

Pardon, mais c'est la première chose qui me vient à l'esprit. Elles m'ont flanqué une de ces trouilles, ces deux-là.

— Ah ben cache ta joie, ça te fait plaisir de nous voir, apparemment ! Tu pars à l'autre bout du monde sans rien laisser d'autre qu'un micro-message sur un bout de papier, et tu nous demandes ce qu'on fiche ici ?! On s'est fait un sang d'encre, on a cru que t'avais perdu les pédales, que t'avais claqué du cigare, vrillé de la margoulette…

— Je crois qu'on a compris l'idée, Olga.

C'est ma Chloé, qui l'a interrompue. Moi je n'aurais pas osé. Parce que, au fond, je sais qu'elle a raison. Alors je baisse les yeux et ne dis rien, comme une enfant prise en faute.

Chloé s'approche, me prend dans ses bras. C'est doux. Ça m'a manqué.

— Tu nous as fait tellement peur… c'est ce qu'Olga essaie de dire… avec ses mots.

— Voilà, c'est ça. C'est ce que j'essaie de dire. Et puis aussi… qu'on est bien contentes que tu sois en un seul morceau, ma vieille Gina.

Olga s'approche, me prend dans ses bras à son tour. C'est anguleux. Ça m'a manqué aussi.

Je suis heureuse de constater que Chloé a l'air de tenir le coup. Je n'avais aucun doute, je savais qu'elle finirait par se relever. Mais elle me semble déjà nettement plus vivante qu'il y a quelques jours. Peut-être l'air de New York lui fait-il du bien… Si ce périple a pour effet secondaire de la sortir du gouffre dans lequel elle était tombée, j'en suis d'autant plus ravie.

Luther Hendricks s'éclaircit la gorge, nous offre un café, un thé, des rafraîchissements, il nous indique deux canapés dans lesquels nous nous enfonçons, et aussi que nous pouvons rester ici le temps qu'il faudra.

— Si par hasard vous souhaitiez donner quelques explications, chère Gina…

Doux euphémisme pour dire qu'il va falloir que je passe à table pour raconter tout ça, maintenant.

Le détective m'indique pouvoir nous laisser seules, si je préfère. Je lui réponds que ça ne sera pas nécessaire : j'ai décidé de ne plus rien cacher, désormais. En revanche, cela risque de prendre un certain temps. Résumer mes décisions et aventures récentes revient peu ou prou à retracer la totalité de ma vie…

18

Gina
16 juillet 2018

Je commence par justifier mon souhait de partir seule. Olga affiche son air renfrogné des grands jours, mais au fond je sais que toutes les deux comprennent très bien ma démarche.

Puis, pendant près de trois heures – entrecoupées de deux pauses pipi –, je raconte tout. Mes virées au casino d'Enghien, le jackpot, mon projet fou, Aigues-Mortes, Hyères, Nice. Et au fil de mes aventures, je distille avec précaution et, je l'espère, le plus de délicatesse possible, un certain nombre de non-dits.

Lorsque je termine, un long silence s'installe. Je bois quelques gorgées de cette citronnade artisanale délicieuse offerte par Luther, et tente d'imaginer ce que doit penser Chloé de toutes ces révélations.

Moi, je me sens comme délivrée de la plupart des poids de mon passé. Mais elle, comment se sent-elle ? Ai-je alourdi ses épaules, alors qu'elle commence seulement à se remettre de la mort de sa mère ? Il lui faudra du temps pour intégrer toutes ces choses qui n'ont pas été dites depuis trois générations. Mais existe-t-il une autre méthode, lorsque l'on a décidé de crever les abcès ?

Avant d'entreprendre cette aventure, j'étais persuadée que conserver de lourds secrets était un mal nécessaire. J'en doute de plus en plus. Quelle que soit l'épaisseur du mensonge à exhumer, il me semble désormais que le mettre au jour peut éclairer d'une lumière nouvelle les souffrances de chaque maillon de la chaîne. Permettre de comprendre ses propres failles. Réparer, peut-être. Apaiser, sûrement.

— Chloé, tu peux me détester de t'avoir caché tant de choses, toutes ces années. Tu peux détester tous tes aïeux, par la même occasion. Mais je suis certaine que chacun a fait ce qu'il pouvait avec ce qu'il était, avec ce qu'il avait. Toute trajectoire humaine est nécessairement imparfaite, et j'ai toujours pensé qu'il était bien hasardeux de juger les décisions des autres. Quand je regarde ma vie, je la trouve romanesque, et ça me plaît bien. Mais je ne m'en rends compte que maintenant. À quatre-vingt-cinq balais ! Le temps que j'ai perdu à cacher ma vraie personnalité, à avoir honte de mes origines, de mes choix de vie, à envier ceux pour qui tout avait l'air plus facile... ce temps perdu n'est plus rattrapable. Alors si en libérant tous ces secrets, je te fais gagner un temps précieux de psychanalyse et de compréhension de ta famille, j'ai gagné la partie.

Tu es ma plus grande fierté, Chloé. Quoi que tu fasses, quoi que tu décides, quoi que tu deviennes. Je t'aime, de tout mon cœur.

Chloé se jette sur moi et me serre si fort que j'ai peur qu'elle m'étouffe. Elle est en larmes, et moi aussi. Elle me remercie un bon millier de fois. Me dit qu'elle aura besoin de temps pour digérer tout ça, bien sûr, mais que ça l'aidera, elle en est certaine. Que ça l'aide déjà, bien sûr. Puis Olga lui fait remarquer qu'elle n'arrête pas de dire « bien sûr », et tout le monde glousse, entre deux reniflements.

Je jette un œil à Olga, qui d'un mouvement de tête et d'un sourire me fait comprendre qu'elle approuve l'ensemble de ma diatribe.

Je jette un œil à Luther, qui a le visage encore plus décomposé que les nôtres.

— Eh bien, mon petit Luther, vous êtes une petite nature, dites-moi… ça n'est pas comme ça que j'imaginais un détective privé…

Il regarde Chloé pour savoir s'il doit prendre au sérieux ce que je viens de dire. Il sait tout de moi, mais il ne me connaît pas, après tout. Chloé intervient, et à sa façon de le regarder, je comprends qu'il se passe quelque chose entre eux. Je ne suis pas née de la dernière pluie. Elle lui adresse un clin d'œil et lui lance :

— M. Hendricks est un grand sensible, sous ses airs revêches…

Puis elle éclate de rire à son tour.

*

Après une pause bien méritée au cours de laquelle Luther nous fait découvrir, à l'intérieur du Chelsea Market voisin, une fabuleuse boutique de cupcakes rose fluo décorés de vermicelles turquoise et paillettes argentées, nous revenons dans la fraîcheur de son vaste bureau. Chloé se met à ricaner quand je lance à notre hôte que j'aime beaucoup la banane en cuir marron autour de sa taille.

— J'ai dit une bêtise ?

— Pas du tout, chère Gina. Je crois que nous avons les mêmes goûts, entre cupcakes étranges et bananes… votre petite-fille nous trouve ringards, c'est tout.

Chloé continue de ricaner et lui lance :

— C'est faux, seul l'un d'entre vous me semble ringard. Et ce n'est pas ma grand-mère.

Heureusement, Olga est toujours là pour mettre les pieds dans le plat.

— Les jeunes, je suis bien contente que vous vous draguiez ouvertement, mais on va peut-être passer aux missions de Luther, si vous le voulez bien ?

Chloé et Luther sont mortifiés, Olga très fière d'elle.

J'expose la première mission confiée à Luther, et je vois trois paires d'yeux commencer à briller. C'est pourtant la plus facile, émotionnellement parlant. Luther prend la parole.

— Gina, cette histoire est merveilleuse. J'en ai des frissons. Merci de l'avoir partagée avec nous.

Il marque une pause. Puis commence à m'exposer le résultat de ses recherches.

— Il n'était pas évident de retrouver la Patrizia du bateau. Avec la date approximative et le nom du paquebot qui vous a amenée ici en 1938 – l'*America* – j'ai pu consulter les registres d'arrivées de passagers à Ellis Island, point d'entrée unique pour les immigrants, à cette époque. Il y avait tout de même plus de deux mille noms, souvent orthographiés de manière farfelue. Parmi les enfants nés entre 1931 et 1934, deux ont été enregistrées sous le prénom de Patricia, avec un *c* et non un *z* – mais les employés d'Ellis Island américanisaient les prénoms et les patronymes sans se poser de question. Une Patricia anglaise, et une italienne – celle que vous recherchez. Patricia Ferrani, née le 14 avril 1932 à Milan.

Il stoppe son récit brusquement. Tout à coup, j'ai peur qu'il me dise qu'elle est décédée. Ce serait bien possible, à nos âges. Il remarque mon expression, et reprend très vite.

— Rassurez-vous, Gina, elle est en vie et habite toujours à Manhattan, dans l'Upper East Side.

Mon cœur se remet à battre.

— C'est formidable, Luther ! Mais vous semblez soucieux, qu'y a-t-il ?

Quelle idiote, il est également fort possible qu'elle soit en piteux état. Je pense entendre toutes sortes de diagnostics, mais je ne m'attends certainement pas à ça :

— Gina, il se trouve que Patricia Ferrani… est

devenue l'une des plus grandes stars de Broadway. Vous la connaissez sans doute sous le pseudonyme de Patty Milano.

Je regarde Olga. Elle aussi est maintenant sur le point de faire un arrêt cardiaque. Patty Milano est l'une de nos actrices favorites. Nous nous passons très régulièrement le DVD de la captation du *West Side Story* de 1961, dans lequel elle est éblouissante.

— Gina, on va rencontrer *Paaaatty Milaaaaanooo* !! *Oh my God!!*

Trois visages incrédules se tournent vers celle qui vient de prononcer ces mots et éclatent de rire devant cette américanisation d'Olga à marche forcée.

Luther reprend, calmement.

— Je suis désolé, Gina, mais le pendant de sa célébrité, c'est qu'elle est très entourée. J'ai tenté de la joindre à de nombreuses reprises, elle ne répond pas, et son assistante personnelle ne donne pas suite. Je me suis même rendu sur place, chez elle. Elle vit au dernier étage d'un immeuble de luxe, avec réception, portiques et agent de sécurité au niveau des ascenseurs. Je crains qu'il soit très difficile de l'approcher.

— Très difficile n'est pas synonyme d'impossible, Luther. Quel est votre plan, car j'imagine que vous en avez un ?

J'ai toujours rêvé de prononcer ce genre de phrase. J'ai l'impression d'être Tom Cruise dans *Mission impossible*, à deux doigts d'entrer chez Patty Milano en me projetant sur la façade de son immeuble depuis mon hélico. Et puis, moi aussi j'ai un assistant personnel désormais, mon petit Adrien d'Enghien. Malheureusement, Luther a le regard de celui qui n'a pas de plan.

— Gina, je pense que le mieux est de tenter de l'approcher lorsqu'elle sort de chez elle. J'ai passé une journée planté devant son immeuble, je sais que la plupart du temps, elle se déplace en voiture, avec son chauffeur. Sauf – et c'est là qu'il faut intervenir – le matin vers 10 heures. C'est le moment où elle promène elle-même son chien dans le quartier. À cet instant, elle est seulement accompagnée de son assistante.

Je regarde l'horloge au-dessus du bureau de Luther, il est déjà près de 15 heures. Je suis déçue de ne pas la voir dès aujourd'hui, mais d'un autre côté, soulagée de pouvoir me reposer un peu. J'aimerais être dans la meilleure forme possible pour la rencontrer.

— Merci, Luther. Vous viendrez avec moi demain matin ?

— Gina, je pense que la meilleure méthode pour n'effrayer ni Patty ni son assistante est une approche en douceur – pardonnez-moi d'avance pour ce que je vais dire, mais en y allant seule, et entre personnes du même âge, je pense que vous aurez plus de chances qu'elle tende l'oreille.

Il est tellement mignon, avec sa fossette qui lui creuse le menton, quand il a l'air désolé.

— Bien. Vous avez sûrement raison, Luther. J'irai donc seule.

Je me tourne vers Olga, qui vient de se décomposer.

— Olga, tu es la bienvenue… si et seulement si

tu promets de ne pas faire ta groupie. On n'est pas là pour ça.

— Promis, juré, craché. *On va rencontrer Paaaatty Milaaaanoooo…*

— C'est mal parti, là…

— Tu permets que j'évacue ? Ensuite je serai plus calme que jamais. *On va rencontrer Paaaatty Milaaaanoooo…*

*

Les quelques heures qui viennent de s'écouler ont été d'une intensité folle. J'ai l'impression d'avoir été vidée de toute mon énergie.

Je rassemble mes forces pour évoquer la deuxième mission confiée à Luther.

J'explique, avec la plus grande neutralité possible, que ma mère et mon frère sont décédés peu après notre arrivée à New York.

Olga était déjà au courant, mais l'information, pourtant jamais évoquée avec Chloé, n'a pas l'air de la surprendre. Je me dis que le respect de la confidentialité laisse à désirer du côté du beau Luther, mais ça ne fait rien. Je suis déterminée à ce que Chloé sache tout, désormais.

D'après les informations qui m'ont été communiquées à l'époque, ma mère et mon frère ont été enterrés dans l'une des fosses communes où l'on déposait les corps des indigents. Mais laquelle ? Là est la question. Il n'y aura pas de tombe à leur nom, j'en suis consciente. Mais j'ai besoin de trouver le lieu. Moi qui ai toujours cru en la mémoire des murs, des sols, je veux toucher la terre dans laquelle ils reposent. La caresser, la sentir, en emporter un fragment avec moi. Pour enfin réparer ce morceau ébréché de mon cœur d'enfant. Car je n'ai jamais pu leur dire au revoir. Et cette blessure indélébile est toujours là, en moi.

Luther m'explique ne pas avoir encore identifié le cimetière : il y a de nombreuses possibilités, il s'est concentré sur Patty Milano dans un premier temps, *et papati et patata*... Je ne sais pas pourquoi, mais j'ai l'impression qu'il me ment. Peut-être parce qu'il n'arrête pas de jouer avec le zip de sa banane. Peut-être parce qu'il n'arrête pas de jeter des coups d'œil à Chloé, qui semble gênée, elle aussi. Je ne sais pas ce qu'ils cachent, mais il y a eu des moments pendant mon récit où tous les deux avaient l'air bizarre.

Lorsqu'ils finissent par m'expliquer qu'ils vont aller sur Ellis Island pour se renseigner sur les sépultures, pendant que je partirai avec Olga à la rencontre de Patty Milano, je ressens un immense soulagement.

J'appréhendais plus que tout de devoir me rendre sur ce minuscule îlot situé à l'embouchure de l'Hudson, à moins d'un kilomètre au nord de la statue de la Liberté.

Ellis Island était la porte d'entrée des États-Unis, cette terre des possibles si longtemps fantasmée : au cours de ses soixante années d'activité, quatorze millions d'immigrants ont foulé son sol, et leur descendance constitue aujourd'hui un tiers de la population du pays. On la surnommait la Porte dorée, mais on l'appelait aussi l'île des Pleurs, tant le nombre de drames qui s'y sont joués est difficilement évaluable.

En 1938, j'y ai séjourné, avec les miens.

Je ne veux jamais retourner sur cette île de malheur.

Les souvenirs sont encore à vif. Et les blessures, intactes.

19

Chloé

16 juillet 2018

Hier soir sur ce banc de Central Park, Luther m'a mis dans les mains une partie de l'histoire de ma famille qui m'était inconnue.

Les deux feuillets extirpés de son improbable banane et une longue explication de texte de sa part m'ont aidée à reconstituer ce que Gina et sa famille ont vécu ici, en 1938.

Depuis quelques années, la Fondation Ellis Island pour la mémoire de l'immigration a numérisé et rendu accessible au public l'ensemble des registres d'arrivées d'immigrants. Les nouveaux venus, habituellement assistés d'un interprète, devaient répondre aux vingt-neuf questions des inspecteurs de l'immigration. Certaines classiques et attendues, comme le nom, la nationalité, l'âge, le sexe, la profession, le dernier lieu de résidence. D'autres moins évidentes. Avez-vous déjà été emprisonné ? Interné pour troubles mentaux ? Êtes-vous en possession de 50 dollars ? Qui a payé votre traversée ? Détenez-vous un billet pour votre destination finale ? Êtes-vous anarchiste ? Polygame ? Arrivez-vous avec une promesse de travail ? Sur les registres figurent également les problèmes de santé, handicaps ou infirmités, déclarés par l'immigrant ou décelés lors de l'examen médical.

Chaque page de ces immenses cahiers de l'immigration comprend une trentaine de noms. Sur l'une d'elles, désormais en ma possession grâce à Luther, on voit clairement les quatre lignes correspondant à Gina, son père Angelo, sa mère Pasqualina, et son frère Francesco.

L'ensemble est dactylographié, mais dans les marges, à côté de certaines lignes, il y a des tampons et des annotations manuelles. C'est dans ces marges que s'est jouée l'histoire de ma famille.

Il y a quelques jours, je ne savais même pas que Gina et ses parents étaient passés par New York. Je sais maintenant que leur séjour s'est terminé là où il avait commencé : à Ellis Island.

En face des noms de la mère et du frère de Gina, les coups de tampon sont aussi secs, aussi terribles que ce qu'ils annoncent : « *IN HOSPITAL* », puis « *DIED IN HOSPITAL* ». Mon arrière-grand-mère et le frère de Gina sont morts à l'hôpital d'Ellis Island, une semaine après leur arrivée. Cela, Gina ne m'en a jamais parlé, mais elle l'a révélé à Luther lorsqu'elle lui a confié ses missions.

Ce que Gina a expliqué à Luther, c'est que lorsque

sa mère a accouché – dans des conditions épouvantables –, elle venait de déclarer la varicelle. À l'arrivée sur Ellis Island, Pasqualina et le petit Francesco étaient très faibles, et couverts de boutons. Tous deux ont été conduits à l'hôpital de l'île dès leur arrivée et mis à l'isolement.

Une semaine plus tard, une infirmière est venue annoncer à Gina leurs décès. La varicelle, dans leur état de faiblesse extrême, avait provoqué des complications. Des lésions pulmonaires irréversibles. C'était tout.

Gina a également expliqué à Luther – de manière elliptique – avoir été séparée des siens, au moment de l'arrivée à Ellis Island. Traditionnellement, les hommes étaient envoyés d'un côté, les femmes et les enfants de l'autre. Mais puisque sa mère et son frère étaient malades, Gina s'est retrouvée seule. Elle a été placée avec d'autres enfants, dans de grands dortoirs. J'imagine la détresse de la petite fille de cinq ans qu'elle était, séparée de sa famille dans un nouveau pays dont elle ne parle pas la langue, et mon cœur se serre. C'est inconcevable, abominable.

Concernant Angelo, le père de Gina, il y a trois annotations. Deux mentions énigmatiques – « *Special Inquiry* » et « L.P.C » –, et une autre malheureusement limpide : un simple tampon si lourd de sens, également apposé à côté du nom de Gina. « *DEPORTED* ». Retour à l'expéditeur. Renvoyés à Marseille, leur port de départ.

Sur Ellis Island, Angelo a perdu sa femme, son fils,

et tout espoir. Comment se représenter ce qu'il a pu ressentir ? Je devine sa culpabilité lancinante, cette impression que sans ce maudit voyage dans lequel il les avait entraînés, les siens seraient sans doute encore en vie. Je comprends alors l'homme taiseux, d'une tristesse incommensurable, décrit par Gina. Je comprends le voile de silence, d'ombre et de douleur, jeté sur cet épisode de leur vie. Je comprends l'impossibilité de rouvrir les plaies, jusque-là.

Et je comprends le besoin viscéral ressenti par Gina, au crépuscule de sa vie, de retrouver la trace de sa mère et de son frère.

De leur dire au revoir, pour de bon.

Et c'est bien là qu'est le problème. Comment se recueillir si l'on ne trouve pas les tombes ? Ou plutôt si l'on ne trouve pas *la* tombe.

Plus de trois mille cinq cents personnes sont décédées sur Ellis Island, au cours de ses soixante années de service. La plupart du temps, ces morts qui n'avaient ni argent ni famille aux États-Unis étaient enterrés dans les fosses communes de cimetières de périphérie : *Mount Olivet Cemetery*, *Hart Island*, ou encore l'immense *Calvary Cemetery*, dans le Queens. C'est dans ce dernier que Luther a identifié l'emplacement de la sépulture de Pasqualina. Il n'y a, en revanche, aucune trace du petit Francesco.

Luther aurait très bien pu se contenter du document que je tiens entre les mains, ce feuillet mentionnant l'emplacement où repose Pasqualina. Il aurait pu expliquer à Gina que vu l'afflux d'immigrants, le nombre de décès à traiter, le chargé de registre s'est sûrement trompé. Ou bien que Francesco étant un tout petit bébé, il aura sans doute été placé dans le même cercueil que sa mère, par simple souci d'économie. Mais son intégrité intellectuelle et son intérêt croissant pour toute cette histoire le poussent à approfondir les investigations.

*

J'ai rendez-vous avec Luther à 20 heures à la sortie du métro High Street, pour dîner à Brooklyn. Au programme : passer en revue les éléments en notre possession et lister les questions restantes, avant de nous rendre sur Ellis Island demain.

Olga a proposé d'aller squatter la *guest house* de Gina, et celle-ci a accepté. Je ne suis pas mécontente de me retrouver seule à l'hôtel, après cette journée riche en révélations et émotions diverses.

Je n'ai qu'une petite heure pour prendre une douche, puis me préparer.

Je saisis un jean brut et un débardeur uni. Très américain, très simple, pas du tout dans la séduction : parfait, je ne veux surtout pas envoyer de signaux contraires à mes intentions. Je m'apprête à enfiler mon jean, quand je me rends compte que je n'ai aucune idée du lieu du dîner. Peut-être faut-il quelque chose d'un peu plus chic ? J'opte pour des sandales en cuir et une jupe longue fluide – un peu froissée par le voyage, mais ça lui donne un côté vintage, ça fera l'affaire. Je conserve le débardeur poudré, j'ajoute des boucles d'oreilles dorées et un collier fantaisie, puis j'appose sur mes lèvres un rouge à lèvres bien trop rouge que j'ôte immédiatement et remplace par un gloss.

Je m'aperçois que je passe plus de temps à me pomponner que je ne l'imaginais. Et que c'est sans doute la première fois depuis plusieurs mois que j'estime le résultat acceptable. Ça n'est pas pour Luther que je fais tout ça, c'est pour moi. C'est en tout cas ce que je me raconte. Car lorsque je repense au contact de sa peau, je sens des picotements me parcourir le corps.

Je secoue la tête, dépose quelques gouttes de parfum dans le creux de mes poignets, puis je file en taxi vers Brooklyn – voilà c'est malin, avec tout ça je suis bien trop en retard pour y aller en métro.

Le trajet est féerique – comme tous les trajets dans New York. Je crois que j'aime beaucoup cette ville. Sa démesure. Sa capacité à recouvrir d'un baume étincelant mes pensées les plus sombres. Sur le pont de Brooklyn, je mitraille tout ce qui tombe sous mon objectif. Le chauffeur de taxi a l'habitude des touristes, il ralentit afin que mes photos soient plus nettes. Peine perdue. C'est beau, mais c'est flou.

Lorsque le taxi me dépose devant la station, Luther est déjà là. Il ne se prive pas pour me charrier sur mon arrivée en voiture à un rendez-vous donné devant une bouche de métro…

Je fais des efforts pour ne pas le parcourir des yeux, mais je remarque qu'il s'est changé lui aussi, depuis tout à l'heure. Il a toujours son éternelle banane autour de la taille, bien sûr, et sur l'épaule un sac de sport. Mais son look n'a plus rien à voir avec le *casual* un peu désuet de ses tenues précédentes. Il porte des baskets blanches, un jean brut retroussé au niveau des chevilles, et un polo jaune laissant deviner une musculature que je ne soupçonnais pas derrière ses chemises mal coupées. Le contraste entre ce polo solaire et sa peau noire est saisissant. C'est étrange, mais j'ai l'impression qu'il se présente à moi tel qu'il est vraiment, pour la première fois. Je me rends compte que j'aime beaucoup.

Punaise mais qu'est-ce que je dis ? Calme-toi, Chloé, ça n'est pas un rendez-vous amoureux. Tu n'es pas là pour ça et lui non plus. Respire.

Je n'ai pas le temps de respirer.

Sous prétexte qu'il est américain et qu'aux USA le vouvoiement n'existe pas, il me propose de passer au *tu*.

Sous prétexte de me faire découvrir un endroit merveilleux, il me demande de fermer les yeux et de me laisser guider.

Il saisit ma paume et commence à avancer. Ce contact me gêne au début, puis je m'habitue à la chaleur de sa main. Je pousse quelques petits cris idiots lorsque mon pied heurte un trottoir, ça le fait bien marrer.

Puis il déclare que nous sommes arrivés, mais me

demande de garder les yeux clos. J'entends un vrombissement lointain de voitures, mais aussi le clapotis de l'eau, des discussions et des rires. Au bout de quelques instants, il me lance :

— Ouvre les yeux, Chloé.

Je m'exécute. La vue, étourdissante, me bouleverse.

L'image est fantastique. La *skyline* de Manhattan se détache sur le ciel rougeoyant. Au premier plan, tout proches, les piliers du pont de Brooklyn s'enfonçant dans les eaux miroitantes de l'East River.

Je prends le temps de savourer, puis je me retourne.

Luther a étalé dans l'herbe un plaid bariolé, sur lequel il a déposé quelques bières, une bouteille de vin californien et deux assiettes en carton contenant des *lobster rolls*, ces petits pains briochés garnis de homard frais, céleri, câpres et mayonnaise maison – « un *must-eat*, typique de la côte Est », m'explique-t-il.

Je suis émue qu'il ait organisé tout ça. L'endroit est vraiment magique.

— Merci, Luther, c'est sublime. En revanche, je crois que je suis clairement *overdressed* pour un pique-nique…

— Tu es parfaite.

Il se rend compte que cette assertion si spontanée va sans doute un peu plus loin que sa pensée, alors il sourit et se reprend.

— Pardon, je parle de ta tenue, pas de toi. Enfin, je ne veux pas dire que tu n'es pas parfaite, je veux juste dire que ta tenue n'a pas d'importance… même si elle est très bien, hein… Bon, OK, j'aggrave mon cas.

Il sourit, me propose une bière. Nous sommes loin d'être seuls dans le Brooklyn Bridge Park, mais je ne ressens pas l'agitation. Le coucher de soleil se mêle à la voix de Luther, à la simplicité de nos silences. Et je me sens bien.

J'ai l'impression que je pourrais rester ici, à New York. Ma famille a bien essayé de venir s'installer dans cette ville, il y a soixante ans. Pourrais-je continuer son histoire ? Achever ce qui a été commencé ? Et en profiter pour recommencer à vivre. Remettre les compteurs à zéro. Qu'est-ce qui m'en empêche, après tout ?

Tu sais bien, ce qui t'en empêche.

Je pense à Gina, bien sûr. J'ai vécu à des milliers de kilomètres d'elle pendant si longtemps, je la veux près de moi désormais, je le sais, j'en suis certaine. Je veux qu'elle me raconte tout de sa vie. Je ne veux pas me retourner dans quelques années en me disant que j'aurais dû passer plus de moments avec elle. Je veux le faire maintenant, avant qu'il ne soit trop tard.

Et puis je pense à l'échéance du 2 août, à cet enfant qui attend que sa mère prenne une décision, pour commencer à vivre.

Et soudain, je me vois telle que je suis. Un monstre froid, sans cœur.

Une vague de mélancolie brute mâtinée de honte m'envahit instantanément.

Comment Luther réagirait-il, s'il savait ce que j'ai

fait ? Il serait horrifié. Il ne voudrait plus rien avoir à faire avec moi. Il aurait raison.

Je secoue la tête, bois une gorgée de bière, mais c'est trop tard.

Le malaise est là. Je n'ai pas le droit d'être ici, pas le droit de m'amuser.

Je n'ai pas le droit de me sentir bien.

Alors je casse l'ambiance, volontairement.

Je lui lance, sur un ton sévère, qu'il est sans doute temps de parler de ce pour quoi il est payé, ce pour quoi nous sommes là.

Je dois lui paraître complètement barge, avec mes sautes d'humeur et mon attitude déroutante, délaissant en quelques secondes le badinage pour la plus grande froideur.

Luther passe outre à mon attitude, qu'il ne relève même pas. Peut-être est-il un peu maso, au fond ? Il est en tout cas toujours aussi exalté lorsqu'il évoque l'enquête.

— Chloé, ta grand-mère a dit quelque chose, tout à l'heure, qui m'a intrigué. Elle a parlé de son tatouage comme d'un héritage familial. Puis elle a mentionné avoir été la première à stopper cette tradition, puisque ni ton père ni toi n'avez été tatoués.

— C'est là que tu lui as demandé si son père avait eu le temps de tatouer son petit frère…

— Exact. Elle a acquiescé, tout en ajoutant que son père savait que le petit se retrouverait dans un contexte terrible, entouré de milliers d'anonymes… que jamais il n'aurait pris le risque de le perdre.

Quelle ironie, quand on connaît la suite de l'histoire.

Je ne vois pas bien où Luther veut en venir, mais il s'anime, une flamme nouvelle dans le regard. Il sourit. On dirait un enfant, tout excité par une découverte extraordinaire. Je suis suspendue à ses lèvres. Je l'encourage à continuer.

— Gina a accepté que je photographie son tatouage. J'ai pris la liberté de retravailler un peu l'image, quand vous êtes parties toutes les trois, tout à l'heure. Le tatouage est un peu effacé, ses traits sont estompés. J'ai légèrement renforcé le noir, et puis j'ai lancé une recherche.

Je ne suis pas sûre de comprendre. De quoi parle-t-il ?

— C'est un nouvel outil accessible à tous, une appli de reconnaissance d'images. Tu fais glisser une photo dans la case prévue, et hop, Google se charge de te trouver des images similaires à celle que tu viens de poster. Les gens s'en servent pour identifier un lieu ou une personne. Je sais, ça fait peur : ça signifie qu'avec une simple photo de toi on peut retrouver ton profil Facebook, LinkedIn… donc ton identité.

Il sort son smartphone et se met à balayer ses photos. Puis il me tend l'appareil.

— Chloé, je n'ai pas trouvé Francesco, mais j'ai trouvé ça.

J'observe la photo, puis Luther. Je secoue la tête, incrédule.

Ce que j'ai sous les yeux est incompréhensible.

Sur l'écran lumineux, une plaque. Visiblement récente. Visiblement vissée à un banc de Central Park.

Sur cette plaque, ce motif que je reconnaîtrais entre mille.

Le tatouage de ma grand-mère.

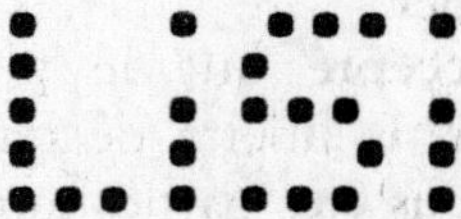

Et juste en dessous, une simple adresse mail.

lisiproject@lisi.com

V

MERCI POUR LE CHOCOLAT

20

Gina
17 juillet 2018

Patrizia Ferrani habite un immeuble bourgeois de la 88e Rue, en plein cœur de l'Upper East Side, quartier le plus cher des États-Unis, à ce que j'ai compris. On le surnommait autrefois le « quartier des bas de soie », et c'est aujourd'hui là que vivent nombre de célébrités comme Madonna, Woody Allen, ou Patty Milano, donc. Pas vraiment ma tasse de thé, ces rues aseptisées bordées de boutiques de luxe et d'immeubles avec portier. Mais la balade depuis Times Square nous a permis de passer devant le musée Guggenheim, et j'ai adoré ce bâtiment blanc aux formes arrondies que l'on dirait tout droit sorti de l'imagination d'un pâtissier fou – Olga, avec son pragmatisme, l'a comparé à un millefeuille en spirale, et c'est plutôt juste.

Il y a un café avec une petite terrasse à l'ombre, juste à côté de l'immeuble cossu de Patrizia. De là, nous avons une vue imprenable sur son entrée. Le lieu est une improbable enclave française – le Café d'Alsace – dans laquelle sont proposés choucroute, riesling et gewurztraminer. Mais il n'est même pas 10 heures, alors nous nous contentons de deux cafés allongés et deux verres d'eau « frétillante » – que nous payons d'avance, au cas où nous devrions partir précipitamment.

Olga est surexcitée. Elle n'a pas arrêté de parler de Patty Milano toute la soirée.

Elle sait que cette rencontre est importante pour moi. Patrizia fait partie des rares personnes à m'avoir donné foi en l'être humain. Alors Olga s'agite pour que j'évite de trop stresser. Elle me connaît par cœur, elle a le don pour m'apaiser. Je la regarde et je souris. Ça n'était pas dans mon plan initial de la retrouver à New York – j'avais d'autres plans pour elle, à mon retour à Paris –, mais je suis heureuse qu'elle soit à mes côtés. Je pose ma main sur la sienne, elle lève les yeux vers moi, sourit à son tour.

— Gina Gina Gina… J'ai toujours su que tu étais remplie de surprises, mais là j'avoue que tu t'es surpassée, avec ton histoire de casino et cette lubie extravagante de revivre les moments forts de ta vie. Je dois dire que je suis un peu jalouse de ne pas avoir eu l'idée !

Elle éclate de rire. Je n'avais jamais vu ça sous cet angle, « revivre les moments forts de ma vie », mais je crois qu'elle a raison. Il y a de ça, dans ce voyage.

— Tu sais, Olga, je ne sais pas combien de temps il nous reste à vivre, mais j'aimerais que toi aussi, tu revives les moments forts de la tienne, si tu en as envie. J'aurai les moyens, nous avons du temps pour voyager et nous sommes encore en forme, alors autant en profiter. Si tu veux que l'on se rende en Ukraine ou ailleurs… je t'y accompagnerai avec plaisir. Enfin… si tu préfères y aller seule, je respecterai ton choix.

— Ne dis pas de sottises. Ça m'a fait de la peine que tu sois partie sans moi. Mais je comprends. De mon côté, je ne veux plus te quitter.

Ses yeux brillent.

— Oh, tu exagères, Olga, tu vas nous faire pleurer alors qu'on n'a jamais été aussi près de rencontrer Patty Mil…

Je n'ai pas le temps de finir. Olga me lance un coup de coude, et d'un signe de tête, me désigne deux silhouettes qui viennent de sortir du bâtiment. Une femme âgée, longiligne, vêtue d'un ensemble blanc, portant lunettes noires et foulard coloré autour du cou, une autre nettement plus jeune et plus ronde, sans lunettes noires mais portant à son bras un cabas en toile et tenant en laisse un caniche blanc.

Nous les suivons, d'abord à bonne distance.

Olga est morte de rire, elle chuchote que nous sommes en filature en poussant de petits gloussements idiots, je lui rétorque qu'elle va nous faire remarquer, et qu'elle ferait bien d'arrêter de marcher sur la pointe des pieds si elle ne veut pas finir par glisser. Mais elle y prend goût, me donne du « mon cher Watson » dès que j'ouvre la bouche… Alors je laisse tomber.

Je me rends compte que je ne sais pas comment aborder Patrizia. J'ai pourtant imaginé ce moment des milliers de fois, mais la personne en face de moi était toujours la petite fille de six ans que j'ai connue. Je ne l'ai jamais visualisée adulte. Encore moins star de Broadway.

Soudain, la vieille dame qu'est devenue Patty Milano s'assied sur un banc ombragé, son chien sur ses genoux. La jeune femme qui l'accompagne est entrée dans une épicerie fine.

Olga est en transe, elle chuchote des « Vas-y, bon sang ! » comme si elle était à la tête d'un commando secret dans un film avec Sylvester Stallone.

Je me mets à trembler. J'avance en prenant de grandes inspirations.

J'y suis. Je lui demande si je peux m'asseoir sur le banc, moi aussi. Mais je le dis en français. Punaise, je ne parle pas suffisamment anglais pour pouvoir tenir une conversation avec elle. Comment vais-je pouvoir lui dire tout ce que j'ai à lui dire ? Elle m'envoie un signe de tête poli et un léger sourire pincé.

Il faut que je me lance. C'est maintenant.

— Vous parlez français ?

Elle se tourne vers moi, mais ses verres teintés m'empêchent de voir ses yeux.

— Un petit peu… je l'ai appris, il y a longtemps… et j'ai vécu en France, quelques années.

Elle parle extrêmement bien ma langue, et ça m'enlève un poids incroyable.

Elle ôte ses lunettes, probablement intriguée par cette vieille Française venue lui faire la conversation sur ce banc de l'Upper East Side.

Je l'observe, et note immédiatement ce visage ultralisse et ces lèvres gonflées, typique des accros à la chirurgie esthétique. Je ne sais pas pour quelle raison l'aspect de ce visage m'émeut autant. Sans doute parce qu'il y a ses yeux. Ses yeux que je reconnais immédiatement. Reconnaît-elle les miens ?

— Qui êtes-vous, madame ?

C'est Patrizia qui vient de parler.

— Qui êtes-vous, madame ?

La même question. Mais sa voix est plus serrée.

Je m'approche, lui saisis la main.

Elle se laisse faire. Tout en tremblant autant que moi.

Elle a compris.

Soudain, elle et moi avons six ans.

Nous sommes, depuis cinq jours, avec deux mille autres passagers, sur le bien nommé *America*. Arrachées à notre vie en Europe par ce géant des mers, direction le Nouveau Monde.

*

Le voyage est éprouvant, pour moi qui suis logée dans l'entrepont, juste au-dessus des vibrations saccadées des machines. Dans cette cabine de troisième classe sans hublot, nous sommes une vingtaine de passagers entassés dans quarante mètres carrés, sur des couchettes superposées qui sentent le chien mouillé. La chaleur est étouffante, et le vacarme de la ferraille en mouvement, assourdissant.

Ma mère est enceinte jusqu'aux dents, mais elle n'a droit à aucun traitement de faveur. Elle passe ses journées allongée dans ce qui ressemble à s'y méprendre à une cave, dans l'odeur âcre des voyageurs n'ayant accès qu'à un dérisoire point d'eau collectif, et avec pour seule décoration des valises en cuir pleines à craquer et des couvertures jaunâtres. L'escalier menant à la promenade extérieure qui nous est réservée est raide, étroit et glissant, elle ne peut plus le grimper. Je passe, de mon côté, le plus de temps possible sur ce morceau de pont inférieur où les passagers de troisième classe s'agglutinent dès que la météo et l'océan le permettent.

Patrizia est une passagère de première classe. Les conditions de son voyage n'ont absolument rien à voir avec les miennes. Je ne peux pas les décrire car je n'ai jamais mis les pieds là-haut, mais je sais que pour ces passagers-là, les installations sont luxueuses – on dit qu'il y a une chapelle où se recueillir, et qu'il y a même une salle de spectacle et une piscine. Les passagers de première et ceux de troisième ne se rencontrent jamais, il n'y a pas d'espace commun. Avant le naufrage du *Titanic* en 1912, il y avait même des grilles de séparation entre les classes. Ces grilles ayant été accusées d'avoir empêché les plus pauvres de gagner les canots de sauvetage, elles ont été supprimées depuis et remplacées par des matelots surveillant les lieux de passage.

Un jour, pourtant, sur le pont réservé aux passagers de troisième classe, je tombe nez à nez avec une jolie petite fille blonde. Elle pleure mais ne dit rien, et déambule, l'air perdu. Je remarque tout de suite sa tenue, semblable à celle d'une poupée. Malgré sa robe à volants bleu marine et ses rubans dans les cheveux, personne ne fait attention à elle. Pour bien s'imaginer l'ambiance sur ce pont inférieur, il faut visualiser la foule compacte d'un concert de rock, y ajouter des conversations dans différentes langues, des voix poussées au maximum pour couvrir le bruit des moteurs, et puis des enfants qui chahutent entre les jambes d'adultes indifférents à leur présence.

Je m'approche de la petite fille au teint de porcelaine, je lui parle en français, elle me répond dans la même langue, me dit s'appeler Patrizia, s'être perdue ici en jouant à cache-cache. Je la rassure, elle sèche ses larmes. Mon père accepte que j'aille m'amuser un peu plus loin, car il est en grande conversation avec un Italien qui pourra peut-être lui trouver un boulot, là-bas, à New York – sans cela, mon père veut toujours me garder près de lui… toujours cette peur panique familiale de perdre un enfant. Patrizia et moi cherchons comment retourner chez elle, et chemin faisant, nous nous racontons nos vies comme on le fait à cet âge. Les enfants ne se transmettent jamais les informations qui intéressent les adultes. Tout juste échangent-ils leurs prénoms, un regard, un sourire, et c'est bien suffisant. Nul besoin de connaître ce dont les grandes personnes raffolent : le métier des parents, la ville d'origine, le milieu social, tout cela est indifférent, à cinq ans. Je ne me souviens plus précisément de nos jeux, mais je sais que nous étions si bien ensemble que le lendemain, Patrizia est revenue. Intentionnellement et en secret, cette fois-ci.

Le surlendemain, ma mère a accouché, dans notre cabine. Quelques femmes se sont occupées d'elle. Tout allait très vite, mais tout allait très mal. C'était un accouchement difficile. Mon frère n'était pas tourné dans le bon sens, il fallait manipuler le ventre de ma mère pour le faire revenir dans le droit chemin. J'étais dans la cabine d'à côté, avec mon père. Mais j'entendais les cris de ma mère. Et chaque cri déchirait l'espace en même temps que mon cœur. Mon père, qui tentait de faire bonne figure, était livide.

À un moment, une des femmes est sortie, a lancé qu'il leur fallait absolument du sucre. Ma mère était à bout de forces, elle en avait besoin pour tenir. Personne n'avait ce genre de chose. La femme a demandé à mon père de la suivre, il fallait qu'il vienne soutenir ma mère, qu'il lui parle. Qu'il soit là au cas où elle mourrait, aussi. Alors je me suis précipitée sur le pont, et j'ai hurlé de toutes mes forces : « Sucre ! Zucchero ! » Je pleurais et je continuais de hurler ces deux mots que j'avais entendus.

C'est à ce moment-là que Patrizia m'a prise dans ses bras. Je ne l'avais pas vue, j'ai sursauté, je lui ai expliqué ce qu'il se passait. J'ai vu dans ses yeux bleus toutes les nuances de terreur qu'une petite fille est capable d'exprimer.

Alors elle a fouillé dans la poche de sa robe, et elle en a sorti un chocolat. L'une de ces friandises extraordinaires, entourées d'un papier doré. Elle me l'a tendu, m'a ordonné de filer l'apporter à ma maman en train de mourir, et puis elle m'a dit qu'elle allait prévenir, là-haut. Qu'elle allait demander qu'un docteur vienne, et qu'on apporte encore du sucre, encore du chocolat.

Elle a disparu, j'ai filé. Quelques instants plus tard, ma mère a mâchonné le chocolat de Patrizia, et d'après ce qu'ont raconté les femmes, ce chocolat a tout changé. Il a brisé la douleur, ravivé la flamme. Il lui a permis d'aller au bout. Lorsque j'ai entendu les cris de mon petit frère, de l'autre côté de la porte, j'ai fondu en larmes. Une dizaine de minutes plus tard, un médecin est arrivé, et ma mère et mon frère ont été emmenés dans le centre de soins du bateau.

Ce qu'a fait Patrizia ce jour-là, je ne l'ai jamais oublié.

*

Je la regarde, quatre-vingts ans plus tard, sur ce banc de l'Upper East Side, et c'est toute mon histoire qui défile dans ma tête.

Cela fait maintenant près de trente secondes que je tiens sa main dans la mienne, et qu'aucune de nous ne bouge. Nous nous regardons en silence. Immobiles.

Je n'ai pas besoin de me présenter.

Alors je fouille quelques instants dans mon sac à main, et puis j'en sors un tout petit, un minuscule morceau de chocolat.

Je le lui tends, les yeux remplis de larmes.

— Merci, Patrizia.

Elle avance sa main. Ses traits se crispent. Elle regarde alternativement le chocolat et mon visage. J'ai l'impression qu'un seul de ses regards pourrait me transpercer.

C'est beau, ce que je vois passer dans ses yeux.

Elle prend le chocolat dans sa main, et elle se met à sangloter.

Puis elle se jette sur moi. M'entoure de ses bras. Et je l'entoure des miens.

Lorsque l'assistante de Patrizia revient avec son cabas plein, elle est horrifiée de voir l'état dans lequel je l'ai mise. Elle s'apprête à m'ordonner de partir sur-le-champ, pensant sans doute avoir affaire à une admiratrice indélicate, mais Patrizia lui répond :

— C'est une amie de longue date. Nous avons

quatre-vingts ans à rattraper. Rentrons à la maison, Janice.

Enfin, j'imagine que c'est quelque chose dans ce genre, vu que je ne pipe rien à ce qu'elle vient de dire.

Olga nous rejoint, et je suis surprise de la voir si intimidée. Comme quoi, c'est toujours ceux qui s'agitent beaucoup qui cachent le mieux leur timidité.

La suite est un peu – beaucoup – surréaliste.

Nous passons de longues heures avec Patrizia, je lui raconte ma vie façon puzzle, elle fait la même chose, et agrémente la conversation d'anecdotes croustillantes sur des acteurs célèbres dont je tairai le nom… toute la palette des émotions y passe, mais globalement nous rions beaucoup.

Patrizia est adorable, vraiment. Ce qui me touche le plus, c'est sa façon de parler de Patty Milano comme si ça n'était pas elle. Comme s'il s'agissait d'un corps étranger, ou bien d'un costume qu'elle aurait enfilé il y a des décennies, qui lui aurait collé à la peau, apporté son lot de joies et de bonheurs, mais aussi une cohorte de désillusions. Un costume qui l'aurait, en quelque sorte, étouffée. C'est étrange, j'ai même l'impression que cela se manifeste à travers son souffle.

Elle ne s'apitoie pas sur son sort, non, elle est bien trop consciente de la chance qui a été la sienne, tout au long de sa vie. Mais elle est également très consciente d'avoir été, sous bien des aspects, une femme *empêchée*.

Empêchée de revoir son amie Gina, sur ce bateau, lorsque ses parents ont compris qu'elle s'était aventurée là où elle n'aurait jamais dû se trouver. Chez les pauvres. Voilà pourquoi elle a tant aimé jouer dans *West Side Story*. Incarner une Portoricaine pauvre dans ce *Roméo et Juliette* sur fond de construction des États-Unis résonnait tout particulièrement en elle, et contre ses origines bourgeoises.

Empêchée de vieillir, aussi. Elle nous confie avoir souffert terriblement, lorsque le désir des metteurs en scène, des réalisateurs, des spectateurs, s'est tari. Lorsque les lettres d'admirateurs se sont raréfiées. Alors elle a fait comme toutes les autres. Elle a subi une opération, puis une autre. Puis un peeling, un nouveau lifting. Une course contre le temps inutile, puisque le temps gagne toujours. Aujourd'hui, elle ne reconnaît plus rien de Patrizia dans le visage de Patty.

Empêchée d'être mère, enfin. Tant il était difficile pour une actrice – qui plus est candidate à des rôles de séductrices ou de femmes fatales – de mettre entre parenthèses sa carrière pour avoir un enfant, ou de rencontrer un homme sincère.

— Encore une fois, je n'ai pas à me plaindre. À travers Patty, j'ai vécu une vie de fête, de légèreté outrancière, de paillettes. Je ne veux pas faire pleurer dans les chaumières, mais la lumière n'a jamais remplacé l'amour. Mon plus grand regret restera de ne pas avoir fondé une famille. Et de m'être retrouvée seule, assise sur ma gloire passée, sans personne avec qui partager tout cela.

Je jette un œil à Olga, plus mutique que jamais. Quant à moi, je suis bouleversée, mais également étonnée de la facilité avec laquelle Patrizia se confie à moi qui ne suis qu'une étrangère.

— Tu n'es pas une étrangère, Gina. La preuve, c'est que tu es là aujourd'hui. J'ai très souvent repensé à toi, tout au long de ma vie. Je t'ai cherchée dans les registres d'Ellis Island, mais je ne t'ai pas trouvée.

— C'est parce que… tout le monde m'appelle Gina, mais à l'état civil, mon prénom est Virginie, encore aujourd'hui…

— Satanés employés de l'immigration ! Moi aussi, ils ont déformé mon prénom, tu sais ? Bref… *What was I saying ?* Oui, que je t'ai toujours gardé une place, quelque part, là.

Elle désigne son cœur et sa tête, dans un même mouvement. Puis elle se penche vers moi et me glisse :

— J'ai parfois eu l'impression d'avoir fait du mal autour de moi, alors je ne sais pas, mais te rencontrer aujourd'hui, me remettre en mémoire ce souvenir… c'est l'une des seules fois de ma vie où j'ai le sentiment d'avoir fait quelque chose de vraiment utile. Ne m'en veux pas si ma réaction et tout ce que je te raconte semblent démesurés, mais ta venue aujourd'hui, c'est comme une rédemption.

*

Nous sortons de chez Patrizia un peu sonnées. Il est plus de 17 heures, nous n'avons pas vu le temps passer.

Olga n'arrête pas de parler. Comme une cocotte-minute dont la soupape exploserait après un trop-plein de silence.

Patrizia Ferrani a refusé mes cent mille euros. Je m'y attendais, dès lors que j'ai su qui elle était. Mais nous nous sommes juré de ne plus nous perdre de vue. Elle m'a fait promettre de lui rendre visite de nouveau. Et de son côté, elle s'est engagée à venir me voir à Paris.

Et puis, Patty Milano a repris du service. Elle a appelé le directeur du théâtre de Broadway dans lequel se joue *West Side Story* en ce moment… et nous a dégotté six places pour demain soir. Quatre pour Chloé, Olga, Luther et moi, deux pour Janice et elle. Je l'ai remerciée mille fois, et Olga est devenue comme folle.

Si j'étais québécoise, je dirais qu'Olga capote.

Elle capote d'ailleurs tellement qu'elle est prise d'une frénésie de balade, alors que je ne pense qu'à rentrer me reposer à l'hôtel. Elle oublie parfois que j'ai dix ans de plus qu'elle. Je me trouve très en forme pour une vieille mémé, mais là c'est exagéré. Elle m'oppose que nous sommes restées assises toute la journée, ce qui n'est pas faux. Elle m'affirme avoir un lieu à me faire découvrir.

— Un seul, et puis on rentre, promis.

Alors j'accepte de la suivre.

21

Gina
17 juillet 2018

Le taxi nous dépose à l'angle de la 42e Rue et de Park Avenue, devant Grand Central Station, immense gare située en plein cœur de Manhattan. Je regarde Olga d'un air plus qu'interrogatif : le bâtiment est superbe, certes, mais je ne vois pas bien l'intérêt de venir ici. Elle éclate de rire, puis me prend par la main et m'entraîne à sa suite.

Le hall principal est somptueux, c'est vrai, et je suis saisie par le mouvement incessant des voyageurs. J'ai l'impression d'être plongée dans une ruche. Olga sort son Guide du Routard – je ne savais même pas qu'elle en avait un – et me déverse sa science : Grand Central est la plus grande gare ferroviaire du monde, s'étend sur 49 hectares, possède 44 plateformes, 67 voies ferrées réparties sur deux niveaux, 750 000 personnes y transitent chaque jour, les 10 lustres du hall sont incrustés d'or, les immenses horloges en verre sont signées Tiffany, il y a même un court de tennis.

— OK, Olga, tout cela est très intéressant… mais franchement ça ne pouvait pas attendre demain ?

— Oh là là, ce que tu peux être rasoir parfois… Suis-moi, je vais te montrer le clou du spectacle.

Elle m'intrigue avec ses mystères. Je la suis jusqu'à une grande voûte en céramique soutenue par deux arches, à côté d'un bar à huîtres. Elle m'entraîne dans un angle, au niveau de l'un des quatre piliers, et me demande de tourner mon visage contre le mur. Cette fois, elle a *vraiment* capoté.

— Donc je suis punie, tu m'envoies au coin, c'est ça ?

— Attends. Reste ici, regarde le mur et attends.

Elle s'éloigne, je ne peux m'empêcher de me retourner pour voir ce qu'elle fabrique. Elle se poste au niveau du pilier opposé au mien, à une dizaine de mètres en diagonale. Lorsqu'elle me voit tournée vers elle, elle crie quelque chose, mais la distance et le brouhaha de la gare m'empêchent de l'entendre. Elle gesticule, je comprends qu'elle me demande de me tourner vers le mur. Elle commence à m'agacer, mais je m'exécute.

Et là, le miracle se produit. Elle me parle en chuchotant, et je l'entends parfaitement. Je me retourne, elle est morte de rire. Je lui réponds en m'adressant au mur, et la conversation s'engage comme si nous étions côte à côte. Alors elle ressort son guide et sa science, mais cette fois-ci, j'écoute attentivement. Ce lieu pour le moins étonnant est surnommé la *Whispering Gallery*

– la galerie des chuchotements. Grâce à l'acoustique très particulière, deux personnes aux extrémités de l'arche peuvent s'entendre murmurer, sans que personne d'autre puisse percevoir la conversation, et ce quel que soit le bruit autour. Une bizarrerie architecturale fait que le son voyage, en quelque sorte, le long des parois voûtées, créant un téléphone sans fil… sans téléphone. Bluffant.

Nous sommes toutes les deux comme des gamines, devant cette découverte. Olga a insisté pour m'emmener ici, et elle a eu raison.

Soudain, je ne sais pas pourquoi, je suis gagnée par l'émotion.

Tandis qu'Olga continue de me lire ce qui est écrit sur le guide tout en faisant quelques plaisanteries dont elle seule a le secret, je repense à ce qu'à dit Patrizia tout à l'heure. Sur la femme empêchée qu'elle a été.

Moi aussi, j'ai été une femme empêchée. Je le suis toujours. Mais je ne veux plus l'être. J'ai quatre-vingt-cinq ans, nom de Dieu, si je ne me libère pas de mes dernières entraves aujourd'hui, alors quand ? Vais-je accepter d'emporter dans la tombe mes regrets ? Cette liberté dont j'ai si cruellement manqué et qui est désormais à portée de main ? Y a-t-il un âge limite pour les folies ?

Alors une idée me traverse. Ou plutôt, le projet que je formule pour Olga et moi depuis longtemps, sans jamais oser lui en parler.

Je demande à Olga de m'écouter. Le ton solennel

que j'emploie la surprend probablement, nous nous retournons un instant, mais je lui fais signe de se remettre face à son mur.

En une fraction de seconde, je revois tout.

Notre rencontre, dans cette soirée entre amis, en 1983.

Ses confidences sur son mariage, cette union de convenance sans amour et sans enfants qui s'est achevée lorsque son mari a passé l'arme à gauche, deux ans auparavant. La libérant enfin.

Nos fous rires, notre complicité instantanée, foudroyante.

Ma carapace qui se fendille, elle qui s'y engouffre, balaie mes doutes dans le souffle de notre premier baiser.

Son emménagement dans l'appartement du dessus, avec la bénédiction de Nino, heureux que je le sois enfin.

Et puis nos secrets, cette vie cachée, dissimulée sous une amitié de vieilles dames. Mon incapacité à assumer ce que nous sommes, ce que je suis, notre amour, pourtant si grand. Son respect absolu de mes choix, envers et contre tout.

Mais ce qui imprime ma rétine, à cet instant précis, devant cet improbable pilier de Grand Central, c'est tout ce qui restera, à jamais. Nos étreintes, nos joies, nos samedis soir, ses blagues vaseuses et la beauté de son rire, ses rides, la douceur de sa peau, sa confiance en moi, en nous. Son soutien indéfectible. Son regard qui me porte, depuis trente-cinq ans. Son amour. Mon amour.

Alors je prends mon courage à deux mains et je fais ce qui me semble aujourd'hui une évidence absolue.

— Olga… Veux-tu m'épouser ?

22

Chloé

17 juillet 2018

C'est avec des questions additionnelles en tête que Luther et moi montons dans le ferry ce matin, à Battery Park.

La recherche lancée par Luther à partir de la photo du bras de ma grand-mère a ouvert tout un tas d'images. Celle de Central Park, mais aussi de nombreuses autres, identiques : le tatouage de ma grand-mère accompagné de l'adresse mail est la signature de Jonathan Townsend, un *street artist* vivant à Islamorada, en Floride, mais exerçant son art un peu partout dans le monde.

Il est, à mon sens, impossible qu'il s'agisse d'une coïncidence, le dessin étant très exactement identique.

L'hypothèse la plus plausible, celle qui arrive dès que l'on réfléchit à cette question, est que ce tatouage que nous pensions unique soit en réalité bien plus répandu que nous le pensions. Ce Jonathan pourrait avoir un ancêtre Lisi, ou même être tombé sur des photos de tatouage qui l'auraient inspiré… Tout est envisageable.

Mais tout de même.

Je sais bien ce qu'il y avait dans les yeux de Luther, hier.

Cette idée absurde qui a fait irruption dans nos esprits, simultanément.

Cette possibilité, probablement sans fondement, complètement folle sûrement.

Si folle qu'aucun de nous n'a osé la formuler à voix haute.

*

Il est tout juste 9 heures lorsque le bateau passe devant la statue de la Liberté. Je ne peux réprimer un frisson, en songeant aux millions d'immigrants qui l'ont aperçue, parfois perdue dans le brouillard, parfois aussi nette qu'aujourd'hui. À quoi pensaient-ils ? Laissaient-ils éclater leur joie d'être si proches du but ? Une chose est certaine : tous étaient remplis d'espoir. Les conditions de vie des nouveaux immigrants étaient bien loin du monde idéal mille fois imaginé, mais cela, ils ne le savaient pas encore, au moment de saluer *Lady Liberty*.

Nous accostons à Ellis Island quelques minutes plus tard, entourés de centaines de touristes venus explorer le Musée national de l'immigration. Le bâtiment principal ressemble à un château rouge et blanc de style Renaissance, grandiose et écrasant. L'ensemble architectural, immense, a été pensé pour la réalisation de procédures administratives et médicales. Une dialectique du transit et de l'attente, renforcée par l'insularité du lieu. Ici, impossible de s'échapper vers l'Amérique, seuls ceux qui répondaient à tous les critères étaient autorisés à entrer. Les autres étaient renvoyés en Europe, sans avoir jamais foulé le continent.

Nous avons rendez-vous dans un peu plus d'une heure avec le bibliothécaire du Musée de l'immigration, personnage apparemment considéré comme un puits de science et d'anecdotes sur cette île à laquelle il a consacré sa vie. En attendant cette entrevue, Luther sirote un *ristretto* en terrasse de l'Ellis Island Café, tout en passant quelques coups de fil. Il a pensé que je préférerais découvrir les lieux seule. Il avait raison.

Les photos qui jalonnent le parcours me bouleversent. Je ne peux m'empêcher d'imaginer ma propre famille, à la place de tous ces anonymes. De chercher le regard de Gina dans les yeux tremblants d'appréhension de chaque petite fille.

Sur ces clichés en noir et blanc, femmes, hommes, enfants, tête haute et regard digne, ont revêtu leurs plus beaux habits. Ils tentent d'apparaître sous leur meilleur jour, de faire bonne impression, malgré la peur des uniformes militaires, la détresse d'être séparés les uns des autres, la terreur d'être renvoyés chez eux.

Tous sont des passagers de troisième classe : ceux de première et seconde recevaient à bord du bateau les visites du médecin, de l'employé de l'administration fédérale, puis étaient conduits à Manhattan. Puisqu'ils avaient de quoi subvenir à leurs besoins, l'État ne prenait pas de risque en les accueillant. Les plus pauvres devaient passer par Ellis et se soumettre aux heures d'attente, aux parcours labyrinthiques, aux étiquettes autour du cou, aux médecins scrutant les rangs, repérant en un coup d'œil les cas suspects, puis observant les yeux, la bouche, et traçant sur le dos des malades des lettres à la craie les condamnant de manière presque certaine à un retour au pays. S pour les personnes trop âgées, E pour les malades des yeux, L pour les boiteux, C pour les tuberculeux, X pour les malades mentaux.

Tout, dans ces lieux, appelle au recueillement. Les salles gigantesques sont vides. Je les imagine grouillantes de monde, bruissant de cris de bébés, de conversations inquiètes tenues dans des dizaines de langues et dialectes, et alors que mes talons claquent sur le sol de l'impressionnante salle des enregistrements ornée d'un drapeau américain haut de trois mètres, je suis gagnée par l'émotion. J'ai l'impression de ressentir la présence de ces millions de personnes passées là avant moi.

Je m'assieds sur un banc, bascule la tête en arrière pour observer la géométrie parfaite du plafond, et le lustre de verre majestueux.

Puis je ferme les yeux.

Et tout à coup, au beau milieu de ce lieu chargé d'Histoire, l'image qui envahit mon cerveau est une image de futur et de vie.

Mon fils me regarde, il me sourit.

Je rouvre les yeux immédiatement, me remets en mouvement.

Il est bientôt l'heure de notre rendez-vous.

Et mon fils n'a rien à faire ici.

Ce n'est qu'en le formulant que je me rends compte que j'ai pensé à lui en utilisant ce petit mot si simple et pourtant lourd de sens.

J'ai dit *mon* fils.

*

Deux heures plus tard, nous sommes de nouveau sur le ferry, silencieux.

Comme moi, Luther a besoin de digérer la richesse des échanges avec le bibliothécaire d'Ellis Island, Arthur Jeffreys. Passionné, passionnant, véritable mémoire vivante, Arthur Jeffreys porte sur son visage l'ensemble des joies et des peines de son île. Il a répondu à toutes nos questions en un temps record, et je crois pouvoir dire qu'il nous a scotchés pour un bon bout de temps.

Il nous a d'abord permis d'accéder à la retranscription de l'audition « *Special Inquiry* » de mon arrière-grand-père Angelo, par les officiers de l'immigration assistés d'un médecin. Il est d'abord reproché à

Angelo de ne savoir ni lire ni écrire. Puis le médecin affirme que son boitement l'empêchera de subvenir aux besoins de sa famille. Angelo a beau assurer être parfaitement capable de travail de force, cela ne changera rien. Par ailleurs, c'est au cours de cette audition que les décès de sa femme et son fils lui sont annoncés. On lui explique l'évolution de la varicelle en une infection pulmonaire foudroyante. Le rapport fait état de hurlements, de pleurs, puis Angelo incrimine l'hôpital, accuse les médecins d'Ellis d'assassinats : sa femme et son fils n'avaient rien d'autre qu'une varicelle, il veut les voir. On le lui refuse. Il devient menaçant. Puis il s'effondre. Et les trois lettres apparaissent : « L.P.C », *Likely to become a Public Charge*. Susceptible de devenir une charge pour l'État. Autrement dit, un poids mort, sans avenir, sans espoir.

Évidemment, tout cela m'a profondément remuée. Cela a permis de clarifier les conditions d'expulsion de ma famille… mais nous n'avons rien appris de très nouveau.

Et puis, comme souvent, l'inattendu a surgi de ce qui n'était pas écrit.

Arthur Jeffreys nous a expliqué que les registres de l'hôpital ont été perdus ou détruits. À part quelques dossiers épars, rien n'a été retrouvé. Concernant nos recherches, il est impossible d'accéder à un quelconque document d'hospitalisation, car il n'y en a pas.

Nous avons remercié chaleureusement notre interlocuteur. Notre déception était immense, bien sûr, mais nous n'avions plus rien à faire sur cette île, alors nous nous sommes dirigés vers la sortie.

Et soudain, une idée m'a traversé l'esprit.

L'idée de la dernière chance.

— Si nous ne pouvons pas retrouver les dossiers médicaux de Pasqualina et Francesco, peut-être pouvons-nous accéder à la liste des personnes employées à l'hôpital lors de leur séjour ? Et en particulier, à la liste du personnel affecté aux maladies virales ?

Le vieil homme a acquiescé, ses yeux se sont illuminés. Lui aussi avait compris que la réponse serait peut-être là.

Il nous a guidés dans un nouveau dédale de dossiers, puis il a trouvé.

J'ai parcouru la liste des salariés de l'hôpital de l'époque, et mes yeux se sont fixés sur un infirmier au patronyme familier : Townsend.

Luther a tout de suite compris ce qui venait d'attirer mon attention. Il m'a lancé des regards remplis d'espoir. J'ai demandé à Arthur Jeffreys s'il avait d'autres informations sur cet homme, il a tapoté sur son clavier, puis dirigé l'écran vers nous.

L'infirmier a travaillé cinq ans à l'hôpital d'Ellis Island, mais il a démissionné trois jours après le décès de Pasqualina et Francesco.

Luther s'est connecté aux services d'état civil, depuis l'ordinateur d'Arthur Jeffreys. Il m'a regardée avec des yeux ronds.

J'ai lu les lignes que Luther désignait sur l'écran, et j'ai senti s'ouvrir un immense gouffre.

Mon Dieu.

Cet homme a eu un fils, Dean Townsend, né le jour du décès de Francesco.

Et un petit-fils, prénommé Jonathan.

23

Jonathan

17 juillet 2018

Je m'appelle Jonathan Townsend, je suis né à Miami en 1974, je suis divorcé et j'ai deux garçons de six et huit ans, en garde alternée.

Je vis aujourd'hui à Islamorada, « l'île pourpre », minuscule paradis au cœur des Keys de Floride. À la fois perdu en plein golfe du Mexique et relié à Miami par cette autoroute extraordinaire que vous connaissez sûrement, au moins en photo, la Highway numéro 1. J'y ai mon atelier et j'y donne des cours de dessin pour le plaisir du partage. Pour briser la solitude, aussi. Attention, je suis très heureux. C'est une solitude choisie. C'est une liberté choisie. J'ai la chance de vivre de mon art, on peut même dire que je suis un peu connu, mais je ne montre jamais mon visage, et je n'accorde que très peu d'interviews. Ça contribue sûrement à une certaine aura mystérieuse qui donne de la valeur à ce que je produis. D'ailleurs, qu'est-ce que je produis ? Vaste question. J'ai longtemps essayé de percer dans le milieu de l'art conventionnel, de vendre mes toiles, trouver un galeriste qui croirait suffisamment en mon travail pour le défendre et me permettre de joindre les deux bouts. Étant de nature persévérante, j'ai fait ça jusqu'à l'âge de vingt-huit ans, même si la lassitude l'emportait déjà depuis bien longtemps sur l'exaltation.

En 2002, mon père est mort. D'un banal accident vasculaire cérébral.

Son décès a agi sur moi comme un détonateur, me poussant à remettre en question mes pratiques. À donner un sens plus large à mon œuvre.

Ce jour-là, j'étais avec un groupe d'amis à New York, et j'ai découvert les merveilleuses fresques qui enveloppent les immeubles du Lower East Side. Ce jour-là, j'ai trouvé ma voie dans le gigantisme. Une voie illégale, sans être trop risquée non plus. J'ai commencé à chercher des bâtiments abandonnés, et j'ai recouvert leurs murs décrépis de motifs géométriques, illusions d'optique ou trompe-l'œil. Je me suis mis à transformer des immeubles désaffectés en expériences sensorielles uniques, tout en entretenant le mystère sur mon identité, et en signant de ce « LISI » qui est désormais ma marque de fabrique.

C'était en 2002, les New-Yorkais avaient un besoin viscéral de poésie, j'ai envoyé des mails anonymes à des galeristes qui m'avaient tourné le dos auparavant, les invitant mystérieusement sur les lieux de mes opérations artistiques délictuelles. Le buzz a pris. Les amateurs d'exploration urbaine se sont passé le mot, la presse s'est emparée du phénomène, guettant mes nouvelles œuvres. Je les ai réparties entre New York et Miami, sans m'interdire de petites incartades en Californie, ou sur un lieu de vacances. Ces installations ne me rapportent pas d'argent, mais elles sont ma carte de visite, ce sont elles qui font ma cote. Ma vie, je la gagne sur les commandes. Tel collectionneur aimerait une version en modèle réduit, sur une plaque de béton, de ce portrait d'Angela Davis installé dans une usine désaffectée du Bronx. Tel autre est prêt à payer le prix fort pour obtenir une toile reproduisant très exactement ce « Donald kissing Barack » dont je suis très fier, et qui orne un mur du quartier de Wynwood, à Miami.

Mon identité est restée secrète quelques années. Elle a ensuite été révélée, mais cela n'a rien changé. La mécanique était amorcée. Le lien a été fait avec mes œuvres de jeunesse signées JT, qui ont pris de la valeur, mais je ne réponds pas à la presse, ne poste aucune photo de moi sur le web. Le seul lien que je garde avec le public, c'est cette adresse mail qui figure sur tous les supports que je travaille.

Tout est pour le mieux dans le meilleur des mondes alors, me direz-vous.

C'est vrai. Je n'ai pas à me plaindre.

Mais je traîne un spleen lancinant. Une incapacité à apprécier le moment présent. À être heureux dans l'instant.

Je tiens ça de mon père, Dean.

Mon père qui me manque tellement. Et qui m'a

transmis son obsession. Obsession qui s'est muée en objectif, lorsqu'il est mort. Puis en signature.

Mon père est né en 1938 à New York, mais ses parents ont déménagé alors qu'il n'avait que quelques jours. Son père était infirmier, il avait eu une proposition d'embauche à Miami, la famille voulait changer d'air, c'était parfait. Ils ont vécu toute leur vie en Floride, et j'y suis resté. Mon père était fils unique, je suis fils unique. J'ai brisé le cycle, avec mes deux garçons.

Mon père a toujours cherché à comprendre l'origine de ce tatouage étrange qui ornait son bras gauche. Ce « LISI » auquel mes grands-parents n'ont jamais fourni d'explication véritablement satisfaisante à ses yeux. Il s'agissait, d'après eux, de la trace laissée par une chaudière dont il s'était approché à l'âge de douze mois. Le fioul brûlant avait imprimé son bras de la marque commerciale de la machine, agissant comme un tatouage. Ils avaient eu très peur, ne s'étaient plus jamais chauffés au fioul, le petit Dean avait été soigné, mais la marque était restée. Fin de l'histoire.

Mon père n'avait aucun souvenir de cette blessure, mais qui se souvient de ce qui lui est arrivé à cet âge ? Alors pendant toute son enfance, cette marque indélébile ne l'a pas vraiment inquiété.

C'est au sortir de l'adolescence qu'il a commencé à développer une obsession dérangeante pour son tatouage. Mon père s'est toujours pensé extrêmement différent de ses parents. Physiquement, d'abord. Mais aussi en termes de valeurs, de vision de la vie. Aussi a-t-il toujours gardé une certaine distance avec eux.

Mes contacts avec mes grands-parents étaient, la plupart du temps, purement utilitaires.

Et puis un jour, mon grand-père est tombé malade, et mon père a mis la main, en aidant sa mère à chercher des papiers, sur de banales prises de sang. Qui ont éclairé d'un jour nouveau cette sensation tenace. Sa mère était du groupe sanguin A, son père du groupe A. Lui était B. Il était absolument impossible qu'il soit leur enfant.

Son monde s'est effondré.

La confrontation avec sa mère a tourné court. Elle a nié en bloc, contre l'évidence. Contre la biologie. Jamais elle n'est parvenue à avouer. Dean n'est pas allé voir son père sur son lit de mort. Dean n'est pas allé voir sa mère, décédée peu après. La rupture a été totale. Définitive.

C'était en 1990. J'avais seize ans.

Dès lors, mon père n'a eu de cesse d'enquêter sur les circonstances de sa naissance. Mais à l'époque, internet n'existait pas, tout était coûteux, fastidieux. Les moyens de recherche n'étaient pas ce qu'ils sont aujourd'hui. Mon père s'est rendu à New York, est parvenu à retrouver le logement dans lequel ses parents vivaient au moment de sa naissance. Et des éléments ont commencé à s'imbriquer.

Il a fait ce que l'on nommerait une enquête de voisinage. Par chance, l'immeuble accueillait encore une vieille dame ayant connu ses parents, en 1938. Elle a comblé certains trous. Elle a confirmé que sa mère était enceinte, oui. Mais que son accouchement a été terrible. Ses cris ont résonné dans tout l'immeuble, pendant de longues heures. Des plaintes, des hurlements à la mort, toute une nuit. Et puis, au petit matin, les cris ont cessé. Le lendemain, le père faisait une telle tête… tout le monde a compris que l'enfant était décédé. Mais personne n'a jamais rien demandé, et la famille Townsend n'a jamais rien dit.

Aussi tout l'immeuble a-t-il été agréablement surpris de voir apparaître, trois jours plus tard, la mère tenant son bébé dans les bras. Il était en pleine forme. Très silencieux, mais en pleine forme. Quelques jours plus tard, la famille Townsend a déménagé. Un nouveau départ, dans un état du Sud. Ils n'ont pas laissé d'adresse, la vieille dame n'était pas particulièrement amie avec eux, elle n'a pas cherché à savoir. Mais elle se souviendrait toujours de cette nuit-là. Des cris de douleur de cette femme.

Lors de son voyage à New York, Dean a également appris que son père était, au moment de sa naissance, infirmier à Ellis Island.

Dès lors, Dean a acquis l'intime conviction d'avoir été volé par son père sur Ellis Island. Il a imaginé la détresse de sa mère, face au décès de leur bébé dans des conditions si terribles, et puis la tentation, à portée de main. De nombreux mineurs immigrants arrivaient sur l'île sans leur famille, et des rumeurs ont toujours circulé sur des vols d'enfants. Rien n'a jamais été avéré, mais comment savoir ? L'époque n'était pas aux décomptes minutieux, l'époque était aux millions de nouveaux venus. Alors un gamin de plus ou de moins…

Dans les années 1990, les registres d'Ellis Island n'étaient pas informatisés. Même avec un nom de famille comme Lisi et une date approximative d'arrivée autour de sa naissance, c'était comme chercher une aiguille dans une botte de foin. Et puis, qui pouvait garantir que Lisi était un nom de famille, et non un diminutif, un surnom, un prénom ?

Mais Dean n'a pas renoncé. Il a passé des annonces, mentionnant son nom présumé, sa date de naissance présumée, le motif de son tatouage. Dans le *New York Times*, dans le *Washington Post*. Il a dépensé une fortune et une énergie folles, là-dedans. Ça n'a jamais rien donné, mais il a toujours gardé l'espoir de retrouver sa vraie famille.

Alors un jour, il m'a demandé de reprendre le flambeau, lorsqu'il mourrait. Je ne voulais pas m'enfermer dans cette obsession, mais c'était mon père. Et mes origines. Alors j'ai promis.

Lorsqu'il est mort en 2002, j'ai décidé de changer mon art radicalement, et de le signer du motif de ce tatouage, LISI.

J'ai repris le flambeau, à ma manière. En décorant les murs de ce tatouage, en le diffusant aussi largement que je le peux, je me dis qu'il y a une toute petite, une infinitésimale chance que quelqu'un le reconnaisse et me contacte.

Plus le temps passe et moins j'y crois, évidemment. Mais je l'ai promis à mon père. Alors je continue à diffuser cette signature. Et maintenant que j'ai un peu d'argent de côté, je fais, de temps en temps, des actions dérisoires, symboliques. Pour honorer la mémoire de mon père. Je fais distribuer des flyers dans des boîtes aux lettres. Je fais visser des plaques dans les parcs qui le permettent. J'achète des espaces publicitaires dans le métro, dans les gares. Toujours avec le même motif, et la même adresse mail. Le monde de l'art trouve ça merveilleux, pense que c'est une idée formidable pour entretenir le mythe « LISI ». Warhol utilisait la publicité pour en faire de l'art, LISI utilise son art pour en faire de la publicité. C'est un effet secondaire inattendu de ma démarche.

Récemment, des tests génétiques se sont développés, qui estiment les régions du monde dont un individu est issu, accompagné de pourcentages. J'ai reçu les résultats, l'année dernière. La moitié de mon patrimoine génétique pointe vers le nord de l'Italie.

La plupart du temps, je ne pense plus à cette histoire. Ça ne m'empêche pas de vivre, non. Mais j'ai souvent l'étrange impression que la blessure de mon père est toujours là, quelque part au fond de moi. Et qu'elle continuera de me hanter comme elle l'a hanté. Lorsque mes enfants me posent des questions sur cette signature étrange qui est la mienne, j'élude. Je ne veux pas leur en parler, car je ne veux pas leur transmettre cela. Est-ce la bonne méthode ? Le silence vaut-il mieux que la répétition ? Je ne sais pas, mais je veux essayer une autre voie, pour eux.

Quant à moi, je sais bien que ces signatures déposées

un peu partout sont des bouteilles à la mer. Je consulte l'adresse indiquée sur mes œuvres une à deux fois par semaine, machinalement. La plupart du temps, il n'y a aucun message. Parfois, il y a des mots sympathiques : on me félicite pour une œuvre en particulier, on me demande des conseils. De temps en temps – rarement – je reçois des canulars, ou des insultes.

Jamais je n'ai reçu aucun message faisant allusion au tatouage de mon père.

Jusqu'à aujourd'hui.

VI

MERCI, MON AMOUR

24

Gina

17 juillet 2018

Je me retourne.

Olga m'observe en silence. Parfaitement immobile. Se demandant sans doute s'il s'agit d'une plaisanterie, ou si j'ai perdu la tête.

Alors je me dirige vers elle, lentement. Slalomant entre les voyageurs de Grand Central indifférents à ce qui se joue dans mon cœur.

À mesure que j'avance, l'émotion m'envahit. Je sens le sang battre mes tempes. Je n'entends plus rien du vacarme ambiant.

Je songe à nos douleurs, nos terreurs, à tout ce temps passé à se cacher.

Je pense à Nino, Francis et tous ces autres qui n'ont pas su qu'un jour il nous serait possible de vivre cela.

Je pense au regard des autres, qui m'a paralysée, tout au long de mon existence.

Je sens ce poids qui s'envole, ce vent de liberté caresser ma peau.

Les larmes coulent en silence le long de mes joues.

Tout explose, à l'intérieur de moi.

Et soudain, malgré les dizaines de passants, l'environnement saturé de mouvements – soudain je ne vois plus que ses yeux.

Ses yeux qui brillent et me bouleversent.

Elle aussi a compris que rien ne sera plus pareil. Moi la taiseuse, moi qui n'ai jamais su dire mes sentiments, je suis enfin prête à assumer la force de mon amour pour elle.

Elle pleure et sourit en même temps.

Mes jambes se mettent à trembler. L'émotion me submerge.

Mais je continue d'avancer, le cœur battant.

L'instant s'étire. Je veux le graver dans mon cœur.

Quoi qu'il advienne demain, nous aurons vécu ça.

Je suis là, à quelques centimètres d'elle. Je serai là, toujours.

Elle murmure un « oui » inaudible.

Et puis, dans un sursaut de pudeur, pour alléger l'émotion, elle me lance :

— Ne crois pas que je t'épouse pour ton argent, hein…

Elle me fait rire, comme toujours.

Nos yeux se parlent, prennent conscience peu à peu que tout cela peut vraiment exister. Alors nos mains se rencontrent. Puis nos lèvres.

Et nous nous enlaçons. En public, pour la première fois depuis trente-cinq ans.

*

Après toutes ces émotions et une coupe de champagne dans un bar de Grand Central, nous nous dirigeons vers ma *guest house* afin de réfléchir à cette histoire de mariage. Olga et moi sommes veuves, il n'y a aucune barrière, nous pouvons nous marier quand bon nous semble. Alors je veux le faire tout de suite. J'ai toujours dans un coin de la tête la prédiction de Mme Salomé, j'aimerais que tout aille vite. Olga me dit que rien ne presse, que nous ne sommes plus à quelques jours près. Mais rien n'y fait. Maintenant que ma décision est prise, je veux épouser Olga sur-le-champ.

Au moment même où je formule cette idée, je reçois un coup de fil de Patrizia, qui m'annonce avec une joie indicible qu'à l'issue de la représentation de *West Side Story* demain soir nous irons dans les loges et rencontrerons la troupe. Je crois défaillir, Olga qui écoute avec une moitié d'écouteur est en transe, et soudain emportée par mon élan de bonheur, j'annonce à Patrizia qu'Olga et moi allons nous marier ici, à New York. Pourrait-elle nous aider à tout organiser ?

Olga me dévisage, dubitative. Mais Patrizia pousse un hurlement qui nous déchire les tympans.

— Mon Dieu, c'est formidable, Gina ! J'ai tout un tas d'idées pour vous… et puis, sans vouloir me vanter, je connais encore pas mal de monde dans cette ville. Alors faites-moi confiance pour vous ouvrir toutes les portes… Quand voulez-vous vous marier ?

Je regarde Olga. D'ordinaire, c'est elle qui programme, qui décide, qui classe.

Pas ce soir.

— Patrizia… Olga et moi te remercions infiniment pour ton aide. Nous aimerions nous marier le plus vite possible.

— Depuis quelques années, il y a dans New York quelques *Wedding Chapels* du même genre que celles de Las Vegas, où il est possible de se marier dans la journée. Mais tout dépend des prestations que vous souhaitez.

Je réfléchis quelques instants. Olga ne dit plus rien. Elle sourit niaisement, maintenant. Hallucinée de me voir prendre les choses en main de la sorte.

— Tout préparer demain et se marier le jour suivant, c'est possible ?

— Tout est possible, Gina ! Venez chez moi immédiatement – vous pouvez dormir ici, j'ai plusieurs chambres d'amis. Je vais demander à Janice de nous aider. On va vous concocter un mariage du tonnerre. Tout ça est furieusement excitant !! Inutile de préciser que c'est moi qui vous offre tout. Ça me fait plaisir. Ça n'est pas tous les jours qu'on retrouve une amie perdue de vue depuis quatre-vingts ans, nom de Dieu !!

*

Nous passons une soirée totalement dingue chez Patty. Nous buvons, chantons, Patty passe des dizaines d'appels, Janice est aussi adorable qu'efficace. Même pour les informations les plus basiques, la démarche est extravagante.

Besoin de savoir comment se marier aux USA de manière urgente, en tant que Françaises ? Patty appelle directement la consule générale de France à New York. Elle lui indique avec une cordialité toute diplomatique que le mieux est sans doute de se marier selon la procédure accélérée américaine, et de faire reconnaître l'acte en France par la suite.

Besoin d'alliances, de tenues de mariage ? Patty appelle les gérants des boutiques de la Cinquième Avenue.

— Tiffany et Versace, ça vous ira ?

— Euh, oui… je crois oui, merci, Patrizia… mais tu sais, tu n'as pas besoin…

— Stop. J'adore ça. Tu ne vois pas que je ne me suis pas amusée comme ça depuis bien longtemps ?

C'est vrai qu'elle a l'air heureuse. Alors Olga me souffle doucement de la laisser faire. Et nous finissons la soirée en partageant, avec Patrizia et Janice, un pétard roulé par ma future épouse.

La journée de demain sera donc consacrée aux préparatifs.

D'ici deux jours, à défaut d'être unies devant Dieu, nous le serons sans doute devant un sosie d'Elvis.

J'espère que Chloé acceptera d'être ma demoiselle d'honneur.

*

Olga et moi sommes finalement rentrées dormir dans ma chambre de Greenwich Village. Nous nous comportons comme des jeunes filles, mais toutes ces aventures pèsent sur nos organismes vieillissants. Nous avons besoin de nos médicaments respectifs, et d'un peu de calme avant la tempête.

J'ai l'impression de revivre ma vie en condensé, depuis quelques jours. Et d'y ajouter de nouvelles routes. C'est jouissif, certes. Mais c'est épuisant, aussi.

25

Gina
18 juillet 2018

Je me suis levée ce matin avec la volonté de prendre le temps de parler à Chloé. De prendre le temps d'aller annoncer mon mariage à ma mère et à mon frère. Alors j'ai voulu décaler la cérémonie d'une journée. J'ai appelé Patrizia dès mon réveil, pour lui demander de ne rien changer aux préparatifs, à part la date. Elle m'a répondu que c'était impossible, que tout était déjà réservé, mais que si nous ne traînions pas dans les choix des tenues et des bagues, le reste devrait être très rapide.

L'affaire a été d'autant plus rapide qu'Olga et moi avons finalement choisi de rester nous-mêmes. Nous aimons les belles choses, mais s'habiller en haute couture, passer à son doigt un anneau hors de prix, ça n'est pas nous. Patrizia était déçue bien sûr, mais elle a compris. Pour compenser, nous avons concédé de la laisser entièrement libre de nous surprendre pour le reste. Elle a déclaré qu'elle mettrait donc le paquet.

J'ai un peu peur de ce qu'elle aura prévu, mais c'est tellement adorable de sa part…

J'ai une chance insensée. Jamais je n'aurais cru penser une telle chose, moi qui me suis toujours considérée comme un chat noir. La roue a tourné. Un peu tard, certes. Mais elle a bel et bien tourné. Je regarde Olga et je sens une bouffée de bonheur envahir mon cœur. Cela me donne du courage, pour la suite de la journée.

J'ai donné rendez-vous à Chloé à midi au restaurant de Robert de Niro, dans *Little Italy*. Ce quartier dont mes parents ont rêvé tant de fois, nous serons les premières Lisi à en fouler le sol.

*

Son visage était crispé, lorsqu'elle est arrivée. Elle m'a dit avoir pas mal de choses à me raconter, avec un air soucieux. Mais je l'ai coupée tout de suite. Je n'avais pas envie d'entendre parler d'Ellis Island maintenant.

— J'ai quelque chose d'important à t'annoncer, ma chérie.

— Moi aussi, mamie. Mais vas-y d'abord. Je t'écoute.

Je me suis dit que ce dont elle voulait me parler ne pouvait pas être aussi énorme que mon mariage avec Olga, alors je n'ai pas continué l'échange de politesses.

Je me suis lancée.

Je lui ai raconté tout ce qu'il me restait à raconter. Ma rencontre avec Olga, notre histoire d'amour, notre volonté d'aller de l'avant. Ma demande en mariage. Son « oui ». La date – demain. La *wedding planner* – Patty Milano. Le probable maître de cérémonie – Elvis.

Je n'ai désormais plus aucun secret pour ma petite-fille. Et ça me fait un bien fou. J'ai confiance en elle. Une fois le choc absorbé, elle sera heureuse pour moi, j'en suis certaine.

Maintenant que l'annonce est faite, elle reste silencieuse. Comme hébétée. On le serait à moins, alors je lui laisse le temps d'intégrer la nouvelle, et tout ce qu'elle implique.

Après quelques instants qui me semblent une éternité, elle se lève et me prend dans ses bras.

— C'est tellement beau, cette décision, mamie. J'aimerais pouvoir être aussi forte, aussi dingue que toi, lorsque j'aurai ton âge. Tu m'impressionnes. Je suis tellement fière de t'avoir comme grand-mère.

Elle marque une pause, son regard change. Elle continue.

— Mais je t'en veux, aussi… Beaucoup. Je t'en veux de ne pas me l'avoir dit plus tôt. Je t'en veux d'avoir pu penser que me révéler ton amour pour Olga changerait quoi que ce soit. J'ai l'impression d'être passée à côté de la personne que tu es, toutes ces années. Mais je suis heureuse de te connaître mieux, aujourd'hui. Félicitations, ma *nonna* prodigieuse. Tu seras la plus belle des mariées. Et moi, je serai la plus fière des demoiselles d'honneur qu'Elvis ait connues.

Nous nous serrons si fort et si longtemps dans les bras qu'à un moment donné le serveur vient nous demander si tout va bien, et Chloé lance à la cantonade :

— *She is getting married tomorrow !*

Tous les regards convergent vers moi. J'ai envie de me cacher dans un trou de souris, mais le restaurant se transforme en salle de spectacle. En moins de trente secondes, tous les convives sont debout, applaudissent, s'approchent pour me féliciter.

Chloé rit de ce mauvais tour qu'elle vient de jouer à sa grand-mère, puis nous nous rasseyons, et j'essaie de rassembler mes esprits.

Après avoir trinqué, nous passons commande, et je la lance sur ce qu'elle s'apprêtait à m'apprendre. Je suis consciente que ça refroidit l'ambiance… mais ça fait partie du « package Gina ». Je suis comme ça. Avec ma future femme, mon passé labyrinthique et ma famille enterrée ici, à New York.

— Je ne vais pas y aller par quatre chemins, mamie. Ta maman, Pasqualina, repose au *Calvary Cemetery*, dans le Queens. Nous avons localisé l'emplacement. Tu vas pouvoir lui rendre l'hommage qu'elle mérite.

Elle ne parle pas de Francesco. Pourquoi ne parle-t-elle pas de Francesco ?

— Ton frère… nous avons cherché partout… Il s'avère… finalement… qu'il repose avec ta mère. Voilà. Au même endroit. Son nom était sur un autre registre… celui des enfants… Luther a mis plus de temps à le retrouver, mais il est au même endroit.

Avec ses hésitations, j'ai cru qu'ils n'avaient pas réussi à retrouver la tombe de mon frère. Mais maintenant, je suis soulagée.

Cette escapade new-yorkaise est décidément d'une richesse inimaginable. De nouvelles portes s'ouvrent. D'autres se referment enfin. Je demande à Chloé si elle peut m'accompagner dans ce cimetière, en fin de journée. Elle accepte volontiers, mais vérifie si j'ai bien compris que, s'agissant de fosses communes, il n'y aurait aucune plaque à leur nom.

— Je sais bien, ma chérie. Je veux juste emporter une poignée de terre, avec moi. Même si elle ne contient pas de trace physique d'eux, je suis certaine que leur passage a laissé quelque chose d'invisible. Je veux garder cet invisible auprès de moi. Je n'attends rien d'autre, ne t'inquiète pas.

26

Chloé

18 juillet 2018

Je n'ai pas réussi à lui dire.

Je m'y étais pourtant préparée. Je devais simplement lui raconter ce que nous avons découvert. Avec les faits avérés, les suppositions, le mail envoyé par Luther à Jonathan Townsend, les précautions d'usage sur l'absence de preuves concrètes du lien réel entre cet homme et notre famille. Mais lorsqu'elle m'a annoncé son mariage, je me suis dit que je ne pouvais pas. Je n'avais pas envie de gâcher ce moment. Olga et elle ont attendu plus de trente ans, en secret. Je n'allais tout de même pas lui lancer :

« Au fait, ton frère n'est peut-être pas vraiment mort en 1938, il a sans doute été volé, mais tu ne le reverras pas, car il est mort quand même, mais plus tard. Et tu as peut-être un neveu, vivant, mais rien de tout ça n'est sûr, nous n'avons jamais rencontré ce neveu… voilà, amuse-toi bien et ne pense à rien de tout cela demain ! »

Donc je n'ai rien dit.

Ou plutôt, je lui ai servi la version à laquelle elle s'attendait. Douloureuse, bien sûr. Mais c'est une douleur qu'elle a intégrée depuis quatre-vingts ans. J'ai pu d'ailleurs constater son soulagement à l'énoncé de cette confirmation.

Entre le déjeuner et l'expédition au *Calvary Cemetery*, les choses ont changé.

J'ai rejoint Luther dans son bureau, afin de lui apprendre l'incroyable nouvelle du mariage de ma grand-mère, mais à peine avais-je eu le temps de terminer, qu'il recevait un message de Jonathan Townsend. Et un numéro de téléphone.

Nous l'avons appelé immédiatement.

C'était étrange, et tellement intense pour moi.

Je ne sais pas si c'est psychologique, mais il m'a semblé reconnaître certaines intonations de mon père dans la voix de Jonathan.

Jonathan était, lui aussi, très ému. Entre les éléments que nous avons de notre côté, et ceux qu'il nous a communiqués, le doute est de moins en moins possible. Nous n'avons pas de certitude, mais nous avons l'intime conviction de faire partie de la même famille. Nous avons convenu de faire réaliser en express une analyse génétique, pour confirmer cette intime conviction. L'ADN de Jonathan étant déjà dans une banque de données privée, il me suffit de déposer un de mes cheveux aujourd'hui à l'antenne new-yorkaise tout en souscrivant la coûteuse « comparaison express ». Nous aurons les résultats dans deux jours.

S'ils sont conformes à ce que nous attendons tous, ma grand-mère rencontrera son neveu le 23 juillet. Jonathan a proposé de nous rejoindre à New York, mais j'ai eu l'idée d'un voyage de noces particulier en Floride… avec Luther et moi en guise de chaperons. Luther considère que tant qu'il n'a pas résolu le mystère autour de Francesco, sa mission n'est pas terminée. Il a insisté pour participer au voyage, je lui ai rétorqué qu'il faudrait donc qu'il se le paie. Il a accepté sans discuter, et j'ai réservé nos vols pour la Floride, une voiture de location, un hôtel à Miami pour la première nuit. Ensuite, eh bien, nous verrons.

Si Jonathan est bien de la famille, le programme est tout trouvé. Si ça n'est pas le cas, il faudra que j'improvise un road trip en Floride…

27

Gina

18 juillet 2018

À 19 heures, je me tiens debout avec Chloé dans l'immense cimetière. Trois millions de tombes, tout de même. Ça en fait, des macchabées.

Ce qui me frappe ici, c'est le silence. Calvary est un lieu d'une étrangeté fascinante. Une sorte de mélange irréel de tombes au kilomètre, de statues romaines posées sur un gazon parfaitement taillé, de caveaux gris et d'alignements de stèles anonymes. Avec, en toile de fond, un panorama extraordinaire sur les gratte-ciel de Manhattan. Dans le jour qui décline, je ne sais parfois plus distinguer si ce que j'aperçois est une sépulture ou un building.

C'est la première fois que je me rends dans un cimetière américain, et tout me semble bien moins lugubre qu'en France. Peut-être est-ce dû à la météo de cette belle journée d'été, mais ici les pierres tombales semblent moins tristes, entourées de verdure et abritées par de grands arbres.

Nous cheminons vers l'emplacement indiqué par Luther : section 38, allée 12, parcelle D. Luther nous a prévenues, les anciennes fosses communes – que les Américains nomment *potter's fields* – sont signalées par un panonceau, mais il n'y a pas de tombe à proprement parler. J'ai l'impression saugrenue d'être face à un joli jardin de banlieue, parfaitement entretenu. Ici, tout a l'air vivant. Et c'est probablement ce qui m'émeut autant.

Je m'assieds dans l'herbe épaisse. Puis je demande à Chloé si elle pense que je peux m'y allonger. Elle jette un coup d'œil autour de nous. Elle acquiesce et me précède. Il n'y a que nous, les Lisi. Je la tiens par la main et ferme les yeux. De ma paume libre, je caresse le sol, gratte la terre.

Alors, dans les fissures qui lézardent mon cœur, je glisse quelques prières pour ma mère. Ma mère était belle. Ma mère était forte. Ma mère était fantastique. La fierté qui m'a envahie, le jour du chocolat, lorsque j'ai compris que je l'avais sans doute sauvée, personne ne me l'enlèvera. Comme personne ne m'enlèvera jamais les berceuses qu'elle me chantait. Les berceuses qu'elle *nous* chantait. Même si mon frère n'a pas beaucoup vécu, je sais qu'elle lui a chuchoté, à lui aussi, cet air familier.

Dormi mio tesoro,
Dormi piccolo d'oro
Fai la ninna fai la nanna
Tra le braccia di tua mamma[1]

1. *Dors mon trésor / Dors mon petit d'or / Fais dodo fais dodo / Dans les bras de ta maman*

Je revois cette image, si nette après toutes ces années.

Ma mère et mon frère.

Mon tout petit frère. Que serais-tu devenu, si tu avais vécu ? Je suis certaine que nous nous serions aimés follement.

L'émotion me gagne, bien sûr. C'était prévu.

Je la laisse venir. Je l'accueille. Je la chéris.

Pleurer, cela signifie aussi que l'on a aimé.

J'ai aimé très fort. J'ai pleuré, beaucoup.

Mais aujourd'hui, j'ai le sentiment que la boucle est bouclée.

Je peux enfin avancer. Il était temps.

*

Chloé attendait que nous soyons de retour dans Manhattan, remises de nos émotions, pour m'annoncer avoir déjà choisi notre cadeau de mariage.

— C'est une folie. Tu n'auras jamais les moyens, ma chérie.

Alors que je prononce cette phrase, je me rends compte de sa totale inadéquation à notre nouvelle réalité. Alors je la laisse m'expliquer que ça lui fait plaisir. Et je la remercie en la serrant fort dans mes bras.

C'est une idée fantastique. J'imagine la tête que va faire Olga, lorsque je vais lui apprendre que d'ici moins d'une semaine, nous serons non seulement mariées, mais en train de nous dorer la pilule sur une plage de Floride.

Comment s'appelle ce bled de bord de mer dont Chloé m'a parlé, déjà ?

Ah oui, je me souviens : Islamorada.

28

Chloé

19 juillet 2018

Le 19 juillet 2018 est une date à marquer d'une pierre blanche. Ou plutôt, d'une pierre ornée de strass et paillettes, trempée dans une sauce kitsch à tendance psychédélique.

Une parenthèse au cours de laquelle il me semble que chacun de nous est parvenu à se concentrer sur la joie, et ce couple extraordinaire de vieilles dames. Tout au long de cette journée, nous avons été six : Gina et Olga, bien sûr, plus une Patty Milano de compétition et sa diablement efficace Janice, plus Luther et moi.

Le rendez-vous était fixé à 11 heures, dans un immeuble banal proche de Times Square – et de l'hôtel des futures jeunes mariées. Je suis arrivée la première, et j'ai bien cru que je m'étais trompée d'adresse. De l'extérieur du building, rien ne laisse deviner ce qui se cache au trentième étage. L'entreprise *One-minute-wedding* y a ses bureaux, et ses deux salles de célébration. Après m'être annoncée à l'accueil, j'ai patienté dans une pièce sans fenêtres. J'avais acheté en catastrophe le matin même une robe longue rose pâle à col bénitier et dos dénudé, avec contours en dentelle – sexy juste ce qu'il faut, sans en faire trop. Lorsque Luther est arrivé, j'ai failli ne pas le reconnaître et ressenti des picotements le long de ma colonne vertébrale. Il portait un costume bleu pétrole, une chemise blanche largement déboutonnée, des derbys en cuir marron. Et sa banane, bien entendu. Curieusement, j'ai trouvé que cette banane lui donnait une touche d'excentricité folle. Suis-je en train de virer fashionista ?

Pour me donner une contenance et ne pas lui montrer à quel point il m'impressionnait, j'ai voulu lui lancer une blague à base de banane, mais il m'a devancée.

— Tu es superbe, Chloé. Vraiment.

Alors j'ai bredouillé un merci, et je me suis sentie obligée de lui dire que lui non plus n'était pas mal. Il a éclaté de rire.

— Ouh là, c'était tellement spontané, on aurait dit que chacun de ces mots t'écorchait les lèvres… Je te taquine. De toute façon, nous ne sommes pas les reines du bal aujourd'hui, n'est-ce pas ?

En parlant de reines du bal, Patty et Janice ont déboulé dans la salle d'attente. Patty semblait tout droit sortie de la cérémonie des Oscars, avec sa robe constellée de sequins, ses grandes lunettes noires et ses cheveux tirés en un chignon parfait. J'ai été frappée par son port de danseuse classique, et son dos bien droit. Une sacrée femme, celle-ci. Janice était bien plus sobre, dans son smoking classique mais *so chic*. Elle nous a fait signe de les suivre.

— On vous emmène à l'extérieur.

— Comment ça ? La cérémonie n'a pas lieu ici ?

— Patty a eu une bien meilleure idée. Les filles ne sont pas au courant, c'est une surprise.

Ça m'a fait marrer de l'entendre les appeler comme ça. Mais après tout, Janice a sans doute raison. Lorsque l'on décide de s'unir pour la vie, on est forcément une fille, quel que soit son âge.

*

Dix minutes plus tard, nous étions en pleine rue, au beau milieu des panneaux publicitaires et écrans géants de Times Square. J'ai demandé à Janice si la surprise était une représentation de comédie musicale, elle m'a lancé un clin d'œil en me demandant de ne pas brûler les étapes.

Nous avons attendu quelques minutes, puis nous avons vu apparaître une limousine, qui s'est arrêtée devant nous. Deux cameramen en sont sortis. Ils filmaient les portes ouvertes du véhicule. J'ai jeté un œil interrogatif à Luther, qui semblait très amusé, mais aussi perplexe que moi.

C'est alors que la surprise de Patty Milano nous est apparue – en même temps que les visages de Gina et d'Olga, projetés en une douzaine de versions tout autour de nous.

Et c'est ainsi que pendant dix minutes, tous les écrans géants de Times Square ont retransmis, sous l'œil amusé de la foule en délire, la célébration du mariage de ma grand-mère. Inutile de vous dire qu'avec la présence de Patty Milano au générique de cet improbable événement les images ont rapidement envahi le web.

Gina et Olga, très émues, étaient habillées comme tous les jours, à peine un peu plus maquillées. Et c'est justement cette simplicité, cette évidence dans la prononciation de leurs vœux devant cet officiant sosie de Michael Jackson – Elvis n'était plus disponible –, qui était renversante. Sur cette minuscule estrade, elles ont échangé leurs vœux dans un anglais approximatif appris par cœur, puis « Dancing Queen » d'Abba a retenti dans Times Square, et les applaudissements ont envahi l'espace. Les publicités habituelles sont revenues, et Olga et Gina étaient unies à jamais.

Lunaire de chez lunaire.

Mais nous n'étions pas au bout de nos surprises.

Patty et Janice ont été d'une créativité rare. Gina et Olga étaient à la fois gênées par tant d'attentions, mais aussi excitées comme des gamines. La suite de la journée s'est déroulée en limousine. Nous avons commencé par déposer un cierge dans la cathédrale Saint-Patrick, puis nous avons mangé un hot dog en pleine rue – le rêve inavoué de ma grand-mère, enfin exaucé. Nous nous sommes ensuite dirigés vers Central Park à bord d'une calèche conduite, cette fois-ci, par le sosie d'Elvis – qui était libre un peu plus tard dans la journée. Nous y avons fait une séance photo des plus kitsch, avant de reprendre la limousine pour aller manger une glace et faire un tour sur la Wonder Wheel, grande roue iconique de Coney Island, ce parc d'attractions situé en bord de mer, proche de Manhattan.

« Les filles » s'amusaient comme deux gosses espiègles. Et nous aussi.

Le soir venu, personne n'avait faim, alors Patty s'est permis de demander à l'un des plus grands chefs new-yorkais de nous préparer des « doggy bags » du repas prévu. Il a simplement refusé de démanteler la pièce montée façon cupcake… curiosité pâtissière pour laquelle il nous faudrait nous déplacer le lendemain.

À 20 h 30, nous étions assis au premier rang du Broadway Theatre. Je n'avais jamais vu *West Side Story* – contrairement à ma grand-mère qui chantait chaque refrain dans un hilarant gloubi-boulga d'anglais. Patty a poussé le raffinement jusqu'à faire monter Gina et Olga sur scène, au moment du salut : les spectateurs ont dû se demander qui étaient ces deux vieilles qu'ils n'avaient pas vues apparaître dans le spectacle… Après avoir partagé une coupe de champagne avec les acteurs et repris quelques-uns des morceaux phares du spectacle en petit comité, « les filles » ont déclaré être trèèèèèès heureuses, mais trèèèèèès fatiguées. Elles nous ont embrassés des dizaines de fois, ont remercié Patty et Janice des milliers de fois, puis ont filé à bord de leur limousine jusqu'à leur hôtel, situé à moins de trois cents mètres.

*

Je suis moi aussi épuisée, mais il n'est finalement que 23 heures lorsque Luther me propose d'aller boire un dernier verre.

J'ai passé toute la journée à éviter de me retrouver seule avec lui, car les frissons qui me parcourent à chacun de ses frôlements m'effraient. Il faut dire qu'il est beau comme un dieu – voilà, ça y est, je l'ai dit. Ses yeux en amande, son sourire à la fois doux et sûr de lui… tout en lui m'attire, je dois bien me rendre à l'évidence. Je ne le connais pas vraiment, alors je pourrais céder à l'appel charnel, m'accorder le droit de vivre une nuit torride avec lui – ce à quoi il semble réceptif. Mais je ne veux pas souffrir. Et je vois bien que je ressens quelque chose pour lui qui va au-delà de la simple attirance. Luther est un mélange charmant de mystère, d'originalité, de sensibilité dissimulée sous l'apparat d'un héros de film d'action. Je pourrais passer du temps avec lui. Quelques mois, quelques années peut-être.

N'importe quoi, ma pauvre Chloé, tu ne sais rien de lui.

Il y a tout ça, dans ma tête, au moment où il me propose ce verre. Il sent mon hésitation, alors il déguise le tout dans une expérience touristique à ne pas rater. J'accepte. Pour l'expérience.

Dans ce bar clandestin dissimulé derrière un lavomatic, l'ambiance feutrée, la lumière tamisée et la musique live jouée par un groupe de jazz invitent à la confidence.

Alors, je demande à Luther de me parler de lui. De sa vie. De qui il est, vraiment.

— Si je me lance, nous en avons pour un petit moment…

— J'ai tout mon temps.

Il me regarde intensément. Nous sommes si proches qu'il pourrait m'embrasser. Il ne le fait pas, recule légèrement.

— Ensuite, ce sera ton tour, Chloé.

Je frémis à l'idée de lui raconter ce que j'ai fait. Les questions qui tournent en boucle dans ma tête. Je ne dis pas vraiment oui, je ne peux pas. Mais je fais un signe de tête qui l'encourage à se livrer.

29

Chloé

19 juillet 2018

Il commence par me dire qu'il va me raconter une histoire.

C'est une histoire pas très joyeuse, mais c'est la sienne. Et je ne peux pas le connaître si je ne sais pas ça de lui.

Je l'observe attentivement et je le trouve bouleversant, dans ce décor de velours rouge, de dorures et de lustres en cristal, que l'on dirait tout droit sorti de *Gatsby le Magnifique*.

Il détache sa banane de sa taille, ouvre délicatement le zip et en sort quelques objets, qu'il dépose sur la table.

Je les saisis, sans comprendre. Il y a là deux photos, un bracelet brésilien, une bague et une enveloppe contenant une mèche de cheveux noirs. J'observe la première photo, et mon cœur s'emballe en même temps qu'il se fendille. Sur cette image, Luther est adolescent. Il tient par la taille une ravissante jeune femme noire aux longs cheveux crépus laissés libres, tout sourire face à l'objectif. S'il ne m'avait pas dit que l'histoire serait douloureuse, j'aurais pu croire à du pur sadisme. Mais je sais qu'il n'en est rien. Les chandelles disposées sur les tables font briller son regard. Je n'entends plus les musiciens, pourtant entassés sur une scène microscopique à trois mètres de nous. Je l'écoute.

— Nicole et moi avions dix-sept ans. Nous nous aimions depuis près de deux ans. Nous projetions de nous marier, plus tard, lorsque nous aurions fini nos études. Il n'était pas question de renoncer à nos futurs. Nicole est tombée enceinte. En Louisiane, où nous vivions, toute personne mineure doit obtenir l'autorisation de ses parents pour pouvoir avorter légalement. Les parents de Nicole étant fermement opposés à l'interruption volontaire de grossesse, il était clair qu'ils ne lui donneraient jamais leur accord. Je lui ai proposé de partir dans un autre État, d'économiser pour payer le voyage, l'opération, tout. Mais Nicole savait que je travaillais dur pour financer mes études – j'étais employé à temps partiel dans un fast-food local –, elle ne voulait pas mettre cela en péril.

Il marque une pause. Boit une gorgée de son cocktail. Puis il continue.

L'émotion m'envahit, à mesure que sa voix se serre.

— Nicole ne m'a rien dit, mais elle a suivi les conseils d'une jeune femme rencontrée sur internet. Elle a subi, sans m'en informer, et seule, un curetage *à l'ancienne*. Elle s'est vidée de son sang. La femme qui l'opérait a pris peur, elle s'est enfuie. Lorsque les secours sont arrivés, Nicole était morte.

Il sourit faiblement. J'aimerais poser ma main sur la sienne, mais je ne peux pas m'empêcher de ressentir une absurde jalousie, qui me tient à distance. Luther reprend son douloureux récit.

— En l'espace de quelques heures, j'ai tout perdu. Alors je me suis perdu, moi aussi. J'ai arrêté mes études, et je me suis gavé de médicaments à base d'opiacés, ce mal légal qui ronge l'Amérique. J'ai longtemps erré. Mais je ne pouvais plus rester en Louisiane. Tout là-bas me rappelait ce qui aurait pu être, mais ne serait jamais. L'air était saturé de souvenirs. Je suis parti, en stop, avec pour seul bagage un sac à dos et cette banane que tu aimes tant… J'ai atterri à New York. C'est là que j'ai repris pied.

Ce mec est extraordinaire de dignité et de force. Au beau milieu de ce terrible récit, il s'est même permis un clin d'œil à propos de cette banane qui vient de livrer ses mystères. J'ai honte, tout à coup, des moqueries balancées à ce sujet depuis notre rencontre.

— J'ai trouvé un job de serveur dans un bar de Greenwich Village. C'est là que j'ai rencontré celui qui est devenu mon patron, M. Webster, le créateur de l'agence de détectives pour laquelle je travaille désormais. C'était il y a huit ans. M. Webster m'a d'abord recruté incognito, pour des missions d'observation au sein du bar. Je n'ai pas dû être trop mauvais, puisqu'un jour il m'a proposé de m'embaucher à temps plein. Sa seule condition, c'était que j'arrête ces conneries d'opiacés.

Je pensais qu'il avait terminé, mais ça n'est pas le cas. Il prend une grande inspiration. Et ce que je découvre me remue plus encore que tout le reste.

— Je ne crois pas aux hasards, mais je crois au destin. Et le destin a mis sur mon chemin, le jour même de mon embauche chez Webster Detectives, un centre de planning familial. Le genre de lieu qui aurait pu sauver Nicole, si les crédits des centres de Louisiane n'avaient pas été coupés. Je ne sais pas pour quelle raison j'ai poussé la porte du centre, ce jour-là, mais je l'ai fait. J'y ai rencontré des personnes formidables, j'y ai raconté mon histoire, et de fil en aiguille, j'y suis devenu bénévole. Deux soirs par semaine, après ma journée de travail, je recueille la parole de celles qui ne savent pas à qui s'adresser, je les guide, les oriente vers un professionnel de santé. Je n'ai pas de formation de psychologue, mais j'ai de l'empathie à revendre. J'ai souvent face à moi des jeunes femmes que personne n'a jamais écoutées, pour lesquelles ce premier contact bienveillant est précieux. Les hommes sont rares dans ce milieu, mais moi je m'y suis tout de suite senti utile. À ma place.

Il me lance en riant que mon visage est dévasté, puis me dit avoir bientôt fini.

— Les professionnels de santé du centre m'ont aidé à sortir de mon addiction. Il m'a fallu près d'un an, pour un sevrage complet. Et je suis fier de dire que depuis sept ans, je n'ai plus touché à aucune drogue. Je conserve mes quelques souvenirs de Nicole dans cette banane qui ne me quitte jamais. Je me suis juré de m'en séparer lorsque je rencontrerais une femme avec laquelle j'aurais envie de faire un bout de chemin. Cela ne m'était jamais arrivé. Ça m'est tombé dessus, il y a quelques jours.

J'ai très chaud, tout à coup. Et je sais que l'alcool n'y est pour rien – même si ce cocktail à base de liqueur de cacao est particulièrement corsé.

Luther plante ses yeux dans les miens, et mes joues s'enflamment.

Je baisse le regard, entoure mon verre de mes mains, pour les empêcher de trembler.

— Chloé, je voudrais que tu jettes un œil à la deuxième photo.

Je m'exécute. Il s'agit de l'une de ces plaques de Central Park – décidément, elles sont partout. J'ai du mal à distinguer ce qui est écrit, dans la faible lumière de ce *speakasy*. Lorsque j'y parviens, je ne sais plus quoi penser. Il est écrit :

« *To all women who fight. To Nicole, who didn't have enough time. – L.H.*[1]. »

1. *À toutes les femmes qui se battent. À Nicole, qui n'a pas eu assez de temps. – L.H.*

La musique s'est arrêtée, donnant une soudaine solennité à cet instant. Les *jazzmen* ont rangé leurs instruments, nous ne sommes plus qu'une dizaine de clients, l'atmosphère est de plus en plus intime.

Luther marque une pause lourde de sens. Plus il avance, plus j'ai peur qu'il ait découvert ce que j'ai fait. Et cette idée me pétrifie.

— Chloé, je t'ai menti. En réalité, je n'ai pas pu m'empêcher de mener à bien la mission que m'a confiée ta grand-mère, à ton propos – sans jamais rien lui communiquer, bien sûr. C'est moi qui gère toutes les enquêtes comprenant un volet français, à l'agence, alors j'ai mes réseaux dans votre police, votre administration, et dans les principales banques du pays. Tes relevés bancaires puis quelques coups de fil à Aurillac m'ont appris que tu y es arrivée enceinte et repartie sans enfant. J'ai stoppé mes investigations. J'ai eu honte de moi, soudain. J'ai tout voulu te dire, mais les jours qui viennent de s'écouler ont été si denses, si riches en événements, que je n'ai jamais trouvé le bon moment pour t'avouer cela. Je suis désolé d'avoir fouillé dans ta vie. Je n'aurais pas dû. J'espère que tu pourras me pardonner. Sache en tout cas que, quoi que tu aies vécu là-bas – et je sais que c'était forcément une épreuve difficile –, je voulais te dire que ça ne change rien à ce que je ressens pour toi.

Je sens monter en moi une indicible rage. Et une déception intense.

Je serre les poings et les mâchoires. Sa trahison me scandalise. Mais surtout, ce qu'il vient de me raconter sur son engagement et sur le drame qu'il a vécu me pousse à croire qu'une femme comme moi ne pourra que le dégoûter. Alors puisque nous y sommes, allons-y.

— Luther, tu ne me connais pas. Tu ne sais rien de ce que j'ai fait. Et quand tu sauras, je peux te garantir que tu me détesteras.

— Je ne suis pas idiot, Chloé. Je sais qu'il n'y a pas beaucoup de possibilités, concernant ce qu'il s'est passé à Aurillac. Soit tu as accouché d'un enfant sans vie, soit tu as accouché sous X. Dans les deux cas, l'épreuve est effroyable. Je ne juge pas. Je ne te juge pas. Et je prends tout.

Il ne sait pas ce qu'il dit. Il m'énerve, avec son politiquement correct de merde, son « tout le monde il est beau, tout le monde il est gentil »… Alors j'explose.

— Mais tu vis dans quel monde ? Un monde où il est acceptable d'abandonner son enfant ? Parce que c'est ce que j'ai fait ! Je suis pitoyable. Inhumaine. Incapable de grandir. Incapable d'élever un enfant.

— C'est un choix extrêmement difficile, Chloé. Si tu l'as fait, c'est que tu estimais que c'était la meilleure solution.

J'hésite à continuer. Je devrais partir, mais je reste. J'ai besoin de parler.

— Le problème, c'est que je doute. Je doute terriblement. Je ne suis pas certaine d'avoir fait le bon choix, je ne suis d'ailleurs pas certaine que ce choix ait vraiment été le mien. Et c'est encore réversible. Je peux encore changer le cours de mon histoire. Mais c'est une telle responsabilité… je n'arrive pas à l'assumer… je n'y arrive pas.

Je l'observe en silence, espérant déceler une opinion sur ce que j'ai fait. Luther reste d'une angoissante neutralité.

— Si tu souhaites en parler, je suis là.

J'aimerais me confier encore, mais je ne peux plus soutenir son regard.

Je me lève, m'apprête à partir. Il me retient par le bras.

Il m'explique qu'il avait deviné, avant même de savoir, que nous avions des choses en commun. Qu'il aimerait pouvoir m'aider. Que je ne dois pas rester seule avec ce secret. Que l'exemple de Gina montre à quel point on peut être dévoré par les secrets. Que d'autres peuvent m'aider. Qu'il faut que je parvienne à assumer mon choix, quel qu'il soit, sinon je ne pourrai pas avancer. Et qu'il est prêt à m'accompagner, quel que soit le chemin.

— Tu parles comme si nous étions un couple…

— Je te l'ai dit, je crois au destin, Chloé. Je suis heureux que ta grand-mère m'ait contacté. Je suis heureux que tu l'aies suivie. Que tu sois là. J'ai tout mon temps.

Les larmes, que j'avais retenues jusque-là, pointent au bord de mes cils. Je ne veux pas pleurer devant lui. Et puis c'est trop, tout ça. Trop d'émotions pour une seule journée. Pour une seule personne. J'ai besoin d'être seule.

Je m'enfuis.

*

Juste avant de m'endormir, une image apparaît. Une image que mon esprit tente de rejeter, de tenir fermement à distance, depuis des semaines.

Une image qui insiste, qui ne cède pas.

Comment peut-elle être si vivante, sous mes yeux clos ?

Comment peut-elle être si belle ?

Mon sang se met à battre plus fort, je songe à prendre un somnifère afin de la faire disparaître, de l'éloigner, cette photographie mentale qui fait si mal. Je lutte de longues minutes contre moi-même, contre elle aussi. Je ne veux céder ni à l'une ni à l'autre. Mais l'image s'incruste, refuse de partir.

Cette fois, tu vas devoir me regarder.

Alors, je ne sais pas expliquer pour quelle raison je la laisse entrer.

Et sa beauté infinie me submerge.

Ce soir, sur ce lit à des milliers de kilomètres de lui, je m'autorise à contempler, pour la première fois, le sourire de mon petit garçon.

Je l'observe longtemps, le détaille, le reconnais.

Je ne suis pas certaine de pouvoir continuer à vivre sans ce sourire-là.

Peu à peu, mon rythme cardiaque s'apaise, et je sombre dans un sommeil étrange. Peuplé de beaux détectives, de comédies musicales, de vieilles dames et de rires d'enfants.

VII

AU REVOIR ET MERCI

30

Gina

23 juillet 2018

Ce que je vis depuis près d'un mois semble irréel.

J'ai l'impression d'avoir passé plusieurs semaines dans des montagnes russes, avec des virages inattendus, et des accélérations de sentiments, de décisions, comme jamais je n'en ai connu auparavant.

Après le mariage, Olga et moi avons eu besoin de nous retrouver, mais aussi de nous reposer. Nous ne sommes plus toutes jeunes, malgré les apparences… alors deux jours de paresse dans notre chambre, entrecoupées de quelques balades tranquilles, étaient plus que nécessaires pour nous remettre.

Je pensais avoir libéré tout ce qui devait l'être, remercié toutes les personnes encore en vie qui ont compté pour moi, salué une dernière fois mes disparus reposant sous cette terre lointaine.

Je pensais pouvoir accueillir la prophétie de Mme Salomé et mourir sans regret, sans peine. Mais ça, c'était avant de savoir que le tour de manège n'était pas terminé.

Avant-hier, Chloé m'a emmenée dans Central Park. La balade était agréable, mais Chloé semblait tendue. Je lui ai posé des questions sur sa relation avec le beau Luther, elle a éludé, j'ai compris qu'elle en pinçait pour lui, mais je n'ai rien demandé de plus. Elle semblait chercher quelque chose, puis elle a fait preuve d'un surprenant manque de délicatesse en demandant à deux amoureux de nous céder leur place sur un banc. J'ai trouvé ça gonflé de sa part, sachant qu'il y en avait trois de libres à proximité, mais elle a insisté.

Nous nous sommes assises, et elle m'a montré la plaque vissée sur le banc. J'ai trouvé adorable qu'elle ait fait graver mon tatouage sur ce banc de Central Park pour me rendre hommage, c'était très touchant. Je l'ai remerciée, mais elle m'a détrompée. Elle n'était pas responsable. Mais alors qui ?

J'avoue que j'étais à des années-lumière d'imaginer ce qu'elle m'a raconté ensuite. Heureusement que j'étais assise.

Lorsqu'elle m'a montré, sur l'écran de son portable, les photos envoyées par Jonathan, j'ai porté la main à ma bouche, étouffé un cri. Je n'en croyais pas mes yeux. Francesco… devenu Dean, adulte, ressemblait tellement à mon père. Et Jonathan est si beau. Son regard, surtout. Jonathan a les mêmes yeux que Chloé. Elle aussi, l'a remarqué.

Étrangement, malgré la haute teneur émotionnelle

de cette conversation dans Central Park, je suis parvenue à retenir mes larmes.

Je ne suis pas certaine d'y parvenir aujourd'hui.

*

Nous sommes arrivés à Miami Beach hier après-midi. Nous avons fait un saut sur la plage pour apercevoir les mythiques cabanes de sauveteurs, puis nous sommes allés nous promener sur Ocean Drive à la tombée de la nuit, admirant ses immeubles Art déco aux couleurs pastel et autres enseignes lumineuses… mais j'étais fatiguée et stressée, alors Olga et moi sommes rentrées à l'hôtel. Je voulais être en forme pour ma rencontre avec Jonathan aujourd'hui.

Cela fait plus de deux heures que nous roulons vers le sud. Olga et moi sommes à l'arrière, Chloé sur le siège passager. C'est Luther qui conduit, il fait bon, dans l'habitacle de la voiture, l'ambiance est plutôt détendue, même si je sens que Chloé évite d'engager la conversation avec Luther. C'est compter sans Olga, qui ne se gêne pas, elle, pour les titiller. Alors pour couper court, Chloé branche son téléphone sur l'autoradio et lance une compilation musicale spéciale plage – Chloé précise qu'il faut dire « playlist » de nos jours, mais c'est bel et bien une compilation.

Alors que les Beach Boys évoquent Key Largo, je me rends compte que nous sommes désormais sur ce que les Amerloques surnomment l'*Overseas Highway*

– « L'autoroute au-dessus des flots », comme nous l'explique Luther. C'est exactement ça : un pont, une île, un pont, une île… et ça continue tout au long de ce chapelet typique de ce coin de Floride appelé les Keys. Le paysage est époustouflant. Quand nous sommes sur un pont, Olga pousse généralement un petit cri de joie caractéristique de son entrée en transe, et Luther ralentit afin de nous laisser admirer les nuances de bleu : des plus sombres jusqu'au turquoise, toutes apparaissent simultanément dans nos champs de vision, comme si nous étions en apesanteur au-dessus de la mer. C'est tout simplement fabuleux.

Lorsque j'aperçois le panneau indiquant « Islamorada », ma respiration s'accélère. Olga remarque mon trouble et pose sa main sur la mienne. Elle me chuchote « Ça va aller » et me sourit. Puis elle se penche et pose sa tête sur mon épaule tout en continuant de caresser ma main. Cela m'apaise. Je régule tout ce qui peut l'être. Mais ça ne dure pas longtemps. Luther engage la voiture dans une allée qui semble courir droit vers une plage de sable blanc bordée de hauts palmiers fins, tous penchés dans la même direction – rien à voir avec les palmiers niçois, épais et droits dans leurs troncs. Nous dépassons un panneau indiquant « *Founders Park – Artists Village* », puis Luther tourne, ralentit, se gare. Je sens mon cœur battre à tout rompre. Il ne s'agirait pas qu'il me lâche maintenant, celui-là.

Nous sortons de la voiture, et ce qui me frappe en tout premier lieu, c'est la brûlure du soleil. Avec la chaleur moite, étouffante, et la situation pour le moins extraordinaire, je suis à deux doigts de tourner de l'œil. Mais nous sommes très vite invités à pénétrer dans la maison de Jonathan.

C'est lui qui nous accueille. Je n'ose pas le regarder avant d'être assise, j'ai trop peur de m'évanouir.

Je ne le regarde pas, mais j'entends sa voix. Mon Dieu, comment est-ce possible ? Il parle anglais bien sûr, alors je ne comprends rien de ce qu'il raconte, mais je reconnais, dans certaines inflexions, la voix de mon fils, Alain. Chloé le remarque-t-elle aussi ? Elle me tend un verre d'eau, que j'avale d'un trait.

Jonathan s'approche lentement, puis il s'assied tout près de moi.

Alors, seulement, je relève la tête.

Il est là. Il sourit. Il ne dit rien, mais ses yeux parlent pour lui.

Les miens brillent. Je sens ma lèvre trembler légèrement.

J'approche la main de son visage. Je lui caresse la joue et lui murmure :

— Mon tout petit…

Je ne sais pas si je m'adresse à lui ou à mon frère, et peu importe. Nous sommes du même sang. Je ne le connais pas, mais je le reconnais.

Je reconnais la douceur de ses yeux, la finesse de ses traits, le grain de sa peau. Tout. Alors que ma main s'attarde sur les contours de son visage, il pose la sienne sur la mienne et glisse un baiser dans le creux de ma paume.

Ses yeux s'embuent. Il dit quelque chose en anglais, je réponds :

— *I don't understand…*

Alors il rit, et ce rire est comme un ciel plein d'étoiles qui m'apaise autant qu'il me déchire l'âme. Il y a tout, dans ce rire. La gêne qui est la nôtre, de nous caresser, de nous embrasser alors même que nous nous voyons pour la première fois. Le bonheur d'être arrivés au bout d'un long chemin. La douleur que son père n'ait pas vécu suffisamment longtemps. La sensation que désormais, plus rien ne sera comme avant.

Je regarde autour de moi. Tout le monde chiale, c'est effrayant.

Alors je lance un :

— Bah dis donc, y en a pas un pour rattraper l'autre, ici…

Ça les fait tous marrer, y compris Jonathan qui ne pipe pourtant rien.

Alors Chloé me traduit ce que Jonathan a dit, et que je n'ai pas compris :

— Il a dit : « Tu lui ressembles tellement… »

Je me retourne vers lui et j'ouvre mes bras en grand.

Il hésite quelques secondes, puis il se blottit contre moi, tel un petit garçon de plus de quarante ans. Je l'enveloppe, il pose sa tête sur mon cœur. C'est doux, cet instant. C'est fort, cet instant.

Je ferme les yeux, et soudain je suis contre ma mère, contre mon frère.

Alors je me mets à chanter. Comme un réflexe. Un élan.

Dormi mio tesoro,
Dormi piccolo d'oro
Fai la ninna fai la nanna
Tra le braccia di tua mamma

Je ne sais pas comment remercier le ciel de me permettre de vivre cela. Ce que je ressens est indescriptible. D'ailleurs je ne le décris pas. Je le vis.

Chacun de nous est conscient que ce moment hors du temps répare de nombreuses blessures, anesthésie la douleur aussi. C'est une étreinte toute simple, mais c'est la nôtre. Elle ne réécrira pas le passé de notre famille. Mais elle changera son futur, j'en suis certaine.

*

Il me faut quelques instants, un verre de citronnade fraîche et un peu d'eau sur mon visage pour reprendre forme humaine.

Jonathan nous parle de sa vie, nous montre des photos de ses enfants – mes petits-neveux inespérés –, parle de son travail, de mon tatouage qu'il constate identique à celui de son père. Luther et Chloé jouent les interprètes, et Olga serre ma main. Elle m'a murmuré, en aparté, qu'elle est heureuse d'être à mes côtés dans ce moment si exceptionnel, j'ai articulé quelques remerciements, de mes lèvres muettes.

Je suis ravie que le courant passe entre Chloé et Jonathan. Il a quarante-quatre ans, Chloé vingt de moins, mais ils s'entendent bien, c'est visible. Je comprends de cette rencontre et de ces échanges entre eux que la connexion perdurera, lorsque je ne serai plus là. Et ça me remplit de joie.

Nous restons encore une petite heure chez Jonathan, mais mon esprit est ailleurs, et mon cœur s'emballe. J'ai pris mes médicaments, ce matin. Mais c'est trop d'émotions, pour une seule femme.

Alors je serre très fort Jonathan dans mes bras. Longuement. Nous promettons de nous retrouver bientôt, mais pour moi, cet au revoir a le goût d'un adieu. Car je suis de plus en plus convaincue que je vais mourir. C'est à cause de la prédiction de Mme Salomé bien sûr, mais pas seulement.

Cela fait maintenant plusieurs années que mon vieux cœur fait des siennes. Arythmie, insuffisance cardiaque, hypertension… Mon médecin réajuste régulièrement mon traitement, et globalement je vais aussi bien qu'il est possible d'aller quand on a mon grand âge. Depuis quelques jours, je ne dis rien pour n'affoler personne et pour profiter de l'instant présent sans faire ma rabat-joie… mais les excès en tout genre et le manque de repos pèsent sur mon état général. Je suis épuisée.

Et puis, il y a eu ces dernières heures.

J'ai le sentiment d'avoir définitivement bouclé la boucle de ma vie. J'ai réglé mes comptes, y compris les plus anciens. J'ai dit merci, sincèrement. J'ai ri, j'ai pleuré, j'ai vibré. Je me suis unie pour l'éternité avec la femme que j'aime. J'ai parlé à ma mère, et j'ai retrouvé mon frère, d'une certaine façon. Je ne suis plus certaine que la Terre ait vraiment besoin de Gina Lisi-Incortoso, désormais. Je ne dis pas que la Terre a un jour eu besoin de moi, ce serait bien présomptueux – et la Terre n'a besoin d'aucun de nous pour continuer à tourner. Je dis simplement que les jours qui viennent de s'écouler forment une belle conclusion.

Si ma vie finissait aujourd'hui, je partirais heureuse de cette trajectoire qui a été la mienne. Rien d'extraordinaire, juste une vie de femme, avec son lot de surprises, de peines et de joies. Mais c'est ma vie, voilà c'est comme ça. Je ne crois pas avoir à en rougir, et c'est déjà beaucoup.

La seule chose qui me reste à faire, c'est aider Chloé à aller mieux.

M'avoir permis de vivre ces retrouvailles avec Jonathan a été, je l'ai vu dans ses yeux, un bonheur inouï, pour elle aussi. Les liens qui sont en train de naître avec le beau Luther – je ne suis pas aveugle – vont l'aider à reprendre pied. À reprendre goût à la vie. Il y a quelque chose qui s'est mis en mouvement en elle depuis quelques jours, mais c'est ténu.

J'ai attendu qu'elle vienne me parler de cette cicatrice qu'Olga a aperçue sur son ventre. En vain. Olga est persuadée qu'il s'agit de la trace d'une césarienne. Si tel est le cas, ce qu'elle porte toute seule est sans doute bien trop lourd.

J'espère qu'en lui livrant toutes mes vérités je l'ai

aidée à prendre conscience de l'importance de se confier, de saisir les mains tendues, de ne pas garder pour soi de secret trop écrasant. J'ai compris bien trop tard qu'effacer les ombres pouvait être un puissant moteur de bonheur.

Je peux agir aujourd'hui.

Voilà la dernière mission que je me fixe : faire en sorte qu'elle me parle.

Ensuite, je pourrai mourir en paix.

31

Chloé

23 juillet 2018

Ces derniers jours ont été parmi les plus intenses que j'aie jamais vécus.

En l'espace d'une semaine à peine, j'ai l'impression d'avoir traversé mille vies, et d'en avoir découvert plus sur ma famille qu'au cours de mes vingt-quatre années d'existence.

Tout s'est accéléré, dans ma tête.

Je n'en veux plus à Luther d'avoir cherché à en savoir plus sur moi. Au contraire. Je lui suis reconnaissante de s'être livré à moi, avec autant de transparence, sans fausse pudeur. Notre conversation, dans ce bar clandestin, a fait chavirer mon cœur, totalement. Je sais qu'il a raison. Il y a quelque chose, entre nous. Quelque chose de fragile, sûrement. De délicat. Quelque chose à construire. Mais c'est à portée de main.

J'ai compris beaucoup de choses sur moi. Sans doute aidée par les catalyseurs qu'ont constitués les révélations de ma grand-mère, son mariage, et la libération pleine et entière de sa parole.

Gina est une femme libre, enfin.

Et moi, le suis-je vraiment ?

Rien n'est moins sûr.

Ce soir, au retour d'Islamorada, je demande à ma grand-mère de m'accompagner sur la plage de Miami, à deux pas de notre hôtel.

Elle fait semblant de râler un peu, pour la forme, mais je vois bien qu'elle aussi a envie de cet instant en tête à tête. Alors elle accepte. Sur le chemin, nous achetons quelques rafraîchissements, et deux de ces exubérants fauteuils de plage gonflables dont les Américains ont le secret.

Nous nous installons sur la spectaculaire plage de Miami. Il y a encore du monde, mais l'espace est si grand que nous avons l'impression d'être seules. Le soleil déclinant uniformise les couleurs des cabanes de sauveteurs, d'ordinaire éclatantes. Le paysage est doux. Calme. Propice.

Nous trinquons à « l'eau frétillante », buvons quelques gorgées. Puis elle me regarde intensément, s'apprête à me dire quelque chose, mais je ne lui en laisse pas le temps. C'est à mon tour de lui parler. Puisque je sais désormais tout de sa vie, je veux qu'elle sache tout de la mienne.

Mes derniers verrous ont sauté. Je me sens prête.

*

C'est difficile. C'est la première fois que je me livre autant sur ce qu'il s'est passé ces derniers mois. Et sur mes sentiments. L'amour qui ne quitte pas ses yeux, quoi que je dise, m'encourage à aller jusqu'au bout.

Elle m'écoute religieusement, et ne cesse de caresser ma joue, avec ce geste que je connais si bien. Je la trouve d'une beauté époustouflante, dans la lumière orangée du jour qui s'enfuit.

Elle me demande, à de nombreuses reprises, pour quelle raison je ne lui ai pas parlé plus tôt. Elle est désolée que j'aie dû endurer cela toute seule. Elle est désolée que ma mère ait autant influencé ma décision.

— Mais sans vouloir t'offenser, ma Chloé… tu n'es pas Dieu. Tu n'as pas le pouvoir de contrôler les actions des gens à distance. Tu n'y es pour rien, dans la mort de ta mère. Sois-en certaine.

Elle m'assure, comme Luther, qu'elle respecte mon choix plus que tout, dès lors qu'il s'agit vraiment de mon choix. Elle me répète que c'est une décision très difficile à prendre, et revient sur sa propre histoire, en m'assurant qu'elle-même aurait pu être amenée à prendre la même direction s'il n'y avait pas eu Nino. Mais que son histoire à elle, tout comme l'histoire de ma mère, ne doit pas interférer avec la mienne.

Je reste silencieuse quelques instants, et tout s'imbrique dans mon esprit.

Ces quelques jours à New York m'ont ouvert les yeux sur les entraves qui m'empêchaient de choisir ma propre voie.

L'histoire de ma famille est jalonnée de naissances tragiques, de grossesses imprévues, de mères qui meurent, d'enfants qui disparaissent. Et moi qui suis en bout de chaîne, j'ai reçu en héritage tous les non-dits, toutes les peurs, les croyances, les doutes les plus terribles, les secrets inavouables, cristallisés autour de cette question de filiation. Comment imaginer que tout cela n'ait pas d'impact, au moment où je me suis retrouvée enceinte, dans le déni le plus total, reproduisant, sans même le savoir, le schéma dramatique originel ?

L'histoire de ma famille est aussi l'histoire d'enfants issus de l'immigration qui se battent pour survivre, pour faire mieux que la génération précédente, puis pour que leurs enfants fassent mieux qu'eux. Il y avait tout cela, dans l'attitude de ma mère face à la grossesse inattendue de sa fille unique.

Mais c'est quoi, faire mieux ? N'est-ce pas simplement être plus heureux ? Avoir une vie libre, dont les décisions nous appartiennent entièrement ?

Aujourd'hui, je sais tout de ma famille.

Je mets des mots sur mes failles. Je les raccroche à l'histoire de mes aïeux. Cela ne guérit pas, mais cela permet de mieux comprendre ce qui m'empêche d'avancer.

Cette peur de devenir mère, de ne pas être à la hauteur, est-ce vraiment la mienne ? N'est-il pas temps de m'écouter, moi ?

Il a fallu quatre-vingt-cinq ans et un électrochoc d'un million d'euros à ma grand-mère pour parvenir à identifier et abandonner ses chaînes. Suis-je condamnée à reproduire le même modèle ?

La réponse est devant moi. Dans les yeux de Gina.

Ma vie est là. C'est maintenant que je dois la vivre.

C'est vertigineux de se dire que tous les choix sont possibles. Que l'avenir est ouvert. Que l'instant présent ne se représentera jamais plus, qu'il faut le saisir avant qu'il ne s'échappe.

Mais c'est une telle chance, d'ouvrir les yeux maintenant.

Je regarde ma grand-mère et je comprends soudain qu'en réalité j'ai déjà pris une décision. Depuis longtemps.

Depuis que j'ai ressenti le besoin viscéral de voir mon bébé, à la maternité d'Aurillac. De lui écrire quelques mots. De lui donner un prénom si symbolique.

Je comprends qu'il est temps de choisir mon propre destin. D'écrire ma propre histoire, sans oublier d'où je viens, sans oublier les miens, mais sans porter le poids de leurs douleurs passées.

Je comprends tout cela, et je souris, blottie à mon tour dans les bras de ma grand-mère, dans un improbable fauteuil gonflable en forme de licorne.

La route ne sera pas simple, non.

Un coup de baguette magique ne suffira pas à me libérer de toutes mes angoisses. Je n'ai aucune idée du chemin. J'ai peur, je tremble, je frissonne à l'idée de ce qui m'attend.

Je ne serai pas conforme à ce que mes parents avaient envisagé pour moi.

Je ne serai pas non plus la meilleure mère du monde.

Mais je serai heureuse.

Ma décision est prise.

Je vais récupérer mon bébé.

Mon Gino.

32

Gina

23 juillet 2018

Je suis heureuse que Chloé m'ait parlé, sans que j'aie eu besoin de provoquer ses confidences. Elle en avait besoin. Et moi aussi.

Dieu que c'était bon, de sentir son parfum contre moi. De la voir apaisée, enfin. Ce soir, j'ai eu l'impression de la retrouver dans toute son innocence de petite fille. Mais aussi d'assister à la naissance d'une femme.

Quand elle m'a appris le prénom de son fils, l'émotion m'a serré la gorge. Il faut qu'elle m'aime à la folie, pour transmettre mon prénom à son propre enfant.

Alors je l'ai regardée droit dans les yeux, et je lui ai dit que je l'aimais.

Elle m'a répondu qu'elle m'aimait aussi, a employé cette formule qu'elle n'avait plus utilisée depuis des années « Je t'aime jusqu'à l'infini et au-delà, et toujours une fois de plus que toi ». Ça nous a fait marrer.

C'était délicieux de l'avoir contre ma peau. Nous étions bien.

Puis nous sommes rentrées à l'hôtel, nous nous sommes serrées très fort une dernière fois, et chacune est allée dans sa chambre – nous avons des chambres contiguës, c'est bien pratique.

Dans la mienne, Olga dormait déjà.

Je me suis déshabillée, puis je me suis glissée contre elle.

Son corps était chaud, elle a râlé un peu, à cause de mes pieds glacés.

Je lui ai dit qu'elle resterait à jamais le grand amour de ma vie, tout en imaginant que ça ferait de jolies paroles, pour le final d'une comédie musicale.

Elle m'a répondu en grognant qu'elle aussi m'aimait, mais qu'il vaudrait mieux que je mette des chaussettes pour ne pas attraper la mort, avec cette climatisation de malheur.

Juste avant de m'endormir, j'ai pensé à Mme Salomé.

Et je me suis abandonnée au sommeil, le sourire aux lèvres.

33

Chloé

Cinq jours plus tard
31 juillet 2018

Les funérailles ont eu lieu ce matin.

Elle est morte dans son sommeil. Sans souffrance.

Cela faisait des années que son cœur faiblissait, mais elle n'avait pas ralenti le rythme pour autant. Au contraire.

Olga, entre deux salves de larmes, a ainsi résumé la situation :

— Elle s'est amusée comme une petite folle jusqu'au bout. Alors même si ça l'a tuée, je suis sûre que ça la fait bien rigoler, là-haut, d'avoir fini sa vie par un mariage en plein Times Square…

Olga a sûrement raison. Elle a toujours eu le don d'alléger les atmosphères les plus lourdes. Je me tiens debout dans le *Calvary Cemetery*, à quelques centaines de mètres du carré des anonymes dans lequel repose Pasqualina, mais l'ambiance n'a plus rien à voir, aujourd'hui.

La musique de *West Side Story* retentit, et c'est la voix de Patty que l'on entend. L'émotion est palpable. Il y a des caméras un peu partout, et une foule d'anonymes venus lui rendre un dernier hommage.

Janice est en larmes.

Gina aussi.

*

Il était 8 heures du matin, le 24 juillet, lorsque j'ai entendu des coups sur la porte de la chambre d'Olga et Gina. Je me suis précipitée, le cœur battant. Et ma grand-mère s'est effondrée dans mes bras.

Gina tenait des propos totalement incohérents, n'arrêtait pas de parler d'une certaine Mme Salomé, répétant en boucle que celle-ci avait prédit que « la mort viendrait frapper à sa porte peu de temps après », et qu'au lieu de la mort, c'était Janice qui avait frappé à la porte, mais que la mort était avec elle, qu'on n'avait pas idée de donner une prédiction aussi floue, aussi alambiquée, que Mme Salomé était une bien mauvaise voyante, et qu'elle espérait la revoir un jour pour lui dire ses quatre vérités, enfin pas la revoir vraiment, la revoir quand la mort aurait vraiment frappé à sa porte, la vraie mort, avec le truc pour faucher les gens, hein, pas Janice.

Je ne comprenais strictement rien.

Jusqu'au moment où j'ai vu Janice sortir de la salle de bains, le visage saturé de tristesse.

Patty était morte deux jours auparavant.

Je me suis demandé pour quelle raison Janice n'avait pas simplement téléphoné pour annoncer la nouvelle… Je n'ai rien dit, attendant les explications, qui n'allaient pas tarder.

Janice a saisi les mains de Gina, et lui a murmuré ces quelques mots :

— Gina… Patty nous a désignées, vous et moi, comme ses seules héritières.

Gina a dû s'asseoir, Olga a failli avaler son dentier, et je suis restée muette, paralysée par un étrange sentiment, mélange de peine, de stupeur et d'incrédulité.

*

Patrizia n'avait pas de famille. Ni frère, ni sœur, ni enfant, une existence italo-française avec laquelle tout contact a été rompu en 1938. Ainsi a-t-elle décidé, il y a quelques années, de léguer la totalité de sa fortune à sa fidèle assistante-confidente-amie Janice. Mais après avoir revu Gina, Patrizia a souhaité l'ajouter sur son testament. Janice a trouvé l'idée formidable.

Gina a commencé par refuser cet extravagant et improbable héritage qu'elle pensait ne pas mériter, mais Janice n'en a pas démordu.

Alors toutes deux se sont embrassées longuement, et Gina a finalement accepté, avec un grand sérieux, le legs de Patty Milano.

Puis Janice nous a expliqué les dernières volontés de Patty. Nous sommes restées perplexes. Patrizia ayant vécu ses premières années en France, elle souhaitait *laisser une trace* dans son pays de cœur. Patty souhaitait – entre autres – qu'une partie de ses cendres soit dispersée dans le jardin des Tuileries, à Paris – ce qui est bien évidemment illégal.

J'ai tenté de dissuader Janice et Gina de se lancer dans une entreprise si délicate… mais autant prêcher dans le désert.

Malgré la gravité de la situation, Olga n'a pas pu s'empêcher de m'envoyer un coup de coude et me glisser à voix basse :

— Tu vois, on aura finalement transporté bien pire que quelques grammes de beuh…

*

Il est près de 17 heures, en ce 31 juillet 2018.

Gina et Olga sont à l'arrière de la voiture, et je suis à l'avant. Manhattan s'éloigne dans le rétroviseur, Luther nous conduit vers l'aéroport JFK.

Ce que je ressens à cet instant est un mélange inextricable de sentiments contradictoires.

Une certaine excitation teintée de peur, à l'idée de ce que nous nous apprêtons à faire. Une immense joie et une insondable terreur, à l'idée de rencontrer mon fils pour de bon. Et puis une pointe de tristesse et d'incertitude, concernant ma relation avec Luther.

Alors que nous filons vers l'aéroport, j'observe son beau visage. Il ressemble à un gamin en plein contrôle de maths, fronçant les sourcils et crispant ses mâchoires, tant il est concentré sur la route. Son expression me décroche un sourire. Il s'en aperçoit, prend un petit air outré, puis il pose sa main sur la mienne, et je comprends que ça n'était pas la conduite, qui le préoccupait. Il se penche légèrement vers moi sans quitter la route des yeux et chuchote quelques mots en anglais, afin que personne d'autre ne comprenne la teneur de ses paroles :

— Tu es bien plus forte que tu ne le penses. Tout va bien se passer, Chloé.

Sa main libre reste sur la mienne. Je sens un frisson parcourir mon corps.

Il y a trois jours, nous nous sommes embrassés, tels deux acteurs de comédie romantique, au sommet de l'Empire State Building. Je me suis surprise à lâcher prise. À m'autoriser à ne penser à rien d'autre qu'à l'instant. Nous ne sommes pas allés plus loin qu'un simple baiser. Je ne suis pas prête à vivre une histoire avec qui que ce soit. Pas encore. Mon esprit est ailleurs. Avec mon fils. Mais j'ai désormais acquis la conviction que je serai prête, un jour. Je ne sais pas quand ce jour viendra, je ne peux rien promettre, c'est trop tôt. J'ai besoin de prendre le temps d'apprivoiser mon enfant. De devenir mère. Luther sera-t-il capable de m'attendre ? Sera-t-il capable de me suivre en France, le moment venu ? Il a baissé les yeux, a gardé le silence, lorsque je lui ai posé cette question. Je ne lui en ai pas voulu. Nous nous connaissons à peine, au fond. Bien sûr, chacun de nous sent bien qu'il y a quelque chose. Que ce quelque chose pourrait évoluer en des sentiments bien plus grands, avec le temps. Mais comment demander à un homme aussi séduisant que lui d'attendre une pauvre fille en perdition ? Il n'a pas répondu à ma question, mais me l'a retournée :

— Et toi, pourrais-tu me rejoindre à New York avec ton fils ?

J'ai été incapable de répondre, sur le coup.

Mais à quelques instants de notre séparation, dans cette voiture filant à vive allure dans une banlieue new-yorkaise bien triste, le vide que je ressens à l'idée de ne plus voir Luther amplifie mes sentiments.

Je sens la chaleur de sa peau sur la mienne, et je sais que j'aurais envie de garder cette main-là sur moi, longtemps. Je sais que je pourrais venir m'installer ici, dans cette ville, avec lui. J'hésite encore quelques secondes, et je me décide à le lui dire.

Au moment de me jeter à l'eau, il me devance. Il me regarde avec une douceur infinie, un sourire sincère, et comme si nos esprits étaient connectés, me lance :

— Tu m'as posé une question, l'autre soir… La réponse est oui. Oui, je pourrais te rejoindre. M'installer en France, avec toi. Avec vous. Je ne sais pas si tout cela pourrait marcher, mais j'ai envie d'essayer. Je t'attendrai, Chloé.

Il continue de sourire, puis ajoute en riant :

— En revanche, si tu pouvais me rappeler avant que je ne sois grabataire…

Il me fait rire, et je suis émue. Je glisse ma paume

dans la sienne, tout en pensant que décidément, ces voitures automatiques qui laissent une main libre sont bien pratiques. C'est à mon tour de parler.

— Luther… toi aussi, tu m'as posé une question, l'autre soir. La réponse est oui. Oui, je pourrais sans doute venir m'installer ici… Et je suis sûre que tu seras très beau, avec un déambulateur.

Il éclate de rire. Je me penche vers lui, dépose un baiser sur sa joue.

Olga, qui n'en loupe pas une, s'exclame :

— Bon, je suis très heureuse de constater que mon plan pour vous mettre ensemble a fonctionné, mais j'aimerais bien qu'on arrive vivants dans cet aéroport *Djé-effe-quai*, alors si vous pouviez attendre un peu, pour vous bécoter…

Puis elle regarde Gina et lui lance en riant :

— Si tu veux mon avis, on n'en a pas fini avec les mariages à New York…

*

L'au revoir à Luther est déchirant.

Nous promettons de nous appeler souvent. Il me souhaite bonne chance, dans ma nouvelle vie qui commence. Me répète que je vais y arriver. Qu'il a hâte de rencontrer mon petit bonhomme.

Puis nous nous embrassons longuement. Sous l'œil égrillard et les commentaires à voix basse d'Olga et de Gina…

*

Je n'ai pas le temps de m'apitoyer. Mon corps tout entier est tendu lorsque nous passons les contrôles de sécurité.

Chacune de nous a, dans son bagage à main, une petite bouteille d'eau minérale remplie, officiellement, de sable grossier ramassé au gré de nos pérégrinations aux États-Unis. Aucun moyen de savoir de quoi il s'agit vraiment… sauf si l'on tombe sur un douanier retors.

Gina et moi passons sans encombre, mais le sac d'Olga est dirigé vers une inspection plus approfondie. J'espère qu'elle n'a rien sur elle d'illégal – je veux dire, à part une partie des cendres de Patrizia.

Je l'observe de loin, elle gesticule devant le contrôleur qui observe le contenu de son sac, mimant je ne sais quelle position obscène… au bout d'un moment, l'homme éclate de rire et la laisse repartir.

— Qu'est-ce que tu lui as dit, pour qu'il se mette à rire comme ça ?

— Tu sais bien que je ne parle pas un mot d'anglais… Mais j'ai compris qu'il voulait savoir d'où venait ce sable. Il a dit quelque chose comme « *Florida sand, forbidden,* tu ne peux pas »… Je ne sais pas si c'est vrai cette histoire de sable de Floride « *forbidden* », Janice ne nous a rien dit à ce propos, et de toute façon on est à New York… Bref, j'ai quand même préféré inventer une histoire pour noyer le poisson. Alors j'ai mimé des relations sexuelles, puis le fait de ramasser une poignée de sable partout où je forniquais. J'ai joint quelques paroles aux images. J'ai dit quelque chose comme : « *Me : I sex out – forest, parks. Me : I sex men. Me : I take sand. Souvenir.* » Il était mort de rire, il m'a dit « *You : funny* » et m'a laissée passer.

Olga est incroyable, vraiment. Je comprends maintenant pourquoi ma grand-mère l'aime autant. Elle est si différente d'elle, mais aussi si différente tout court… qu'elle en devient attachante.

Ce n'est que lorsque nous sommes dans l'avion qu'elle me glisse à l'oreille :

— Heureusement qu'il n'a pas cherché dans les poches de ma veste…

Je ne sais pas si elle plaisante – elle est hilare – et je crois que je préfère ne pas le savoir.

34

Chloé

2 août 2018

Il y a quelques jours, j'ai contacté les services de l'Aide sociale à l'enfance pour leur faire part de ma décision.

Ce matin, je suis allée reconnaître mon fils à la mairie d'Aurillac.

Puis j'ai appelé Nils.

Je n'attends rien de lui, mais je ne veux plus mentir à personne.

Et surtout pas à mon fils.

J'ai aimé Nils. Je veux que mon fils sache qu'au moment de sa conception j'étais amoureuse de son père. Et j'ose croire que c'était réciproque. Nils est un garçon charmant, passionné, doux, attentionné, honnête. Il est aussi jeune que moi, il vit en Suède, je ne sais pas quel père il pourrait devenir. Mais je dois lui laisser une porte ouverte. C'est chose faite. Il m'a écoutée sans dire un mot. Sous le choc, bien sûr. Il n'a pas dit grand-chose, seulement qu'il allait lui falloir du temps pour réfléchir de son côté. Mais j'espère de tout mon cœur qu'il acceptera de prendre une place, même ténue, dans la vie de Gino. Je sais mieux que quiconque à quel point il est important de comprendre d'où l'on vient, pour parvenir à se construire.

*

Le rendez-vous est prévu à 16 h 30.

Gina a proposé de venir avec moi à Aurillac, mais cet instant est probablement le plus important de ma vie. J'ai besoin de le vivre seule.

Je vais d'ailleurs poser mes valises quelques semaines dans le Cantal.

D'abord à la maternité, qui m'a proposé de m'accueillir afin de m'aider à construire le lien maternel, afin que je puisse apprendre à m'occuper de mon bébé, aussi. Ensuite, je m'installerai avec Gino dans un appartement de location, situé à proximité du centre de l'Aide sociale à l'enfance. Je pourrai y trouver du soutien, un accompagnement. Rien ne s'est fait dans l'ordre, dans cette histoire. Il me faut du temps pour remettre les choses dans le bon sens. Pour reprendre le contrôle de ma vie. J'en suis consciente. Je l'accepte, enfin.

En attendant l'heure du rendez-vous, je fais ce que j'aurais dû faire avant la naissance, si tout s'était passé *de manière classique*. Je me balade dans les rues de cette ville que je connais bien désormais, mais cette fois-ci, je me dirige volontairement vers cette boutique que j'évitais. Je découvre un univers de jouets, vêtements pour bébés et équipements divers, avec une grande émotion. Je choisis pour mon fils quelques bodys, quelques pyjamas, une gigoteuse. J'achète un paquet de couches, aussi. J'ai l'impression d'être l'idiote du village, avec mes questions. La vendeuse est surprise de ma méconnaissance totale des besoins d'équipement pour accueillir un bébé, surtout lorsqu'elle comprend que le mien a deux mois. Elle ne dit rien, conclut sans doute qu'il s'agit d'une adoption et m'explique tout. Je n'aurais jamais imaginé pouvoir me passionner pour une discussion sur les différents types de mouche-bébé, sur la meilleure crème pour le siège ou le choix délicat du modèle de poussette. Je n'aurais jamais cru que tous ces détails provoqueraient en moi une cascade de joie et d'excitation.

À 16 h 25, je suis au Centre départemental de l'enfance et de la famille. En passant la porte de l'établissement, je ressens une immense honte pour ce que j'ai fait, de nouveau. Cela faisait quelques jours que je parvenais à la tenir à distance, mais elle revient en force, à quelques minutes de rencontrer ceux qui ont pris le relais, ceux qui ont assuré, là où j'étais défaillante.

Je tremble en entrant dans le bureau que l'on m'a désigné.

Il y a là trois femmes, si douces, si bienveillantes que cela renforce mon malaise. La sensation d'être une mauvaise personne, une mauvaise femme, une mauvaise mère.

La responsable de l'unité de placement familial commence par me présenter Raphaèle, l'éducatrice spécialisée qui a suivi Gino, et qui continuera à le suivre, dans nos premières semaines de vie commune. Puis elle me présente Muriel, l'assistante familiale qui a accueilli mon fils, depuis deux mois.

Je la remercie. Je les remercie, toutes les trois.

Elles sentent l'émotion dans ma voix, cette émotion que je ne parviens pas à dissimuler, et qui englobe dans un même étranglement toute ma honte, ma culpabilité, ma reconnaissance pour ce qu'elles ont fait pour lui, pour nous.

Muriel tente de me rassurer. Mon fils va bien. Il grandit bien. Il sait qu'il va rencontrer sa maman aujourd'hui, alors il est un peu agité. Il est plus calme, d'habitude. Même s'il n'a pas forcément saisi la teneur de ce qui lui a été annoncé, il a compris, d'une certaine façon, l'importance de ce qui va se passer dans quelques instants.

Puis elle plante ses yeux dans les miens, et ce qu'elle me dit – je ne sais pas si elle s'en rend compte – vaut tout l'or du monde.

— Vous savez, Chloé, aucune mère n'est parfaite. Il n'y a pas un parcours unique. Il y a autant de façons de vivre les différentes étapes de la maternité, autant de façons d'être mère qu'il y a de femmes. Vous allez y arriver, nous sommes là pour vous aider. Je ne vous dis pas que tout sera rose, mais la route est belle, vous verrez. Elle est là, devant vous. Votre fils vous attend.

*

Nous entrons dans une immense salle de jeux.

Déserte, à l'exception d'un transat dont je ne vois que l'arrière.

Je m'approche, lentement.

Il est là.

Je l'entends babiller et l'émotion me gagne instantanément.

Je continue d'avancer et j'aperçois ses jambes nues.

Muriel et Raphaèle sont à mes côtés.

Elles aussi, sont émues. Elles savent la puissance de ce moment.

Encore trois pas, et je le vois entièrement.

Je porte ma main à la bouche, étouffe un sanglot.

Je reste quelques secondes à l'observer.

Il m'est impossible de décrire ce que je ressens, à cet instant.

Les mots s'enfuient.

J'ai l'impression que mon cœur pourrait bondir hors de ma poitrine.

Tout s'emmêle dans mon esprit, dans mon corps, dans mes yeux.

Mais je crois que ce qui domine, c'est une indicible joie.

Un bonheur si intense qu'il coupe le souffle. Qu'il mouille les yeux.

Muriel passe la main sur mon dos, me tend un mouchoir.

J'essuie mes larmes, prends une grande inspiration.

Et puis je m'accroupis devant lui.

Et je le regarde enfin.

Je pleure et je lui souris en même temps.

Je tente d'articuler quelque chose, mais rien ne vient.

Je le trouve beau. D'une beauté si évidente, si simple, si bouleversante.

Il me dévisage, immobile. Un air sérieux greffé sur le visage.

Ses mouvements sont comme suspendus.

A-t-il compris que notre après commence maintenant ?

A-t-il compris, lui aussi, que ce que nous sommes en train de vivre va tout changer, pour nous deux ? Que cette minute est la nôtre, qu'elle restera gravée à jamais, quelque part dans nos cœurs ?

A-t-il compris qui je suis ?

Je n'en finis plus de le regarder.

Qu'est-ce qu'il est beau.

Je contemple la finesse de ses traits, ses oreilles si bien dessinées, ses yeux d'un bleu profond, ses petits pieds si parfaits.

J'ai envie de le toucher, mais je n'ose pas. Muriel m'encourage du regard.

Alors je prends ses mains dans les miennes.

Le contact de sa peau d'enfant me chavire.

Je détaille ses doigts minuscules, ses ongles microscopiques.

Je caresse ses bras potelés, le duvet blond sur sa tête.

À cet instant, je sais que je ne pourrai plus me passer de lui.

Je sais que je pourrai mourir pour lui.

Je sais que je l'aimerai comme je n'ai jamais aimé personne.

Je ne peux pas l'expliquer. Je peux seulement le vivre. Le ressentir.

Dans mes tripes. Dans mon cœur.

Je me penche vers lui, le regarde, à travers mes yeux embués, et lui chuchote :

— Je suis ta maman.

Je pose ma main sur son ventre, et soudain il se met à remuer les jambes et les bras frénétiquement.

Il me suit du regard. Ses yeux ne lâchent plus les miens.

Et alors que je m'apprête à lui parler encore, à lui parler toujours, c'est là que ça se produit.

Il me sourit. Une fois. Deux fois. Trois fois.

Trois flèches en plein cœur.

Muriel me glisse que c'est la première fois, ces sourires pour de vrai.

Que ça n'est pas un hasard.

Je le sais. C'est le début de notre vie.

Je prends mon fils dans mes bras et le serre contre mon cœur, longtemps.

Je le berce, lui parle.

Je lui répète en boucle qu'il est magnifique, que je suis désolée de ne pas avoir été à ses côtés, pour ses premières semaines d'existence. Que ce qui n'a pas eu lieu est impossible à rattraper, mais que je suis bien décidée à l'aimer, maintenant. De toutes mes forces. Que je lui donnerai tellement d'amour qu'il me demandera sûrement de lui lâcher un peu les baskets, lorsqu'il voudra prendre son envol. Et que ça aussi, ce sera bon signe. Ça voudra dire qu'on aura réussi.

Je sens la fatigue le gagner, à mesure que les minutes deviennent des heures. Alors je commence à entonner *Dormi dormi mio tesoro*, cette berceuse de notre famille. Ses yeux se ferment, et sa petite main saisit l'un de mes doigts, comme s'il voulait s'assurer que je ne partirai pas. Que je ne partirai plus.

Ne t'inquiète pas, mon tout petit. Nous deux, c'est pour la vie.

Je sais bien qu'un jour je devrai lui raconter son histoire. Ce jour-là, je lui expliquerai, avec les mots les plus simples, qu'il est arrivé par surprise, que je n'étais pas tout à fait prête à l'accueillir. Qu'il m'a fallu ce temps, ces deux mois, pour me sentir capable de devenir sa maman.

Mais que désormais, plus rien ne pourra jamais nous séparer.

— Je t'aime, mon Gino. Ta vie sera belle, je te le promets.

VIII

MERCI, GRAZIE, THANK YOU

35

GINA

Cinq ans plus tard
17 août 2023

Le ministre est en retard.

Heureusement que le lieu est climatisé, sinon tous les anciens réunis ici seraient en train de crever d'une bonne canicule – ce qui serait tout de même une sacrée ironie, après avoir survécu à deux ans de pandémie.

Malgré mes quatre-vingt-dix piges, un pontage coronarien flambant neuf et une canne pour assurer mes pas, je suis encore en forme, alors je m'estime heureuse.

Olga s'est cassé le col du fémur il y a un mois, mais il était évidemment hors de question qu'elle ne soit pas présente aujourd'hui. Elle est en fauteuil roulant, et comme elle n'a pas suffisamment de force dans les bras, elle est totalement dépendante des autres pour se déplacer. Elle n'arrête pas de râler, bien sûr, mais j'ai l'habitude. J'ai remarqué que dès qu'une caméra passe à proximité, elle se sent obligée de faire de grands sourires, pour ne pas paraître trop acariâtre à la télévision. Alors j'ai fait exprès de l'installer près de la régie. Dans le doute, elle arbore un sourire tellement figé que c'en est comique.

Je suis assise au premier rang. Je monterai sur scène lorsque ce foutu ministre daignera pointer le bout de son nez.

Assis à côté de moi, Gino a du mal à tenir en place.

— *Nonna*, c'est quand que ça commence ?

— Bientôt, mon chéri. Tiens, tu veux un bonbon, pour patienter ?

Grand sourire de coquin. Il jette un œil par-dessus son épaule, histoire de s'assurer que ni sa mère ni Luther ne l'observent. Je me penche vers lui et lui glisse à l'oreille :

— T'inquiète, la voie est libre.

C'est l'un des avantages de l'arrière-grand-mère, cette possibilité de transgresser les règles établies par les parents. C'est tellement merveilleux, de voir ses yeux pétiller, et puis ce « merci » prononcé la bouche pleine de caramel mou, ça vaut bien une remontrance de la maman. Ce gosse est fantastique. Je ne dis pas ça parce que c'est mon petit et qu'il porte quasiment mon prénom, je dis ça parce qu'il l'est. Il me fait tellement penser à Chloé au même âge, avec cet air sérieux et bravache à la fois. Et puis, il a un sens de l'humour absolument délicieux. Il me fait tourner en bourrique parfois, en faisant exprès de me parler anglais, mais on se marre bien, Olga et moi, quand il essaie de nous apprendre à prononcer des mots compliqués. Il éclate de rire à chacune de nos tentatives, alors Olga en rajoute un peu, elle écorche systématiquement les mots, même les plus simples, juste pour le plaisir de voir son sourire édenté.

Luther n'est pas très loin, mais il m'a chargée de surveiller Gino, étant donné qu'il a déjà Angela dans ses bras. La petite a deux ans. Chloé a donc mené sa grossesse dans une période très particulière, où les visages étaient masqués, les mains hydroalcoolisées, et la vie compliquée. Malgré tout cela, Chloé était resplendissante : elle a pleinement vécu ses neuf mois, cette fois-ci, et la naissance a été une grande joie. Je parle au passé, mais je pourrais parler au présent : Chloé *est* resplendissante. Elle est heureuse, apaisée, et ça change tout.

Enfin, heureuse et apaisée… en temps normal. En l'occurrence, elle est surtout en train de se liquéfier, à l'extérieur. C'est elle qui est censée accueillir le ministre, qui doit « arriver dans une poignée de secondes », d'après son cabinet. C'était il y a plus de vingt minutes, alors on peut considérer qu'on est plus proche du foutage de gueule que de la poignée de secondes, mais je ne dis rien. L'instant est trop important, pour nous tous.

*

Après notre virée new-yorkaise il y a cinq ans, Chloé a passé trois mois dans le Cantal, avec Gino.

Elle en est revenue transformée. Plus sûre d'elle. Prête à vivre.

Elle avait peur de me laisser, mais je n'étais pas seule, et puis j'avais plein de projets de voyages afin qu'Olga remercie, à son tour, quelques personnes ayant compté dans sa vie…

Alors Chloé a décidé de « tenter le coup » avec Luther, à New York. C'était ses propres mots, je les ai trouvés formidables. Dans « tenter le coup », il y a « essayer », il y a « dompter sa peur de l'échec », il y a « lâcher prise », il y a « profiter de l'instant ».

Elle a bien fait, de tenter le coup. Ces deux-là ne se sont plus quittés.

Luther est comme un père, pour Gino. Nils a très vite reconnu son fils officiellement. Mais il vit à Stockholm, et Gino est trop petit pour voyager seul. Alors ils s'appellent de temps en temps. Gino sait que Nils est son papa, mais dans son cœur comme dans sa vie, c'est Luther qui a cette place. Et quand je vois la façon qu'a Luther de lui parler, le rassurer, le guider, je sais que ça n'est pas près de changer.

Après un an à New York, Chloé, Luther et Gino sont venus s'installer ici, à Aigues-Mortes. Ils habitent à quelques centaines de mètres de la grande maison dans laquelle je vis avec Olga – eh oui, nous avons migré vers le soleil, nous aussi, depuis trois ans.

Lorsque Chloé m'a parlé de son déménagement ici, j'ai eu peur qu'elle le fasse pour moi, que ce ne soit pas sa décision. Mais j'ai très vite été rassurée : Chloé est exactement où elle doit être. Son bagage d'école de commerce et sa fibre artistique lui sont précieux, dans son nouveau métier. Et puis, sa passion pour le sujet qui nous réunit crève les yeux.

Luther s'est associé avec un détective privé exerçant dans la région – un Sherlock avec l'accent marseillais, ça vaut le détour apparemment. Luther est chargé de toutes les missions couvrant Nîmes, Montpellier et les stations balnéaires du coin – et d'après lui, il y a de quoi faire. Nous n'en savons pas plus sur ses mystérieuses activités, mis à part qu'il semble s'être très vite adapté à sa nouvelle vie. J'entends même une pointe d'accent du Sud lorsqu'il parle français désormais…

*

Chloé passe une tête dans la salle, dépose un baiser sur la joue de Gino et m'annonce que la voiture du ministre est là.

Je me dirige vers la scène, le temps que Chloé accueille notre hôte.

Janice, de passage en ce jour exceptionnel, me rejoint.

Elle aussi resplendit. Ce qu'elle met en œuvre pour faire rayonner le nom et la mémoire de Patty Milano est extraordinaire. Ses films et ses chansons ont fait l'objet de rééditions, d'expositions à travers le monde.

Et puis, Patty est aussi redevenue Patrizia, à travers

cette *Fondation Ferrani-Lisi pour la mémoire de l'immigration italienne*, que Chloé dirige, et que nous inaugurons aujourd'hui en grande pompe, à Aigues-Mortes.

Patty et moi avions fait le constat qu'il n'existait, dans les pays de destination de la diaspora italienne, aucun lieu dédié à la mémoire de ces millions d'immigrants piémontais, napolitains, calabrais ou sardes, partis pour une vie meilleure. Rien qu'en France, pas moins de quatre millions de personnes ont une ascendance italienne. Il est grand temps de les représenter. De transmettre leur histoire.

Après près de trois ans de travail acharné de la part des historiens rattachés à la fondation, de Chloé et de toute son équipe, ce lieu existe. Et nous l'inaugurons aujourd'hui à Aigues-Mortes, cent trente années jour pour jour après les événements qui ont marqué la ville. D'ici quelque temps, Chloé et Janice espèrent pouvoir ouvrir un second lieu de mémoire, à New York.

Pour l'heure, l'auditorium – entièrement décoré d'une bouleversante fresque murale imaginée par Jonathan – est plein à craquer.

Jonathan n'a malheureusement pas pu être présent à nos côtés, mais j'aperçois d'autres visages familiers.

Camille Colbert et Héloïse Weinberg viennent d'arriver de Nice. M. Bertrand et mon petit Adrien ont fait le déplacement depuis Enghien. Quant à Léopold, le descendant de la boulangère d'Aigues-Mortes, il est au deuxième rang. J'ai prévu de rendre hommage à son aïeule dans mon discours, il en est ému d'avance.

Et puis il y a tous ces visages anonymes, qui m'émeuvent au plus haut point.

Qui sont-ils ? Quelle est l'histoire de leur famille ?

Est-elle aussi banale, aussi extraordinaire que la mienne ?

Avant que la cérémonie ne débute, je ferme les yeux.

Les spectateurs doivent se demander qui est cette vieille en train de piquer un somme dans la lumière, alors que des gens importants vont arriver.

Mais la vieille ne s'endort pas.

Elle tente juste de ne pas se laisser gagner par l'émotion.

C'est dur, de ne pas pleurer aujourd'hui.

C'est dur, de ne pas penser à mes disparus, un jour comme celui-ci.

Ils sont tous là, près de moi. Je sens leur présence. Je sens leur fierté.

« C'est notre gamine, notre Gina, qui est là, sur cette scène. »

Et moi je suis fière d'être votre descendante.

Je suis fière de vos sacrifices, de vos doutes, de vos victoires, vos échecs, vos vêtements sales et vos gueules de travers.

Je suis fière de vos tenues de fête, de vos soupes qui parfument les rues, de vos éclats de voix, de vos chants qui résonnent, donnent de la force, du courage.

Je suis fière de mes racines.

Je suis fière de mon fils parti trop tôt.

Je suis fière de ma Chloé, de mon Gino, de mon Angela. Ils sont notre futur.

Je sais que vous les regardez, de là-haut.

Gardez-moi une place au chaud, je vous rejoins bientôt.

Quelques mots pour finir…

Mes grands-parents n'ont jamais cessé de me transmettre leurs souvenirs. Sous forme d'anecdotes, de courts récits ou de longues envolées, ces remontées mnésiques éparses avaient pour moi la saveur d'un puzzle sans chronologie, que j'assemblais avec joie, pièce après pièce.

Mon grand-père Pascal, l'Italien, était assurément le plus bavard. Je me suis souvent demandé si ce qu'il me contait était réel, tant cela semblait fou, digne d'un film de cinéma, pour le petit garçon des années 1980 que j'étais. Vivre, au cours d'une seule et unique existence, l'extrême pauvreté, la guerre, le racisme, les coups tordus, puis l'amour, les grands bonheurs, l'intégration pleine et entière de ses descendants, me paraissait difficilement concevable. Pourtant, tout était vrai. À travers son parcours d'être humain, à la fois banal et extraordinaire, mon grand-père m'a guidé dans près d'un siècle d'Histoire.

Bien que ce livre soit une pure fiction, j'ai glissé,

dans le kaléidoscope de la vie de Gina, un certain nombre de références aux parcours de mes aïeux. Et tenté, ainsi, de leur rendre hommage… et de leur dire merci.

*

La Fondation pour la mémoire de l'immigration italienne n'existe pas, malheureusement. En France, le Musée national de l'histoire de l'immigration a rendu, en 2017, un hommage aux Italiens. Cet hommage a constitué, avec ma longue visite d'Ellis Island dix ans auparavant, le point de départ de mon envie d'écrire sur ce sujet qui me tient particulièrement à cœur. Je recommande d'ailleurs, à celles et à ceux d'entre vous qui souhaiteraient approfondir, le catalogue de l'exposition *Ciao Italia ! Un siècle d'immigration et de culture italiennes en France (1860-1960)* (éditions de La Martinière), ou encore les ouvrages de Gérard Noiriel, notamment l'édifiant *Le Massacre des Italiens – Aigues-Mortes, 17 août 1893* (Fayard). À propos des événements d'Aigues-Mortes : Léopold est un personnage sorti de mon imagination, mais je tiens à préciser que l'histoire de la courageuse Adélaïde Fontaine est bien réelle. Son arrière-petit-fils, Luc Martin, se bat d'ailleurs depuis de nombreuses années pour que son histoire ne soit pas oubliée.

*

À mon tour désormais d'appliquer la « méthode Gina » et de remercier les personnes qui ont, d'une façon ou d'une autre, modifié la trajectoire de mon existence. Alors, dans l'ordre d'apparition chronologique…

Merci à mes grands-parents maternels, Janina et Aimé, d'avoir choisi de passer leurs vacances à Hyères, sans quoi ma mère n'aurait jamais rencontré mon père, un soir d'été...

Merci à mes grands-parents paternels, Sandra et Pascal, pour les longues après-midi de lecture dans la cour, pour les réglisses, les soupes au pistou et les cannelloni, pour les éclats de rire sonores qui résonnent encore en moi après toutes ces années, et pour ce qui brillait dans vos yeux lorsque je vous lisais mes petits poèmes d'enfant… Mamie, j'aurais tant aimé que tu rencontres l'adulte que je suis devenu. Mes enfants t'auraient adorée. Papi, merci de m'avoir transmis ton histoire, notre histoire.

Merci à mes parents, Muriel et Serge. Merci pour votre amour, pour la fierté sans condition, et pour ces regards généreux et confiants qui m'ont toujours galvanisé. Merci d'avoir constitué une famille aussi forte et soudée, merci pour votre soutien encore et toujours, et merci de croire en moi plus fort que moi.

Merci à mes frères, Alexandre et Andréa. Tous les souvenirs, les blagues pourries, les références que l'on partage depuis maintenant plusieurs dizaines d'années (eh oui !) … c'est précieux et irremplaçable. Je nous souhaite de ne jamais perdre ça et de continuer à citer le commissaire Bialès quand nous aurons l'âge de Gina…

Merci au reste de ma famille : Floriane, Garance, Jules, Fanny, Noé, André, Raphaèle, Pierre T et Coralie… mais aussi Martine, Danièle, Denise, Pierre O, Didier, Yvon, Audrey, Franck, Lisa, Lucas, Camille, Sébastien, Mathys, Jérôme, Nicolas, Aurélie, Laurent, Justine, Annie, Henri, Olivier, Anne–Marie… et un baiser spécial pour Elvire.

Merci aux enseignants qui m'ont donné le goût de l'éclectisme. Si je n'ai jamais pu choisir entre les matières scientifiques et littéraires, c'est sûrement parce que j'ai eu le bonheur d'avoir, tout au long de ma scolarité, un certain nombre de professeurs passionnés et passionnants… Je suis aujourd'hui persuadé qu'écrire des romans tout en ayant une formation scientifique est une chance.

Merci aux belles personnes croisées tout au long du chemin : les amis d'enfance, d'adolescence, de prépa, d'école d'ingénieur, de mes premières vies en entreprise… Les discussions que j'ai pu avoir avec un certain nombre d'entre vous ont été, je le sais, déterminantes. Je ne peux pas vous citer tous, mais j'embrasse fort (toujours par ordre d'apparition chronologique) : Hélène, Florence P, Baptiste, Céline N, Aurore, Aude, Manue, Élodie, Laurent O, mes schtroumpfs favoris Mélanie, Anne et Marie, Marion T, Marion B, Clémence, Damien et Guillaume C, Marie-Valérie et Nico, Laetitia et Bertrand, Priscille, Tristan, Carole,

François, Alice, Cyrille, Caro L, Céline B, Patricia, Isa, Pauline, Fred, Véro P, Michael, Laurent H, Véro D, Marie-Laurence, Steph, Natacha, Florence P (2), Aygline, Romain, Blandine, Clément, Guillaume M, Tom, Christine, Laurence, Florence B, Renaud, Olivier V, Gianluca, Claudie, Ricardo, Azucena, Tomi, Ana-Maria.

Merci à Caroline Lépée, ma formidable éditrice. Je mesure désormais la chance que j'ai eue de te rencontrer. C'est toujours le même bonheur de t'avoir à mes côtés dans ces aventures littéraires. Merci pour ta confiance sans cesse renouvelée, ton enthousiasme, tes commentaires cash, tes intuitions, ton œil à la fois bienveillant et sans concession. Si mes romans me ressemblent, c'est en grande partie grâce à toi.

Merci à Philippe Robinet, de m'avoir accueilli dès 2017 dans cette belle maison. Merci à l'ensemble de l'équipe de Calmann-Lévy pour les échanges toujours joyeux et tout le travail sur mes livres. Merci en particulier à mes chères Valérie Taillefer, Camille Lucet, Virginie Ebat, Patricia Roussel (à jamais la reine des kawaii cats), Adeline Vanot, Mélanie Trapateau, Sarah Altenloh. Merci également à Christelle Pestana, Solène Marivain, Antoine de la Burgade, Sarah Chamard, Lisa Parrod, Doriane Auvray, Anne Sitruk, Charlotte Varlet, Mélanie Rousset et Lisa Liautaud.

Merci aux équipes du Livre de Poche de toujours croire en mes livres : Béatrice Duval et Audrey Petit bien sûr, mais aussi Zoé Niewdanski, Florence Mas, Sylvie Navellou, Anne Bouissy, Maud Paillé, Claire

Lauxerrois, William Koenig (et Véronique Cardi, pour le début de l'histoire…).

Merci aux équipes commerciales Hachette d'accompagner si bien mes romans auprès des libraires et des enseignes.

Merci à vous, libraires, journalistes, bookstagrameurs qui défendez mes livres : vous en parlez souvent mieux que moi, vous les portez, et je vous en suis infiniment reconnaissant.

Merci aux lectrices et aux lecteurs qui me témoignent chaque jour leur amour pour mes romans. Il y a celles et ceux qui cornent les pages, soulignent, lisent et relisent, emportent mes livres en vacances, dans les transports, dans leur lit jusque tard dans la nuit « pour connaître la fin », celles et ceux qui partagent leurs émotions sur les réseaux sociaux, ou dans la vraie vie avec leur mère, leur sœur, leur fils, leur grand-père, leurs meilleurs amis, leurs collègues de bureau. Et puis il y a celles et ceux qui me remercient, qui me parlent de ce que mes romans ont déclenché chez eux, et qui n'imaginent pas à quel point tout ça me bouleverse et me donne des ailes. C'est mystérieux, ce fil invisible entre un auteur et un lecteur, mais je crois que c'est pour ce fil que j'écris. Alors merci d'être là, tout simplement.

Je fais pour finir une petite entorse à ma règle des remerciements « par ordre d'apparition dans ma vie » – puisque ce que je préfère dans les règles, c'est justement les contourner. Si j'ai voulu écrire ce roman, c'est aussi pour vous, Alessandro et Eléonore. Pour vous transmettre à ma façon le souvenir de celles et ceux qui nous ont précédés. Et pour vous remercier d'être une si merveilleuse « génération suivante ». Je suis très fier de vous, et je vous aime.

Mathilde, si tu ne m'avais pas encouragé, si tu ne m'avais pas soutenu dans ce projet un peu dingue, je ne me serais jamais lancé dans l'écriture. Merci pour ton écoute, tes avis et conseils tout au long du processus de création – si les gens savaient le nombre de personnages qui te doivent d'avoir gardé la vie sauve… ;) Merci pour tout ce que tu m'apportes depuis vingt-deux ans. Merci pour notre vie d'aujourd'hui. Et merci (d'avance) pour tout ce qui nous attend.

Voilà, je crois en avoir terminé. Promis, pour le prochain roman, je ferai des remerciements plus courts – mais il faut avouer que celui-ci se prêtait tout particulièrement à l'exercice…

À bientôt.

Julien

Du même auteur
aux éditions Calmann-Lévy :

La Chambre des merveilles, 2018

La vie qui m'attendait, 2019

Les Étincelles, 2020

Vers le soleil, 2021

Les Extraordinaires, 2023

PAPIER À BASE DE
FIBRES CERTIFIÉES

Le Livre de Poche s'engage pour
l'environnement en réduisant
l'empreinte carbone de ses livres.
Celle de cet exemplaire est de :
350 g éq. CO_2
Rendez-vous sur
www.livredepoche-durable.fr

Composition réalisée par Nord compo

Achevé d'imprimer en mars 2023, en France par
Maury Imprimeur – 45330 Malesherbes
Dépôt légal 1re publication : avril 2023
N° d'impression : 268970
LIBRAIRIE GÉNÉRALE FRANÇAISE
21, rue du Montparnasse – 75298 Paris Cedex 06

83/1285/9